大伴家持と中国文学

鈴木道代
Suzuki Michiyo

笠間書院

大伴家持と中国文学◈目次

第二部　家持の花鳥風詠と歌学

凡例

◇原則として新字体、現代仮名遣いを用いたが、引用文、及び人名等表記上必要と思われる箇所はそのままの表記に従った。
◇引用文のルビは省略したが、論考上必要な箇所は適宜付した。
◇引用文献に対する私的注記は、〔　〕で記した。
◇引用文献に挙げた論文が、単著、全集、著作集に収載されている場合には、そちらを挙げた。
◇引用した『万葉集』の注釈書は、著者名、書名、出版社のみを挙げた。
◇『万葉集』の引用は、中西進『万葉集 全訳注原文付』（講談社文庫）をテキストとして用い、歌番号もこれに従った。テキストに用いられている「謌」及び「哥」の表記は、すべて「歌」に統一した。
◇論考内の用例数の検出も、これに従っている。
◇その他の日本上代文献について、『古事記』『日本書紀』『風土記』の引用は、基本的に新編日本古典文学全集本（小学館）、『懐風藻』の引用は、日本古典文学大系本（岩波書店）、『続日本紀』の引用は、新日本古典文学大系本（岩波書店）を用いた。
◇漢詩文の引用は、原則として使用テキストに従っている。

序章

第一節　本書の目的

万葉歌人である大伴家持がいかに中国文学を受け入れ、自身の歌を創作する上で、新たな表現世界をいかに構築したか、本書の出発はここにある。日本の古代文学は、常に東アジアの国々との交渉の中で展開し発展した。日本が漢字という文字形態を大陸から受け入れ、それによって表記するということから、書物としての古代文学は始まるのである。そのなかで日本の『万葉集』もまた、東アジア、特に中国文学を摂取しながら、独自の変遷を遂げたと考えられる。日本における東アジアとの交流については、西暦六〇〇年代から遣隋使・遣唐使が数十回派遣され、彼らは唐の長安に赴いて、最先端の政治制度や文学、またはシルクロードを経由して集まった西アジアやヨーロッパ文化を吸収して、日本に持ち帰ったのである。特に天平期において、政治・天文・工学・暦学・文学・文化が多方面に渡って享受された。そうした天平期の潮流の中に登場したのが山上憶良や大伴旅人であり、『万葉集』の後期において活躍する大伴家持である。

『万葉集』がこのような歴史を辿りながら、あえて本書で大伴家持と中国文学について考究しようとすることの意味は、歌を「倭詩」、つまり「倭（日本）」の「詩」と捉え、漢詩と同質の文芸として捉えようとする新たな歌の概念が示されたことにある。この「倭詩」の語は家持が越中における大伴池主との贈答書簡において、池主が提示した言葉であるが、ここから家持の新たな文芸が出発すると考えられるのである（本書第一部第一章）。このように歌を日本の「詩」として位置づけることは、『歌経標式』や『古今和歌集』序などの歌論に表される歌の本質論に繋がる問題であり、本書の視点は家持の歌を〈歌学〉の出発と位置づけ、ここから家持の歌世界を考察するものである。

本研究は、『万葉集』の歌人であり編纂者でもある大伴家持における中国文学の享受と日本の歌への展開についての考察を試みる。その方法としては、〈歌学〉の萌芽という視点を通して家持歌を捉えることにある。〈歌学〉とは、歌における文学論の体系化を指す用語であるが、あえて〈歌学〉と名付けたのは、家持の作品に平安朝の歌学・歌論へと繋がる、〈歌の学〉の萌芽ともいうべき模索の跡を見いだすことが可能と考えたからである。しかし日本文学が辿った歴史の中で、〈歌学〉という語彙についての共通認識が存在しているかというと、甚だその概念は曖昧さを残しているといえるだろう。戦前の歌学史における、〈歌学〉をめぐる議論においては、そもそもその存在を認めず、日本文学史の中で、〈歌学〉の成立はなかったとする論さえある。(1) しかし『歌経標式』や『古今和歌集』仮名序、真名序などの奈良朝後期から平安朝の〈歌学〉の出発が、中国詩学を受容した上で、和歌の本質論として捉え直されたところから始まったことを顧望するならば、家持の作品について伊藤博氏が、中国詩学を受け入れることによって家持の歌の中に「『歌論』に近いものが確立していた」とし、「美学の樹立、理論と実践の融合(2)」がなされていたと指摘するように、歌学書に先立つ体系化される以前の、歌による「実践」ということも視野に入れるべきであろう。また橋本達雄氏は、家持の春愁三首、防人の拙劣歌の排除、『万葉集』全体の編纂への関与を取り上げて、「古今集序の歌論で重要な部分をなす、詞と心と体（さま）を得た歌を理想とする歌論に近い意識をすでに彼が十分もっていたと思わざるを得ない(3)」と述べ、『古今和歌集』の序に繋がる問題として、家持の歌への取り組みを評価するのである。両氏の指摘において重要なことは、家持における〈歌学〉の出発が、ある歌人や作品の批評を行うのではなく、自らが歌を創作することによって、新たな表現世界を構築してゆく点にあるということである。その意味で、伊藤氏が指摘する、家持の歌における「理論と実践の融合」の内実が問われるべきであると考える。本書で〈歌学〉というのは、こうした中国詩学の導入の問題と、それにより捉え直された〈歌〉の〈学〉を通して獲得した新たな歌表現を指すものである。本書の観点はまさに「実践」の〈歌学〉として家持の歌を捉えることにある。

ところで『万葉集』に採録される家持の歌は、大別して越中以前、越中時代、越中以降に分けられる。越中以前の作品は、巻三〜巻十六に収められ、越中時代とそれ以降は巻十七〜巻二十に年代順に載せられている。越中以前、越中時代、越中以降の区別は家持の官人としての来歴によるものであるが、そればかりではなく作歌の方向性における区分とも深く関わっている。〈歌学〉の視点から見るならば、「越中以前」と「越中時代とそれ以降」の歌の差異は、〈歌学び〉と〈歌学〉にあるのではないだろうか。

越中以前の家持は、〈歌学び〉の時代といってよいだろう。〈歌学び〉とは、先人に歌を学びつつ、外部の創作歌に寄り添いながら自己の歌を創作してゆく行為である。家持の幼年時代は不明な点が多いものの、すでに〈歌学び〉の環境は整っていた。家持は父旅人と共に大宰府に下っており、そこでは旅人や憶良を中心とした筑紫歌壇において梅花の宴などが開かれており、中国文学に明るい人々から歌を学んでいたであろう。また、大宰府という国際的な地域に身を置くことによって外来文化を享受する門戸が開かれていたと考えられる。家持の年齢から考えるならば、こうした筑紫歌壇の人々との歌による直接の交渉の可能性は低いであろうが、中国文学の積極的な摂取により新たな歌の創造を試みる歌人たちの環境の中で育ったことは、家持の後の作歌活動において重大な影響を与えている。さらに旅人の妻の亡き後に、大伴坂上郎女が家刀自として下向した。その後の家持の青年期に至る間の、坂上郎女からの〈歌学び〉は重要な意味を持つであろう。『万葉集』における家持の歌人としての出発は、筑紫からの帰京後間もなくの天平四、五年頃であり、すでに旅人や憶良は相次いで亡くなっているが、筑紫で培った〈歌学び〉による、歌の創作意欲の高揚が作歌活動を促進させたことは十分に考えられよう。その後家持は、天平十年頃に聖武天皇の内舎人として出仕することとなる。この頃から多くの女性たちと贈答歌を意欲的に交わし、その中で歌を学び、歌表現や歌の駆け引きなど作歌の技術を磨いていった。家持の歌全般を通して、万葉歌の類句性が多く見られるのも、家持文学揺籃期の〈歌学び〉の成果であろう。

家持はこうした〈歌学び〉を経て、天平十七年に越中の守に任ぜられることとなった。およそ二十九歳のころである。越中下向による家持の歌人としての転機は、部下の大伴池主との邂逅にあり、池主の中国文学に対する深い知識に手を引かれて、新たな歌の制作へと向かったことが知られるのである。

そこで本書では、特に家持の越中時代から越中以降の作品を取りあげて考察する。なぜなら中西進氏が、家持の越中時代の歌が「漢文学的世界」を試みた歌であり、「漢文学的要請を消化した後の和歌の完成(4)」へと向かったと述べるように、自覚的に中国文学を取り込み、歌として表現しようとする時期であると考えられるからである。もちろん日本の詩歌における中国文学の受容という点では、『懐風藻』の成立にみられるように、近江朝の漢詩文にまで遡ることができる。また万葉歌人の歌においても、中国文学との関わりから多く論じられている。大伴旅人や山上憶良の作品研究からもその受容が明らかにされており、家持自身の越中以前の作品にも中国文学を意識した歌は数多く見られる。しかし家持の作品には越中における池主との交流を通して、歌を〈歌学〉として捉えようとする、その萌芽を見ることができる。それが「山柿の門」と「遊芸の庭」への言及であろう。「山柿の門」は先学により様々な論が展開されているが、日本の歌の源を指す語であり、〈歌の学〉の流れを意味すると考えられる。対して「遊芸の庭」は、六経に通ずる儒教的な「文」の学を意味し、それは又、中国文学理論の根本原理をなす。家持が「稚き時に遊芸の庭に渉らざりし」「いまだ山柿の門に逕らずして」と述べたのは、こうした日本の歌の伝統と中国の文の学問とを修めていないことへの自戒の念にあったと考えられる。家持の歌は、『万葉集』中の歌語との類似から〈歌学び〉という視点で論じられることが多かった。しかし「山柿の門」と「遊芸の庭」における〈歌学び〉と〈歌学〉という両者の視点を持つことで、家持が目指す歌と〈歌学〉の関係が明らかになるであろう。

本研究はこのような視点から家持の歌を検討するものである。〈歌学〉という問題は、『古今和歌集』の序や以降の歌論書を見通すことの出来る幅広い枠組みであるが、本書では『万葉集』の大伴家持の作品を断片的に取りあげ考察したのみであり、今後の課題は多く残されている。しかし家持の歌を一首づつ紐解いてゆくことで、家持の〈歌学〉を解明してゆくことが本書の目的である。

第二節　大伴家持の中国文学に関する研究状況

ここでは大伴家持における中国文学との関わりについての研究史に触れてゆく。『万葉集』全般において、中国文献を用いて歌の解釈を試みたのは、契沖の『万葉代匠記』に始まる。その中では注釈書という範疇において家持歌についても解釈が施された。しかしそれ以降、家持歌においての中国文学との関わりについての研究はほとんど見られない。

昭和期に入って久松潜一氏が『歌學史の研究――歌論を中心として――』（岩波書店、一九三二年）において、家持の「幼年未経山柿之門」や「拙劣歌不取載之」を挙げて、これらの言に「批評的精神」が見え、これらは「支那詩學から観察すべき」であると指摘している。また山田孝雄氏が『萬葉五賦』（一正堂書店、一九五〇年）において、家持の「賦」や「絶」が『文選』の「賦」になぞらえたものであると論じている。

昭和二十年代ごろからは、家持の作品の類歌性について論じられた。佐佐木信綱氏「家持と類歌」(『万葉集の研究　第三　万葉集類歌類句攷』岩波書店、一九四八年)や、服部喜美子氏「家持の類歌性から」(『愛知県立女子短期大学紀要』四号、一九五三年)がある。高崎正秀氏「大伴家持」(『万葉集講座　三』創元社、一九五四年)は、アララギの歌人たちが家持の類句を模倣であると批評したことに対して、「文學教養の場としての寰境に恵まれた」からであると評価して、家持作品を〈歌学び〉という視点で捉えようとする研究の方向性を示している。

そして昭和三十年代から四十年代にかけては、山柿論争が再検討された。[5] 山柿論は『古今和歌集』仮名序の記述から、人麻呂と赤人であることが自明であったところに、佐佐木信綱氏「柿本人麿と山部赤人」(『歌学論叢』博文館、一九〇八年)が異論を呈したことに始まるのであるが、現在に至るまでにいくつかの興隆期を迎えている。[6] 人麻呂・赤人の並立説から赤人説と憶良説の論争を経て、この時代には新たな論が打ち立てられた。市村宏氏「万葉山柿考」(『古代文学』二号、一九六二年。『万葉集新論』東洋大学通信教育部、一九六四年所収)は人麻呂一人説を採り、併称が時代を遡れないことを指摘した。長田輝男氏「山柿考」(『万葉集研究』三号、中央大学国文学学会、一九六六年)は、人麻呂・憶良説を採り、「潘江陸海」に対して「山柿」といったとする。宮田新一氏「山柿論の展望と私見——山柿は二山一柿の略か——」(『北海道駒澤大学研究紀要』一号、一九六七年)は中国の併称に着目して、二山(赤人、憶良)一柿(人麻呂)であるとする。このように「山柿の門」論争が中国文学との関わりにおいて議論される中で、中西進氏「家持と『山柿』」(『古代ノート』三号、一九六六年。『万葉史の研究』桜楓社、一九六八年所収)は、人麻呂一人説を採り、「論語由来」の『遊芸之庭』という士大夫の自覚をもった中国的規範」に対して、『山柿之門』も一つの世界」であるとして、家持は宮廷歌人的なものを捨象することにより、「和歌」を確立したのだと述べる。

山柿論がこのような方面から考察されるようになった背景には、昭和三十年代後半の比較文学の枠組みからの家持研究へのアプローチがある。小島憲之氏「天平期に於ける萬葉集の詩文」(『上代日本文學と中國文学 中――出典論を中心とする比較文學的考察――』塙書房、一九六四年)が出典論の立場から家持の詩文を考察するように、家持研究におけるこの方法は、芳賀紀雄氏『萬葉集における中國文學の受容』(塙書房、二〇〇三年)などに継承された。一方で中西進氏「家持ノート」(『万葉集の比較文学的研究 中』桜楓社、一九六三年)は、比較文学の立場から家持作品を以下のように論じた。

以上第三期の家持の作品を形態的に分類する事によって、内容の変化を辿って来た。その結果越中時代に始まった試行は、ほぼ達せられたと考えてよく、自己への沈潜という事が、漢文学的要請を消化した後の和歌の完成という目的をなしとげているのであった。額田王に始まり人麿によって形式的に完成され、旅人・憶良という大宰府文人によって殆ど従前和歌形の崩壊をはらむ迄に拡大した和歌は、右の如き家持の和歌によって新しい裘として再生し得たというべきであろう。従って家持が旧族の故に和歌に執して万葉歌を継承し、藤原氏が新貴族の故に漢詩に執して懐風藻を構成したといった類の論断や、詩と歌との対抗といった如き図式化は、世上目に余る程に横行しているが、これは余りもの俗論・概論であって、家持がいかに漢詩賦の世界に接近したか、そしてその中から何を得ようとしたかを考えれば、家持がいかに新しい感性と漢籍的素養の持主だったかは明瞭なところである。(7)

中西氏は、漢文学との交渉という視点から万葉史を見通す。中西氏の区分によると、家持以前の『万葉集』の歴史を三期に分け、第一は近江朝であり、万葉歌の誕生であるとする。第二は近江朝を継承し集大成した人麻呂であるという。第三は憶良であるという。人麻呂の伝統は赤人らで断絶し、憶良ら大宰府文学も大宰府終焉と同時に断絶しているという。家持の越中以前の漢文学的要素は、天平末期の「環境的支配」によるものであり、「家持自らの積極的歩みより」は越中時代を待たなければならないとし、越中時代は六朝や初唐の新しい知識を取り入れながら、大宰府文学を回想しているのだとした。さらに越中以降の作品において、「漢文学的要請を消化した後の和歌の完成という目的をなしとげている」という。

中西氏の論を受けて辰巳正明氏『万葉集と中国文学』（笠間書院、一九八七年）、『万葉集と中国文学　第二』（笠間書院、一九九三年）、『万葉集と比較詩学』（おうふう、一九九七年）は、比較詩学の立場から家持の文学論を展開している。

> 末期万葉の家持の越中時代の文学は、源泉から定着への過程を辿っているように思われる。旅人も憶良もその思想は生々しく源泉的であったが、家持は詩友池主を得て、池主の文学論に導かれながら中国詩学を想定し、新たな文学創造へと向かうのであり、その軌跡は万葉集の出発から家持に至るまでの中国文学受容の歴史を集約し展開した状況を窺わせるものである。それらは倭詩への意識から始まり遊芸・物色・賦・興・遊覧・賞のような文学論への接近を試みるのである。六朝的な影を強く見せながらも、すでに初唐的な輪郭をも見せる家持の文学は、家持における比較詩学の自覚であったといえるであろう。(8)

辰巳氏は、家持と池主との交友、家持の詩文、詠物歌を通した物色、遊覧の文学、越中賦、依興歌、応詔歌などの分析を通して、家持の文学が中国の詩人たちの文学理論と同等な詩的世界を形成していったとする。つまり家持の文学を中国詩学と同質の問題として論じたのである。本論は、この辰巳氏の論に依るところが大きい。

また中国文学からのアプローチとしては、胡志昂氏『奈良万葉と中国文学』（笠間書院、一九九八年）が、六朝文学論の視点から家持作品について言及している。また古舘綾子氏『大伴家持　自然詠の生成』（笠間書院、二〇〇七年）は、中国詩歌の影響という観点から、家持の自然詠について論じている。鉄野昌弘氏『大伴家持「歌日誌」論考』（塙書房、二〇〇七年）は、中国文学の摂取の中で「やまと歌」的なものをいかに創造したかという点について論じている。今や家持作品の研究においては、多かれ少なかれ中国文学との関わりを看過しては論じられない状況にある。本研究はこうした研究史の中で、特に中国詩学との関係に重きを置くものである。

第三節　本書の概要

本書は「大伴家持と中国文学」と題して、その論の中心を〈歌学〉に置いて論じるものである。『万葉集』に載る大伴家持の作品の中でも、家持の越中時代からそれ以降の作品を対象として、主に中国詩学との関わりにおける家持の歌の生成の問題を論じる。本書の起点は、越中時代における家持と池主との交流を通して、中国詩学を基盤とする〈歌学〉という問題が意識され、以降の家持歌の生成の原動力となったということにある。これは日本の文芸が常に大陸文化の受容にあったことと同様に、歌の理論もまた中国詩学の受容にあったということである。そこで家持の歌を『文選』や『玉台新詠』、さらに六朝詩賦と比較検討し、また『文心雕龍』などの文学理論と照らし合わせることにより、家持が詩学を基盤としながら、いかに「倭詩」として表現したかという点を明らかにすることを目的とする。

中国の文学理論を受容することで、どのように家持歌が成立し、いかなる表現方法をとったかという点について個別に歌を取りあげて考察してゆく。その具体相を考えるために、本書では、十一本の論考を三部に分ける構成をとった。各論考の概要は以下の通りである。

第一部「家持と池主との交流歌――家持歌学の出発――」では、家持と池主との贈答を通して、中国詩学の理論を用いながら、いかに「倭詩」として展開したか、その位相について論じる。

第一章「家持と池主の文章論――『山柿の門』と『山柿の歌泉』をめぐって――」は、家持が越中に赴任して間もなく〈歌学〉を自覚する契機となった池主との書簡の贈答において、キーワードとなる「山柿の門」と「山柿の歌泉」をめぐって、池主が家持の文章をいかに評価したかという視点から論じたものである。池主による家持の作品理解としては、①家持の智と仁とは美玉の輝きを含んでいる。②潘岳や陸機の如き家持の詩文は、文学の殿堂に入るべきものである。③その内容は詩想を高く駆けめぐらし、心を道理に委ねている。④たちどころに文章を作り、多くの詩文が紙に満ちている、という点にある。これらの評価が中国文学を典拠とすることを検証し、その上で池主が家持の詩文を「雕龍筆海」に擬えて、「山柿の歌泉」よりも上であるとするのは、『文心雕龍』の文章理論を用いて、詩と一対となる理想的な歌の姿を、家持の歌に見出したためであることを論じる。

第二章「家持の遊覧と賦の文学」は、布勢の水海への遊覧歌の初出である、「布勢の水海に遊覧せる賦一首并せて短歌」（巻十七・三九九一～三九九二）について、題詞に見える「遊覧」や「賦」が、中国詩賦に見えることから、家持が中国詩賦を基盤としてどのような長歌を創造したか、その特質について論じる。「遊覧」や「賦」は中国詩学における分類項目や文体名であることから、家持が中国の「遊覧賦」を意識して作歌したと考えられる。本章はまず「賦」と「遊覧賦」を比較検討し、その上で家持の「遊覧の賦」が中国「遊覧賦」の土地を次々と過ぎ、その風景を詠むという方法によることを指摘する。ところが家持の主眼はむしろ「思ふどち」と共に、風景を「偲」ふことにあり、「遊覧」による交友の問題は、謝霊運の「遊覧詩」に基づいていると考えられる。このことから家持の「遊覧の賦」が、「遊覧賦」と「遊覧詩」の融合により成立したことを明らかにする。

第三章「家持と池主の離別歌——交友の歌学をめぐって——」は、越中に赴任する大伴家持が、正税帳使として京に赴く際に交わした大伴池主との離別の贈答歌群（巻十七・四〇〇六〜四〇一〇）について、離別をテーマとする中国恋愛詩賦と中国贈答詩とを、家持と池主との贈答歌と比較検討することにより、家持と池主との贈答歌が中国文学の枠組みにおいていかに位置づけられるかという点を論じたものである。この歌群は長歌体で構成され、友との別れを詠んだ歌でありながら、あたかも男女の恋歌のように詠まれている点に特徴がある。交友を基本とする中国贈答詩には、恋愛詩の表現を用いて友への情を尽くす手法があり、当該の贈答歌群もこのような方法を理解し、享受して成立したものと考えられる。さらに交友における情の文学は、美景を共に賞でるということによって親交を深めることを基本としており、家持と池主との贈答歌も中国贈答詩の「交友」を意図したものであることを論じる。

第二部「家持の花鳥風詠と歌学」では、家持の季節の風物を詠んだ歌に注目し、中国詩学を通して獲得した歌表現について考察する。

第一章「『庭中花作歌』における季節の花——なでしこと百合の花をめぐって——」は、「庭中の花に作れる歌一首并せて短歌」（巻十八・四一一三〜四一一五）において、「なでしこ」と「さ百合」の花が「物色」の理論を通していかに歌として表現されたかを論じたものである。従来独詠的な作歌状況から、妻への思いを詠む私的な歌として解釈され、越中に滞在する中で自己に内在する鬱屈した心情をなでしこと百合によって慰める歌として、実景の花を詠んだと指摘されている。しかし、この二つの花の咲く時期にずれがあることから、これらの花々は家持の心中に造形された庭中の花であることを指摘する。さらに季節のうつろいと心の動きを説く家持の手法は、六朝詩学の「物色」の理論によるものであるが、家持が当該歌で描く季節の景物もまた、景により情が呼び起こされるという「物色」の詩学の理解によって成立したことを明らかにする。

第二章「家持の花鳥歌——霍公鳥と時の花をめぐって——」は、霍公鳥と時の花との花鳥の組み合わせを詠んだ歌(巻十九・四一六六～四一六八)について、「時の花」という抽象的な花を選択した意図と、「時の花」と「霍公鳥」を取り合わせることにより、いかなる季節歌が成立したかを論じる。『万葉集』の花鳥歌の発想は中国詩の影響下にあることが指摘されており、これを踏まえて霍公鳥の初音が、良い季節に友と琴や酒を携えて賞美すべき風物として立夏に設定されていたことを指摘する。一方で立夏以降に作歌された「霍公鳥と藤の花とを詠める歌一首并せて短歌」(巻十九・四一九二～四一九三)は、「詠—」という同じ構成の題詞を持ち、かつ花鳥を詠む点が共通する。この二歌群は、立夏を基点として立夏以前では「時鳥」と「時花」を詠み、立夏以後では「霍公鳥」と「藤花」の風景を描くのである。立夏を前にして家持の視点は、暦日に基づいた「時」(美景が揃う季節の節目)を詠むことに向けられており、当該歌の花鳥は、この美的基準により選択された景物だったのである。これは歌世界を暦に合わせてゆくという家持の意識によるものであり、歌の「時」を都の時に合わせてゆくという方法に、家持の歌における季節の認識があったことを論じる。

第三章「春苑桃李の花——幻想の中の風景——」は、巻十九の巻頭に載る三月一日から三日の上巳の宴に到るまでの十二首の冒頭にあたる一対の桃李の歌(巻十九・四一三九～四一四〇)について、中国文学において典型的な景である桃李の花が、日本古代文学の中でどのような風景を描くかという点について論じる。本章ではまず題詞の

「眺矚」の語を検証し、景と情との関係において季節の美しい風景を選び取るという「物色」における中国詩学の枠組みで捉えるべき語であることを指摘する。その上で「眺矚」の対象である「春苑」は、このような詩学に裏打ちされた美意識の中から選択された「苑」であり、そこに並び立つ桃花と李花を詠んだ二首は、春愁という情により顕在化された最も美しい春景であったことを明らかにする。

第四章「家持の七夕歌八首」は、「七夕の歌八首」（巻二十・四三〇六〜四三一三）を取り上げ、「独」の語に着目して、七夕歌に季節の景物が詠み込まれることの意義について論じる。この歌群は、七夕を前に二星の逢瀬への期待が高まる歌に始まり、牽牛と織女が出会う前までを描く。しかし『万葉集』の七夕歌が、男女の再会から別離のストーリーを描くのに対して、家持の七夕歌は、逢瀬前の場面で閉じられており、家持には七夕の物語を描くこととは別の関心があったことを窺わせる。家持の「独」と記す歌の特徴を検証し、その上で「独」と記される歌は、その時の賞でるべき季節の景物や風景を詠むことに特徴があることを指摘する。そして家持の七夕歌が、徹底して秋の風物を詠んでいるのも、この方法によることを明らかにする。

第三部「家持の君臣像——詩学から政治へ——」では、「文」による国家秩序の明示が、儒教的な文学理論の根幹であることを家持が理解した上で、こうした政治理念をいかに歌として捉え直したかということを論じる。特に律令国家の黎明期に活躍した宮廷歌人と定着期に入った家持との比較を通して、律令的な君臣関係を歌としてどのように表現したかという点に注目する。ここでは、家持の応詔歌、行幸歌、贈答歌を取り上げて、君臣観とその諸相について論じる。

第一章「侍宴応詔歌における天皇像」は、「京に向かふ路の上にして、興に依りてかねて作れる侍宴応詔の歌一首并せて短歌」（巻十九・四二五四〜四二五五）について、人麻呂以来の宮廷歌人の伝統の流れを汲む応詔歌には見られない「酒宴」の様子や、天皇が「秋の花」を賞美することの意義について論じる。長歌の前半が古の皇祖神が天降って国見をすることで国を統治する姿を描き、後半で現在の天皇が「秋の花」を賞でることを詠むのは、「国見」により統治した古の天皇に対して、花を賞美することによって君臣和楽の理念を実現するという、新たな天皇像を示唆するものである。また「秋の花」の選択は、秋の肆宴を想定し、天皇の徳が万物に施されることにより、見出された象徴としての臣下の姿であることを論じる。

第二章「応詔儲作歌における君臣像の特色とその意義」は、「詔に応へむが為に、儲けて作れる歌一首并せて短歌」（巻十九・四二六六〜四二六七）を取り上げ、家持が天皇に奉仕する臣下の姿を描くことを以て、理想の君臣像と捉えた意義について論じる。ここで特に注目されるのが、「紐解き放けて」「ゑらゑらに　仕へ奉る」という、他の応詔歌に見られない宴を喜び楽しむ臣下側の表現であり、これらの表現が皇徳により実現した太平の世の具体相であることを指摘する。その上で家持は、豊の宴を周縁から見つめる第三者的な天皇寿歌の手法を用いて、理想の君臣像を描いたのである。本来豊の宴を見る存在の天皇をも宴の内部に取り込み、「豊の宴」における天皇の徳と、それを享受し奉仕する臣下という理想的な太平の世が眼前にあることを歌人の立場で歌うところに、家持の応詔歌の理解があったことを明らかにしたい。

第三章「家持歌における『皇神祖』の御代――『青き蓋』をめぐって――」は、宴席において保宝葉をめぐって僧恵行と贈答した歌（巻十九・四二〇四〜四二〇五）について、保宝葉をキーワードとして、家持が皇祖神の酒を飲む姿を詠んだ意義と、家持と恵行との贈答歌の直前に配される布勢の遊覧歌群との関係について論じる。『万葉集』における「蓋」は天皇の権威の象徴として、また古代中国の宇宙観を示す「天円地方」の思想における天の具象として用いられ、家持はこうした発想から保宝葉を盃として酒を飲む皇祖神の姿をうたうことによって、現在の天皇への讃美としたのである。その上で家持と恵行との贈答は、前歌群の布勢の遊覧との繋がりで捉えるべきであり、布勢の水海における保宝葉の風物を通して、鄙の地が中央の秩序の中に連なることを意図的に描いた作品であることを明らかにしたい。

第四章「吉野行幸儲作歌における神の命と天皇観」は、「吉野の離宮に幸行さむ時の為に、儲けて作れる歌一首并せて短歌」（巻十八・四〇九八〜四一〇〇）について、吉野行幸を想定し、天皇の詔があった際に献上する歌としてあらかじめ用意した歌である家持の吉野行幸歌と、宮廷歌人による行幸歌の代表とされる人麻呂の吉野行幸歌との比較を通して、家持歌の特異性を論じたものである。人麻呂の「吉野行幸歌」と比較すると、人麻呂歌に表現される天皇は吉野の宮を作った、絶大な神々しさを持った持統天皇の姿であるのに対して、家持は吉野の創始者を、天つ神としての皇位を継承した祖先の天皇であるという。その祖先の天皇に対して、現在の天皇は「大君」という語で表され、そこには、家名を負って主従関係を結ぶ官人家持との結びつきによって捉えられる律令制度の指導者である天皇と、「皇祖の　神の命」としての天皇という二重の意味の中に捉えられることを論じる。

【注】

1　例えば中島光風氏（「平安時代の歌學」『上世歌學の研究』筑摩書房、一九四五年）は、歌の歴史の中で、「歌學は今なほ成立の段階に達してゐない」とし、「非體系的、無組織的、無自覚的」であるという。この言に先立って佐佐木信綱氏（「諸論」『日本文學史』博文館、一九一〇年）は、〈歌学〉の意義について、「そは一般の文學論に根柢を有し、根本的に、詩歌とは何ぞやといふ問題に答へ、以て和歌の性質を明らかにせる、統一的組織的の知識、及びそれに附随せる各首の學問的研究」とするが、この意義に達する〈歌学〉は成立していないといい、〈歌学〉に未だ達していないものを〈歌論〉と位置づけている。また實方清氏（「序説」『日本歌論』昭森社、一九四四年）は、「歌論性即ち歌の美に對する理論的抽象的認識の存することが必要なる内容條件」であるとして、「歌論性に關係なき言説は歌論としての價値を持たないものでそれは學の對象として認めがたい」とする。これらの歌論研究における〈歌学〉の定義は、〈歌〉の〈学問〉の理論的体系と認識している点で一致しており、このことが中世以来の歌壇を構築してきたことに鑑みると、必定の議論であるといえよう。

2 伊藤博「家持の文芸観」『萬葉集の表現と方法　下』（塙書房、一九八一年）。
3 橋本達雄「家持の歌学」『大伴家持作品論攷』（塙書房、一九八五年）。
4 中西進「家持ノート」『万葉集の比較文学的研究　中』（桜楓社、一九六三年）。
5 昭和四十年代までの「山柿論」については近藤信義氏の「大伴家持万葉集作者別研究史」（『萬葉集事典』有精堂、一九七五年）に詳しい。
6 伊藤博氏（「『山柿論』をめぐって」『万葉集の表現と方法　下』塙書房、一九八一年）は昭和十四年までを第一期、昭和十五年から三十五年を第二期、昭和三十七年以降を第三期と区別した。
7 （注4）に同じ。
8 辰巳正明「序論」『万葉集と比較詩学』（おうふう、一九九七年）。

第一部　家持と池主との交流歌

——家持歌学の出発——

第一章　家持と池主の文章論
――「山柿の門」と「山柿の歌泉」をめぐって――

第一節　はじめに

大伴家持は越中における意欲的な作歌活動を通して多岐にわたる作品を創作した。それらの作品の方向性は中国文学の受容にあり、中国詩学に対して歌をどのように位置づけてゆくかという問題であったと思われる。この問題に向き合う契機となったのが、巻十七の大伴池主との歌や詩文の贈答にある。その時の鍵語となったのが、池主に導かれた「倭詩」という言葉であったに違いない。

家持は越中国司に赴任して間もなく病に罹り、その折に池主に漢詩文と歌とを贈り、これを契機として二人の書簡による贈答が始まる。その中で家持は自らの作品について、稚き時に「遊芸の庭」に渉らず、また「山柿の門」に到らないため、歌を作る技能に欠けていることを述べる(1)。これに対して池主は、「山柿の歌泉は此に比ぶれば蔑きが如し。雕龍の筆海は粲然として看るを得たり」と応え、「山柿の歌泉」については取るに足らないものとし、「雕龍の筆海」を家持の歌に重ねて、賛辞を贈るのである。従来この贈答は、「山柿の門」をめぐって、伊藤博氏が「この一節は、家持における、拠るべき『古典』の成立を意味するということである。家持が、ここで、文芸の規範・原点を発見しているということである」(2)というように、歌の学問の面から論じられ、家持が自身の歌の価値を、文学史の中にいかに位置づけるかという問題として捉えられる一方で、この山柿の論をめぐって、六朝文学論から説くことも試みられている。(3)家持の「山柿の門」と「遊芸の庭」を受け、その上で池主が漢詩文による文章で応答したところをみると、そこには六朝の詩学や文芸詩が意識されていたことが予想されよう。ただ池主が、家持の歌を「雕龍の筆海」に擬えた根拠は、明らかにされていないものと思われる。ここでは六朝詩学と歌との関係について、家持と池主の文章論から考えてみたい。

第二節　池主による家持の作品理解

家持と池主との贈答は、今日までの研究史において、中国臥病詩を規範とした歌群構成があり、書簡文を通して文学論を展開する方法は、中国文人の伝統であることが指摘されている。(4)たしかに家持の「忽沈枉疾、殆臨泉路。仍作歌詞、以申悲緒一首并短歌」(三九六二～三九六四)については鉄野昌弘氏が、六朝や初唐の臥病詩を踏まえていたと述べるように、池主とのやりとりの契機ともなり歌群全体を貫いている。その一方で、池主が家持の書簡文とそれに添えられた歌を読んで、

忽ちに芳音を辱くし、翰苑は雲を凌ぐ。兼ねて倭詩を垂れ、詞林錦を舒ぶ。　(三九六七～三九六八、序)

と、家持の歌を「倭詩」と述べたことの意味は大きいであろう。「兼垂倭詩、詞林舒錦」は「忽辱芳音、翰苑凌雲」と対になっている。「詞林」、「翰苑」はともに、「相手の書翰類のすぐれたことを儀禮的、挨拶的にほめるこ

とば」[5]であるという。「芳音」は、「征夫去遠芳音滅」（江總「長相思二首」）、「幸藉芳音多　承風采餘絢」（謝玄暉「和伏武昌登孫權故城詩」）など相手の手紙に対する敬称であり、ここでは家持の書簡の漢文序を示す。つまり「芳音」と「倭詩」とを対として捉えた池主の見識には、漢文と歌を対等に扱おうとする姿勢を読み取ることができる。この点について辰巳正明氏が、「伝統的な歌を詩と呼ぶのは歌が詩と等質の文学として認定する立場を表したものであり、かつ《倭》であるというのは、《漢》とは区別されるところの詩であるからである。ここに、詩という概念を等しくしながら漢詩と倭詩との区別がなされるという、文学史的には重要な概念が詩学として提起された」[6]と指摘するのは重要であろう。これに応える家持の書簡は、池主の意図を理解した上で、謙遜の意味を込めて自己の文才の拙さを述べたことが窺われる。

ただ稚き時に遊芸の庭に渉らざりしを以ちて、横翰の藻はおのづからに彫虫に乏し。幼き年にいまだ山柿の門に逕らずして、裁歌の趣は詞を聚林に失ふ。（三九六九〜三九七二、序）

「遊芸」は、『論語』の「志於道、據於德、依於仁、游於藝」によるものであり、『論語集注』に「藝、則禮樂之文、射御書數之法」とあり、六経に通ずるものとされる。[7]家持が具体的に「遊芸」を取り上げた理由は、文章の源流に関する言及が基になっているのではないだろうか。『文心雕龍』によると、

夫子聖を繼ぐに至つては、獨り前哲に秀づ。六經を鎔鈞するに、必ず金聲にして玉振し、情性を雕琢し、辭令を組織す。木鐸起りて千里應じ、席珍流れて萬世響く。天地の輝光を寫し、生民の耳目を曉らかにす。（原道第一）

故に知る、繁略制を殊にし、隱顯術を異にし、抑引時に隨ひ、變通會に適すること、之を周孔に徴すれば、

則ち文に師有るを。是を以て、文を論ずるには必ず聖に徴し、聖を窺ふには必ず經を宗とす。（徴聖第二）[8]

とあり、天地の理を文によって明らかにしたのが六経であり（原道第一）、それゆえ文章を論ずる時は規範を聖人に求め、聖人を知るには経書を手本とすべきこと（徴聖第二）が述べられている。続く「宗経第三」でも章名にある如く、経を手本として尊ぶことが繰り返されている。このことは『文心雕龍』に限らず、陸機の文賦にも「傾六藝之芳潤。浮天淵以安流、濯下泉而潛浸」とあるように、儒教的中国詩学を基盤とした理念によるものであるといえよう。それと対である「山柿の門」については、現在までの研究史において様々な論が展開され、今なお解決し得ない問題である。しかし遊芸が、中国文学の源流としての規範を示す語であることを考えるならば、山柿においても、日本の歌の源を示す語でなければならないはずである。山柿の研究史を見ると、人麻呂・赤人説、人麻呂・憶良説、人麻呂説、赤人説などの多くの論が挙げられているが、市村宏氏は、山柿は歌の源流としての人麻呂一人を指すものとされ[9]、歌の源流や規範という意味からみれば、人麻呂を師とする歌の学問一派を指すと考えられるであろう。このような池主から家持への「倭詩」に対する賛辞に対して、家持が「遊芸の庭」と「山柿の門」を以て応えることの文学理論の基盤には六朝詩学があり、家持はそれに基づいて具体的に深化させたものと捉えることができよう。

家持の言に応える、次の池主の倭と漢との文章をめぐる言及は、新たな局面を迎えるように思われる。池主の書簡は次の通りである。

昨日短懐を述べ、今朝耳目を汙す。更に賜書を承り、且不次を奉る。死罪々々。

下賤を遺れず、頻に徳音を恵む。英霊星気あり。逸調人に過ぐ。智水仁山は既に琳瑯の光彩を韞み、潘江陸海は自からに詩書の廊廟に坐す。思を非常に騁せ、情を有理に託せ、七歩章を成し、数篇紙に満つ。巧みに愁人の重患を遣り、能く恋者の積思を除く。山柿の歌泉は此に比ぶれば蔑きが如し。雕龍の筆海は粲然として看るを得たり。方に僕が幸あることを知りぬ。敬みて和へたる歌。（三九七三〜三九七五、序）

内容は、昨日に贈られた家持の書簡に対しての謝意を述べ、家持の文章には英才や優れた気韻があり、格調の高さが群を抜いていることを称賛した上で、次のように述べる。

①家持の智と仁とは美玉の輝きを含んでいること。
②潘岳や陸機の如き家持の詩文は、文学の殿堂に入るべきものであること。
③その内容は詩想を高く駆けめぐらし、心を道理に委ねていること。
④たちどころに文章を作り、多くの詩文が紙に満ちていること。

続いて先の家持の言における「山柿」を用いて、「山柿の歌泉」は物の数ではないといい、今述べたような家持の詩文を「彫龍筆海」に擬えて、龍を彫るごときあなたの筆は輝かしく、目を見張るばかりであるという。これは、池主が「山柿の歌泉」と「雕龍の筆海」とを対句的に用いて、家持の文章を「雕龍の筆海」だと称賛し、「山柿の歌泉」よりも上であるとする姿勢を示していると考えられる。芳賀紀雄氏は、「山柿の門」の言に家持の謙遜を見て取り、「逐一家持を慰め、励ます態度」[10]と指摘する。「山柿の歌泉」を「蔑きが如し」とする発言は山柿の劣勢を語るが、むしろ山柿を十分に認めているからこそ、家持の文才をその上に置くことで、家持の歌のすばらしさを保証する表現であるといえるだろう。しかし、家持の文章を「雕龍の筆海」に擬えることの意味は、問われるべきであろうし、池主自身の書簡において、家持の歌を漢詩に対する「倭詩」と位置づけながらも、ここにおいては漢文学のほうに家持を位置づけることの意味を明らかにするべきであると考える。

先に挙げた①~④は従来の研究において、中国文学を典拠とすることが指摘されている。①は、小島憲之氏が『智』と『仁』とは論語の語句をかりたまでで、ここでは單に水と山との形容に過ぎず、やはり家持を文才にたとへたものとみるべきである」[11]と述べて以降、「智水仁山」を家持の文才の喩えとする解釈が一般的である。しかし「智水仁山」の語は、『論語』の「知者樂水、仁者樂山。知者動、仁者靜。知者樂、仁者壽」[12]を踏まえ、知者と仁者を山水に喩えた表現であることから、辰巳正明氏が、「広く儒教的認識を支える基本的思想として存在したのが智水仁山の思想であったというべきであり、しかも、そこには天地の生成や国家の安寧をも含めた政治的要素をも多分に内包する思想でもあった」[13]と指摘するように、儒教的な賢者の資質という面から考えるべきではないだろうか。なぜならこのような「智水仁山」の思想は『懐風藻』において広がりをみせているからである。

五言。山齋言志。一首。　大神安麻呂（詩番三九）
間居の趣を知らまく欲り、來り尋ぬ山水の幽けきことを。
浮沈す烟雲の外、攀翫す野花の秋。
稲葉霜を負ひて落ち、蟬の聲吹を逐ひて流る。
祇仁智の賞を爲さまくのみ、何ぞ論らはむ朝市の遊。

五言。遊吉野宮。二首。　中臣人足（詩番四五）

惟れ山にして且惟れ水、能く智にして亦能く仁。
萬代埃無き所にして、一朝柘に逢ひし民あり。
風波轉曲に入り、魚鳥共に倫を成す。
此れの地は即ち方丈、誰か説はむ桃源の賓。

五言。従駕吉野宮。應詔。二首。　大伴王（詩番四八）

山幽けくして仁趣遠く、川淨けくして智懐深し。
神仙の迹を訪はまく欲り、追從す吉野の潯。

大神安麻呂の詩は山斎において志を述べた詩であり、静かな住まいの趣を求め、山水幽玄の場所を訪ねたという。「仁智の賞」は、俗世間の遊びである「朝市の遊」と対極のものとして位置づけられ、俗世間を逃れた生き方を求めるのである。中臣人足の詩は吉野行幸の際のものであり、吉野の山水を「仁智」といい、万代塵埃がなく、また柘枝伝説が残る場所であるというように、脱俗的かつ神仙の場所として吉野を描いている。また天皇の徳が及ぶ山水の自然は、波や風が音楽を奏で、魚や鳥は踊るというように、皇徳を讃美する比喩として描かれている。大伴王の詩は吉野の山水には仁者や智者の趣があり、神仙の跡を訪ねようと思って吉野離宮まで付き従ってきたことが詠まれ、吉野の山水は、天皇の仁智による徳が及ぶ場所として捉えられている。『懐風藻』に表れる「智水仁山」は、山水を求めた隠遁的な様相が見られる一方で、従駕詩に見られるように、実景よりも皇徳と一体となる自然を詠むところに特徴がある。「智水仁山」の日本における展開は、天皇の徳と関連した、より観念的・理念的な自然の姿であるといえる。このことから、「智水仁山」の日本の受容は徳を表わすことにあり、池主が家持に対して「智水仁山」の輝きを含んでいると述べたのは、家持の徳への賛辞であると捉えるべきであろう。その徳とは自然を楽しみ賞美する態度であり、そのことを家持が理解していることへの評価と考えられる。

②の「潘江陸海は自からに詩書の廊廟に坐す」については、「潘江陸海」は『詩品』に「陸才如海、潘才如江[14]」とあり、晋の並び立つ文人である潘岳と陸機の才能を海と江に喩え、「詩書の廊廟に坐す」は、「景陽潘陸、自可坐於廊廡之間矣」によることが知られている。しかし池主は『詩品』の文をそのまま取り込んでいないことも指摘されており[15]、この点について鉄野氏が、『詩品』における潘岳や陸機の否定的評価を取り去り、「潘岳・陸機は、曹植と並んで、家持をそれに比すべき詩人[16]」として位置づけたと指摘したとする点は首肯される。ここで注目されるのが、これらの詩人たちが座す館が「孔子之門[17]」であったということだろう。詩作の規範となる源流を孔子に置くことは、『詩品』固有のものではなく、儒教を規範とする中国文学理論においては必然であろう。『文心雕龍』にも、孔子を聖人として位置づけ、「若徴聖立言、則文其庶」のように、聖人を求めて文章を作るならば理想に近いものになる、と述べるように、六朝期を覆う文学理論であったことを窺わせる。

第三節　「情理」と六朝詩学

③の「思を非常に騁せ、情を有理に託せ」については、小島氏が次のように述べている。

文と理は「情」即ち性情に關係する。表現しようとする心がこの情にあたり、その表現のために文と理とをもつてする。文心雕龍（體性篇）の、「夫情動而言形《アラハレ》、理發而文見」はこれをものがたる。池主の書翰の一句「情を有理に託す」もこれであり、自己の志《おもひ》を述べるために、理に託すると云ふ意で、前句の「思《おもひ》を非常に馳《は》す」と同類のことばである。(18)

氏は、六朝文学の特徴として情を表現する方法が「文」と「理」であり、池主の発言はこの六朝詩学を理解していたことにあると指摘した。「理」とは『文心雕龍』が「夫玄黄色雜、方圓體分、日月疊璧以垂麗天之象、山川煥綺以鋪理地之形。此蓋道之文也」（原道第一）というように、「自然の理法」のことであり、「道（道理）」を指す。同じく『文心雕龍』の「情采」には、「故情者文之經、辭者理之緯。經正而後緯成、理定而後辭暢」というように、情は縦糸で、理は横糸であり、情という縦糸が正しく仕掛けられ、その後に横糸である論理が確立されて文章における修辞が効果を発揮するという、文章作成の根本原理を説くことからも、情を理に託することによって文が表れるという詩作の過程が認められる。しかし、この理論のみでは池主がいう「思を非常に騁せ」の意味は明らかではない。この部分について、『文心雕龍』の「神思」に次のように見られる。

文の思や、其の神遠し。故に、寂然として慮を凝らせば、思ひは千載に接し、悄焉として容を動かせば、視は萬里に通ず。吟詠の間に、珠玉の聲を吐納し、眉睫の前に、風雲の色を巻舒するは、其れ思理の致か。故に思理の妙爲る、神と物と遊ぶ。

「神思」とは「文学的想像力」であり、「文学の創作という営みの根本となる霊妙不可思議な精神の作用」[19]であるという。具体的には、静かに思慮すれば、思考は千年の遠い過去にも及び、また静かに肉体を動かせば、観察は万里の先にも達し、吟詠すれば珠玉のような美しい響きを作り出し、目の前に風雲の姿を展開することが、「文学的想像力」の極致であるというのである。この言を遡ると陸機の「文賦」では、「其始也、皆收視反聽、耽思傍々訊。精騖八極、心遊萬仞。其到也、情曈曨而彌鮮、物昭晣而互進」[20]と述べられ、文章を作る最初の段階としては、眼も耳も外界から遠ざけ、心の内において、深くかつ広く思いを廻らす必要があり、魂は地の果てまで走り、無限の高みに飛び上がり、その状態が満ち足りると、外物の姿が鮮明に現れてくるという。このように劉勰や陸機が述べる自然を視る眼とは、現実的な視覚によるものではなく、思索により得ることができる自然の有様であり、心の眼で四時の風景を眺め文章を作ることが、六朝の文学論であったと考えられる。このことから当該の贈答において、家持が病臥の為に一人寝室に籠もり作歌したことは、思索において外界の風景を捉えた状況を示すことと重なるのであり、池主はそのような家持の作歌状況を理解し、家持の作品が六朝詩学に基づくものとして評価したのである。

④の「七歩章を成し、数篇紙に満つ」については、『世説新語』に集録される「七歩詩」の「文帝嘗令東阿王七歩中作詩、不成者行大法」[21]の典拠が『万葉代匠記』にすでに指摘されており、即座に歌を作ることができる家持の文才を賞賛する内容である。家持は贈答において、池主の書簡に対して日を置かず即座に返信したのであるが、それ以上に、自然の有様を思索によって捉え、即座に詩文に表現した家持に対する地主の評価であると考えられる。

以上のような家持の歌に対する評価の上で、池主が家持の文章を「雕龍の筆海」と述べた理由について考えてみたい。「雕龍」について『万葉代匠記』は、「史記」孟荀列伝の騶衍と騶奭の伝を典拠として、「談天衍、雕龍奭」とあるように、騶奭が学を修めて、龍を刻むように巧みに文章を飾ったことの故事であるとし[22]、新日本古典文学大系本は『文心雕龍』の書名の引用であると指摘する[23]。しかし問題は出典をどこに求めるかということよりも、「雕龍」の語が持つ意味が重要と思われる。確かに『文選』の「別賦」においても「雕龍」の典拠として、騶奭は王褒、揚雄、厳安、徐楽、また金馬門や蘭台の才子や司馬相如などと並び称され、「有雕龍之聲」といわれることから、「雕龍之聲」をもって騶奭の文才を評価するのである。しかし一方では、「雕龍」の語は幅広く用いられており、例えば次のように見られる。

先生幼夙多疾、性疎嬾、無所營尚、然九流百氏之言、雕龍談天之藝、皆泛識其大歸、而不以成名。

（『宋書』巻八十九、列傳第四十九、袁粲[24]）

史傳稱安平崔氏及汝南應氏、並累世有文才、所以范蔚宗云崔氏「世擅雕龍」。

（『梁書』巻三十三、列傳第二十七、王筠[25]）

高滄朗達、默識淵通、領新悟異、發自心胸。質侔和璧、文炳雕龍、燿姿天邑、衣錦舊邦。

（『魏書』巻八十五、列傳第七十三、文苑[26]）

於是辭人才子、波駭雲屬、振鵷鷺之羽儀、縱雕龍之符采、人謂得玄珠於赤水、策奔電於崑丘、開四照於春華、成萬寶於秋實。

（『北齊書』巻四十五、列傳第三十七、文苑序言[27]）

「雕龍」は広く文才を指す言葉として用いられ、それは例えば天の芸を語り、また代々継ぐべきものであるとされるのであるが、ここで注目されるのは、『晋書』文苑伝序である。

自時已降、軌躅同趨、西都賈馬耀靈蛇於掌握、東漢班張、發雕龍於綈槧、俱標稱首、咸推雄伯。(28)

文苑伝序は中国文学史の流れを記したものであり、その中で班固と張衡の文才について、竹帛の上に雕龍を出現させたようであり、それぞれいち早く名前を挙げ、旗頭と認められたという。興膳宏氏によると、この文は『宋書』謝霊運伝論にほぼ倣ったものだという。(29)たしかに、謝霊運伝の班固と張衡の記述は次のように記されている。

若平子艶發、文以情變、絕唱高蹤、久無嗣響。
相如巧爲形似之言、班固長於情理之説、子建仲宣以氣質爲體、並標能擅美、獨映當時。

張衡の作品は鮮やかな個性を発揮して、文は情によって変じ、この上もなく素晴らしい詩の行跡は久しく響き、これを継ぐ者がなかったという。また班固は、情理の説に長じていたというのである。文苑伝序が、この謝霊運伝の記述に従って執筆されたことを考えるならば、「文以情變」、また「情理之説」に秀でていることが、「雕龍」の如き文章のあり方であったのだろう。それはまさしく前述したような、劉勰が説いた文章理論と重なるものと思われる。『文心雕龍』の命名の由来については、「夫れ文心とは、文を爲るの用心を言ふなり」(序志篇)と記される。これは陸機の「余才士の作る所を観る毎に、竊に以て其の用心を得る有り」（「文賦」）に原拠があると思われ、李善注に「用心とは、士の心を文に用ふるを言ふ」とあるように、情によって言葉が作られるということであり、文とは心に生じる言葉によって作られることを説くものである。「雕龍」とは、情により作られた文の美しさを表わすという文学理論に基づいた語であり、『文心雕龍』の書名もまた六朝に興隆した文学理論に基づいて命名されたものと思われる。

このことから池主が家持の文章を「雕龍の筆海」と述べた理由は、「雕龍」の語が六朝詩学における情理に起因する文学理論を指すことから、その理解の上で家持の文学観を評価したと捉えるべきであろう。つまり「山柿の歌泉」と「彫龍の筆海」とを対として評価したことの意味は、「山柿」という倭の歌の流れに対して、「雕龍」という六朝詩学の流れの中に家持の歌を位置づけたものと考えられるのである。池主のこの書簡文は、冒頭に「更に賜書を承り、且不次を奉る」とあり、三日に贈られた家持の返事として書かれたものである。これらの家持の歌に対する評価は、「文」と「理」との関係における六朝詩学を基盤にしたものであり、また中国の優れた詩人達に家持を擬えることで、家持の歌を中国詩史の流れに引きつけ、位置づける意図があったと考えられる。もちろんその経緯には、池主自身が二日の書簡で、家持の歌を「倭詩」と名づけた意味を汲み取り、家持自身も中国詩文に範を求めた歌を意図していたはずである。そこで、次節では家持の歌がどのように漢詩文に対応しているかという点を考えてゆきたい。

第四節　漢詩と倭詩の「情」と「理」

池主が家持の歌を「倭詩」といい、家持の文才を中国詩学に基づき「雕龍の筆海」に擬える。そこには倭の文学である歌を、中国文学の流れの中に位置づける姿勢が見て取れる。そこで、ここでは実際に家持の詩文と歌との対応関係について考えてゆきたい。家持の二月二九日の書簡は次のように記される。

……今方、春朝には春花、馥を春苑に流へ、春暮には春鶯、声を春林に囀る。この節候に対ひて琴罇翫ぶべし。興に乗る感あれども、杖を策く労に耐へず。独り帷幄の裏に臥して、聊かに寸分の歌を作り、軽しく机下に奉り、玉頤を解かむことを犯す。その詞に曰はく、

春の花今は盛りににほふらむ折りて插頭さむ手力もがも　（巻十七・三九六五）

鶯の鳴き散らすらむ春の花いつしか君と手折り插頭さむ　（同・三九六六）

詩文は春の季節を「春朝」「春花」「春暮」「春鶯」「春林」というように、「春」を冠した景物によって表現している。これは例えば『藝文類聚』に載る梁元帝の「春日詩」に、「春還春節美　春日春風過　春心日日異　春情處處多　處處春芳動　日日春禽變……」[30]と見られるように、「春」の語を重ねる中国詩の方法に依るものであり、書簡文でありながらも、その形式は詩に近いものである。このような春の季節には「琴罇」をもって遊ぶべきなのに、病のために部屋に引きこもらなくてはならない嘆きを述べるのである。書簡において、春花が咲き誇る「春苑」の様子は、三九六五番歌の「春の花今は盛りににほふらむ」に、「春鶯」が囀る姿は、三九六六番歌

の「鶯の鳴き散らすらむ」に翻訳され歌われている。また「插頭」することは、元々生命力を得る呪的行為であるが、大伴旅人を中心とした梅花の宴の際の歌にも頻出するように、宴においての遊びを意味するものであり[31]、これはまさに書簡文において、「琴罇」をもって遊ぶことを表現しているといえよう。しかし現在推量の「らむ」によって、「独り帷幄の裏に臥して」いるために、そうした宴に参加できないことを表している。さらに自身が病に臥している様を「手力もがも」といい、池主とともに季節を賞美する宴に参加することへの望みを「いつしか君と手折り插頭さむ」と詠む。これは、「興に乗る感あれども、杖を策く労に耐へず」を歌に変換したものである。このように書簡文と歌がまさしく対応していることが認められる。先学に指摘されるように、歌の表現としては平凡であるといえるのであるが、池主は書簡文と歌との対応において、その価値を見出したがゆえに、家持の歌を「倭詩」と呼んだものと考えられる。

これに答えた池主は、自らの書簡文において次のように記す。

……紅桃は灼灼にして、戯蝶花を廻りて舞ひ、翠柳は依依にして、嬌鶯葉に隠りて歌ふ。楽しむべきかも。淡交に席を促け、意を得て言を忘る。楽しきかも、美しきかも。幽襟賞づるに足れり。豈慮らめや、蘭蕙藂を隔て、琴罇用る無く、空しく令節を過して、物色人を軽みせむとは。怨むる所此に有り、黙已をる能はず。俗の語に云はく「藤を以ちて錦に続ぐ」といへり。聊かに談笑に擬ふるのみ。

山峡に咲ける桜をただひと目君に見せてば何をか思はむ　（巻十七・三九六七）

鶯の来鳴く山吹うたがたも君が手触れず花散らめやも　（同・三九六八）

池主の歌二首は、家持の歌に対する返歌として作られたものである。「春の花」をそれぞれ「桜」「山吹」という具体的な花名に置き換え、さらに山桜をたったひと目あなたにお見せすることができたなら、何の物思いがありましょうか（三九六七）と宴を辞退する家持に対して、残念に思う心情が詠まれている。またいつしか君と手折り插頭さむ（三九六六）と、宴の参加を望む家持に対して、あなたが手を触れずに散ることなど決してないだろう（三九六八）と慰めている内容であることから、池主の二首は自身の書簡文に対応させるというよりは、家持の病臥歌への返歌とみるべきである。しかし、家持の書簡が病臥を主眼とするのに対して、池主の書簡は家持と宴を共にすることができないことの悲しみを終始述べる。これに呼応するように、家持の次の返歌では、春の盛りの宴を逃してしまうことへの悲しみへと移行しているように思われる。この歌は池主が「雕龍の筆海」と称した歌であるが、その家持の書簡文と歌とには対応関係がないことから、家持は池主の書簡文に対してこの長反歌を作ったのではないだろうか。

大君の　任のまにまに　級離る　越を治めに　出でて来し　大夫われすら　世間の　常し無ければ　うち靡
き　床に臥伏し　痛けくの　日に異に増せば　悲しけく　此処に思ひ出　いらなけく　其処に思ひ出　嘆く
そら　安けなくに　思ふそら　苦しきものを　あしひきの　山き隔りて　玉桙の　道の遠けば　間使も　遣
る縁も無み　思ほしき　言も通はず　たまきはる　命惜しけど　為むすべの　たどきを知らに　籠り居て
思ひ嘆かひ　慰むる　心は無しに　春花の　咲ける盛りに　思ふどち　手折り插頭さず　春の野の　繁み飛
びくく　鶯の　声だに聞かず　少女らが　春菜摘ますと　紅の　赤裳の裾の　春雨に　にほひひづちて　通
ふらむ　時の盛りを　徒に　過し遣りつれ　偲はせる　君が心を　愛はしみ　この夜すがらに　寝もねずに

今日もしめらに　恋ひつつぞ居る　　　（巻十七・三九六九）

あしひきの山桜花ひと目だに君とし見てば吾恋ひめやも　（同・三九七〇）

山吹の繁み飛びくく鶯の声を聞くらむ君は羨しも　（同・三九七一）

出で立たむ力を無みと籠り居て君に恋ふるに心神もなし　（同・三九七二）

「大君の」から「心は無しに」までは、都への鬱屈した思いを「籠り居て　思ひ嘆かひ　慰むる　心は無しに」と詠む。この部分は自らの「悲緒を申べたる一首并せて短歌」（巻十七・三九六二〜三九六四）を受けた、都への思いである。しかしその思いは、「春花の　咲ける盛りに」以降で、一番よい季節を空しく過ごしてしまうことへの苦悶へ、そして池主と共に遊ぶことができないことに対する鬱屈した思いへと展開してゆくのである。前の家持自身の長歌とは異なる要素である春景や池主への思いが、贈られた書簡文への答えであると考えられる。そこでこの箇所において池主の書簡文と家持の歌がどのように対応しているかを見てゆきたい。

池主の書簡文に描かれる、蝶が舞い、鶯が鳴く春の光景は、中国詩文において典型的な風景であり、『遊仙窟』に見える、「戯蝶扶丹萼、遊蜂入紫房」や「此時君不在、嬌鶯甑殺人」などの影響が小島憲之氏によって指摘されている。[32]また『懐風藻』にも、「吹臺哢鶯始、桂庭舞蝶新」（「遊覧山水一首」治部卿犬上王）のように詠まれ、これは「縱賞如談倫」とあることから、塵外で行われる清談のことであり、脱俗的な仙境であろう。こうした春景を共に楽しむことができないことを、「豈慮らめや、蘭蕙藂を隔て、琴罇用る無く、空しく令節を過して、物色人を軽みせむとは。怨むる所此に有り」というのである。このような池主の書簡文に対して、家持は池主が述べる「紅桃灼々」「翠柳依々」という詩人たちが用いる「物色」への感動を表現する文辞を[33]「春花の　咲ける盛りに」という歌句に、また、「矯鶯隠葉歌」を「春の野の　繁み飛びくく　鶯の　声だに聞かず」という歌句に置き換えてゆくのである。さらに、「時の盛りを　徒に　過し遣りつれ」というのは、池主の書簡における「空しく令節を過」ごすことを指していると考えられる。

以上のことから池主がこの家持の歌を受けて「雕龍の筆海」と述べたことの理由としては、池主が贈った書簡文に対して、家持が「倭詩」で答えたことに対する評価であると考えられる。それは、詩語を和語化するという試みばかりではなく、中国詩の景において表現し得る詩的世界を家持が理解し、歌に表したことに対する称賛の意が込められているといえよう。さらに家持の歌において表された景とは、「君が心を　愛はしみ　この夜すがらに　寝もねずに　今日もしめらに　恋ひつつぞ居る」という情において捉えた景であり、それは六朝詩学を学んだところの、思索により捉えた「理」としての自然であったといえる。

第五節　おわりに

家持と池主との贈答は、中国文人の間で交わされた病臥詩を、家持がモデルとすることで始まる。このテーマは一貫して歌群の根底に存在し、そのテーマ自体に、すでに六朝詩学の原理が内在していたと考えられる。池主は家持の歌を「倭詩」と名づけたのは、中国文人たちの病臥をテーマとしたやりとりを、家持の手紙に汲み取った上で、書簡文と歌との間に漢と倭との相関関係を見出したためであろう。それに対する家持の「遊芸の庭」と「山柿の門」への言は、漢と倭との文学の源流を、それぞれ「遊芸」や「山柿」に求め、そうした和漢の文学史の中に、自らの詩文や歌を位置づけていくことへの、積極的な文学意識の表れと捉えることができる。その家持の書簡に応えたのが、「山柿の歌泉」を「蔑きが如し」といい、家持の歌を「雕龍の筆海」に擬えた池主の家持に対する評価だったのである。そこには『文心雕龍』で述べられるところの、思索によって心で捉える自然把握の方法と、その自然を文章に写し取ることによって可能となる「雕龍」の如き文を表したことへの家持の歌に対する評価が認められるのである。もっとも、この評価を支えるのは、池主の書簡文に対応する家持の歌において、中国詩の春景が表現する情詩の方法を理解し、歌で表現するという、詩学の方法を取り込もうとする家持歌の試みへの評価であろう。

家持と池主との文章論は、和漢を包括する文学の枠組みにおいて、歌を詩に匹敵する文学の型として、位置づけてゆくことを目的としたと考えられるのである。

【注】

1　家持は自らの歌を「ただ稚き時に遊芸の庭に渉らざりしを以ちて、横翰の藻はおのづからに彫虫に乏し。幼き年にいまだ山柿の門に逕らずして、裁歌の趣は詞を聚林に失ふ」と述べる（巻十七・三九六九〜三九七二、序）。

2　伊藤博「家持の文芸観」『万葉集の表現と方法　下』（塙書房、一九七六年）。

3　小島憲之「天平期に於ける萬葉集の詩文」『上代日本文學と中國文學　中』（塙書房、一九七一年）、辰巳正明「家持の詩学」『万葉集と比較詩学』（おうふう、一九九七年）、胡志昂「家持の文芸観と六朝文論―池主との贈答書簡をめぐって―」『奈良万葉と中国文学』（笠間書院、一九九八年）、芳賀紀雄「越の路のふたり―家持・池主と『山柿之門』―」『萬葉集における中國文學の受容』（塙書房、二〇〇三年）、池田三枝子「家持・池主の交友観」（『古代文学』三十二号、一九九三年三月）、鉄野昌弘「転換期の家持」『大伴家持「歌日誌」論考』（塙書房、二〇〇七年）、西一夫「天平十九年春の家持と池主の贈答―『臥病』作品群の形成―」（『萬葉』百七十四号、二〇〇〇年七月）。

4　鉄野氏（注3）に同じ。
5　小島氏（注3）に同じ。
6　辰巳氏（注3）に同じ。
7　芳賀氏（注3）に同じ。
8　戸田浩暁『文心雕龍』（新釈漢文大系、明治書院）による。以下同じ。
9　市村宏「万葉山柿考」『万葉新論』（桜楓社、一九六四年）。
10　芳賀氏（注3）に同じ。
11　小島氏（注3）に同じ。
12　吉田賢抗『論語』（新釈漢文大系、明治書院）による。
13　辰巳正明「人麻呂の吉野讃歌と中国遊覧詩」『万葉集と中国文学』（笠間書院、一九八七年）。
14　高木正一訳注『鍾嶸詩品』（東海大学出版会、一九七八年）による。
15　小島氏（注3）に同じ。
16　鉄野昌弘「『歌人論』のために―『山柿之門』と『山上之操』―」（『上代文学』一〇二号、二〇〇九年四月）。鉄野氏は、『詩品』巻上（上品）の陸機評における「氣少於公幹、文劣於仲宣」と、潘岳評における「幹林歎其翩翩然如翔禽之有羽毛、衣服之有綃縠、猶淺於陸機」を挙げて、「『詩品』の潘岳・陸機に対する評価は当時の世評よりもずっと厳しい」という。
17　『詩品』巻上（上品）曹植評において、「故孔氏之門、如用詩、則公幹升堂、思王入室、景陽潘陸、自可坐於廊廡之間矣」と記されており、「孔氏之門」の室に入れるのは曹植であり、堂には公幹、廊廡の間に坐すのは、景陽、潘岳、陸機というように、孔子を頂点として、詩人たちの格付けを行っている。
18　小島氏（注3）に同じ。
19　戸田浩暁『文心雕龍』（新釈漢文大系、明治書院）の注による。
20　『文選』（新釈漢文大系、明治書院）による。以下同じ。

21　目加田誠『世説新語』（新釈漢文大系、明治書院）による。
22　契沖『万葉代匠記』（『契沖全集』、岩波書店）。
23　佐竹昭広・他校注『万葉集』（新日本古典文学大系、岩波書店）。
24　梁沈約撰『宋書』（中華書局、一九七四年）。
25　姚思廉奉勅撰『梁書』（中華書局、一九七三年）。
26　魏収撰『魏書』（中華書局、一九七四年）。
27　李百薬撰『北齊書』（中華書局、一九七二年）。
28　太宗御撰『晋書』（中華書局、一九七四年）。
29　興膳宏『六朝詩人傳』（大修館書店、二〇〇〇年）。
30　歐陽詢撰『藝文類聚』（中文出版社、一九八〇年）。
31　平舘英子「触れられる自然」『萬葉歌の主題と意匠』（塙書房、一九九八年）。
32　小島氏（注3）に同じ。
33　『文心雕龍』（物色第四十六）では、『詩経』以来の詩人たちが風物に感動した時の美麗な詩句の例として、「灼灼状桃花鮮」「依依盡楊柳之貌」を挙げており、池主はこれらの表現を用いたものと考えられる。

第二章　家持の遊覧と賦の文学

第一節　はじめに

『万葉集』の巻十七・三九九一～三九九二番歌に大伴家持の「布勢の水海に遊覧せる賦一首并せて短歌」と題される歌が収載されている。この長短歌は家持作品の中で代表的な「越中三賦」の一つと数えられ、これらの歌に関連する大伴池主の敬和賦二歌群を含めて、「越中五賦」として一つのまとまりを持つ(1)。また当該歌は家持による布勢の水海の遊覧を詠んだ四歌群の初出であり、「布勢の水海」への行楽について、すべて「遊覧」と記していることから、家持は水海への行楽を「遊覧」として認識していたことが窺われる。また題詞に見える「賦」や「遊覧」の語は、中国詩賦に広く見られる語句であることから、家持はそのような中国詩賦に沿った歌の作成を意図していたことが推測される。家持の「遊覧の賦」は、次のように詠まれている。

布勢の水海に遊覧せる賦一首并せて短歌　この海は射水郡の旧江村にあり

物部の　八十伴の緒の　思ふどち　心遣らむと　馬並めて　うちくちぶりの　白波の　荒磯に寄する　渋谿の　崎徘徊り　松田江の　長浜過ぎて　宇奈比川　清き瀬ごとに　鵜川立ち　か行きかく行き　見つれども　そこも飽かにと　布勢の海に　船浮け据ゑて　沖辺漕ぎ　辺に漕ぎ見れば　渚には　あぢ群騒き　島廻には　木末花咲き　許多も　見の清けきか　玉匣　二上山に　延ふ蔦の　行きは別れず　あり通ひ　いや毎年に　思ふどち　かくし遊ばむ　今も見るごと　（巻十七・三九九一）

布勢の海の沖つ白波あり通ひいや毎年に見つつ偲はむ　（同・三九九二）

右は、守大伴宿禰家持作れり。　四月二十四日

長歌は冒頭から「心遣らむと」までで、物部の八十伴の緒たちが、親しいもの同士で気持ちをはらそうとしたことが述べられ、「馬並めて」から「そこも飽かにと」までで、渋谿から松田江の長浜を過ぎて、宇奈比川に到るまでのさまざまなものを見ても見飽きないというように、布勢の水海に到るまでの道中における行楽の様子をうたう。さらに「布勢の海に」から「見の清けきか」までは、布勢の海に到着して、船遊びをし、渚のあじ群や島の周りの花などの水海の風光を詠み、「玉匣」以降結句までにおいては、「思ふどち　かくし遊ばむ」というように、毎年のように友と遊覧することへの願望を述べ、さらに短歌でも「いや毎年に見つつ偲はむ」というように、繰り返し毎年これらの風景を見て賞でることへの願望を詠んでいる。

長歌の構成は、遊覧の動機を述べるところから始まり、水海に到るまでの道行きを描き、水海における遊覧の様子、そして「思ふどち」と「遊」ぶことへの願望を描いている。これは遊覧前から遊覧の地に到るまでの時間の連続によって繋ぎ合わされており、遊覧の過程が明確に描かれているといえる。そのような構成でありながら、

その叙述は具体性に欠けるように思われる。例えば「物部の　八十伴の緒」とは誰を指すのか。この歌には、池主の「敬和歌」があるが、池主は同行者として想定されているのか明らかではない点がある。他の水海の遊覧歌群については、同行者が明確であり、詳細な事情を欠く巻十九・四一八七〜四一八八番歌についても、六日後に水海への遊覧に出かけたことがうたわれており、実際の遊覧が作歌契機となっている。(2) また布勢の水海の景においても「実体性」に欠ける。当該歌に詠み込まれる景は、先学に指摘されるように鴨君足人の「香久山歌」の表現が類想されるのであり、(3) 足人が描く香久山の景を美景の一つの基準として描いた可能性がある。このことから考えるならば、家持歌の中に突如あらわれる当該の「遊覧の賦」は、家持の経験から切り離された文芸上の営為、換言すれば文学理論の中で生み出された可能性が考えられる。本論では、「遊覧」と「賦」という言葉を始点として、家持が中国詩学における「遊覧」や「賦」という文芸概念を導入して、いかなる倭歌を創造したかという問題について考える。

第二節　遊覧と賦の詩学

最初に、題詞の「賦」と「遊覧」の用語について注目してみたい。「賦」は「毛詩大序」に、「詩有六義焉。一曰風、二曰賦、三曰比、四曰興、五曰雅、六曰頌。(4)」とあり、六義の一つとして挙げられ、鄭玄の『毛詩正義』には、「賦比興者、詩文之異辞耳(5)」とあり、また「賦比興是詩之所用」とあるように、「賦比興」を一つのまとまりとする詩における修辞法の一つと定義している。また『文選』の「文賦」(陸機)においては、文章の体の種類として詩、賦、碑、誄、銘、箴、頌、論、奏、説を挙げた上で、「賦」の特徴について、「賦體物而瀏亮(6)」というように、「構成的に部分ごとに描写」して明瞭であると説明している。李善注では、「賦以陳事、故曰體物。綺靡、精妙之言。瀏亮、清明之稱」（同上）とあり、物事の形を明瞭に描くこと、つまり具体的に物事を陳述することであるという。さらに『文心雕龍』では、「詩有六義、其二曰賦。賦者鋪也。鋪采摛文、體物寫志也」(7)とあり、文を敷き述べ、外は体を形容し、内は志を述べることであるという。このように、「賦」は中国詩学において、その定義を変化させながらも基本的には、比喩を使わずに物事を述べる方法を指し、韻文の代表的な文体の一つとして位置づけられているのである。一方、日本の文献を俯瞰してみると、『万葉集』の題詞や左注において、動詞的用法の「賦」は数例見られるものの、名詞として文体を表す「賦」は、家持と池主の「越中賦」の他には『万葉集』中には見られない。(8)作品分類としての「賦」は、平安朝の勅撰漢詩集である『経国集』において「賦類」があり、(9)平安朝に到って、「賦」という文体は一つの分類として漢詩世界に現れるのである。

続いて「遊覧」については、古代中国の『文選』や『藝文類聚』において、一つの文学ジャンルとしての枠組みをもつ。『文選』では、「賦篇」と「詩篇」において、それぞれ「遊覧」が分類されており、遊覧詩賦の特徴は、山水を描くことを基本とする。(10)「賦篇」には三篇あり、(11)「遊覧」と「賦」という組み合わせにおいて、当該の家持歌と等しい状況がみえる。一方日本上代の文献に目を向けてみると、『万葉集』では「遊覧」の語は十例見られる。

①松浦河に遊ぶの序

余暫松浦の県に往きて逍遙し、聊かに玉島の潭に臨みて遊覧せしに、忽ちに魚を釣る女子らに値ひき。花のごとき容双無く、光れる儀匹無し。柳の葉を眉の中に開き、桃の花を頰の上に発く。意気雲を凌ぎ、風流世に絶れたり。……

（巻五・八五三／大伴旅人か）

②右の一首は、住吉の浜に遊覧して、宮に還り給ひし時に、道の上にて、守部王の詔に応へて作れる歌なり。

（巻六・九九九／守部王）

③　七言、晩春の遊覧一首并せて序

上巳の名辰は、春暮の麗景、桃花瞼を照らして、紅を分ち、柳色苔を含みて緑を競ふ。時に、手を携へて曠かに江河の畔を望み、酒を訪ひて迥かに野客の家を過ぐ。既にして、琴罇性を得、蘭契光を和ぐ。嗟乎、今日恨むるは徳星の已に少きことか。若し寂を扣き章を含まずは、何を以ちてか逍遙の趣を攄べむ。忽ちに短筆に課せ、聊かに四韻を勒すとしか云ふ、

（巻十七／大伴池主）

④昨暮の来使は、幸ひに晩春遊覧の詩を垂れ、今朝の累信は、辱くも相招望野の歌を貺ふ。……

（巻十七・三九七六～三九七七序、大伴家持）

⑤当該歌

⑥布勢の水海に遊覧せる賦に敬み和へたる一首并せて一絶

（巻十七・三九九三～三九九四、大伴池主）

⑦時に明日を期りて、布勢の水海に遊覧せむとし、仍りて懐を述べて各々作れる歌（巻十八・四〇三六～四〇四三）

⑧水海に至りて遊覧せし時に、各々懐を述べて作れる歌

（巻十八・四〇四六～四〇五一）

⑨六日に、布勢の水海に遊覧して作れる歌一首并せて短歌

（巻十九・四一八七～四一八八）

⑩十二日に、布勢の水海に遊覧し、多祜の湾に船泊てして藤の花を望み見、各々懐を述べて作れる歌四首

（巻十九・四一九九～四二〇二）

③以降はすべて家持自身とその周辺における越中時代の歌群であり、家持が用いた用語として非常に特化した語であるといえる。③④は天平十九年に、家持が越中に赴任した際に「枉疾」にかかった時の、池主との贈答において交わされた書簡文である。⑤以降は全て布勢の行楽を詠んだ歌である。⑥は当該歌群に「敬和」した池主の歌であり、⑦⑧は天平二十年に田邊福麻呂らと布勢に出向いた時の歌群であり、⑨は天平勝宝二年の作であり、先述したように、⑩の遊覧に先立って詠まれたものである。⑩は、内蔵忌寸縄麻呂、久米朝臣廣縄、久米朝臣継麻呂と同行した時の歌群である。このように家持が描く「遊覧」の歌は、友人と同行した時の行楽を基本としており、当該歌群における具体的な状況は不明であるものの、池主の敬和賦（巻十七・三九九三〜三九九四）を考慮すると、池主と二人、または池主を含めた数人を伴う「遊覧」を対象に詠んだものであると考えられる。また『万葉集』以外に目を向けると、『懐風藻』では「遊覧山水」（詩番二二）の詩があり、これは古代日本文献において遊覧詩の先駆的作品である。こうした漢詩における「遊覧」の詩は、『文華秀麗集』に至って、「遊覧」の分類を見ることができ[12]、嵯峨天皇の代における宮廷詩の枠組みにおいて、「遊覧」詩が現れていることを確認することができる。このように「賦」や「遊覧」の文学は、平安朝の勅撰漢詩集に到って、あるまとまりを持って現れてくるのであり、これは平安朝において詩における韻文の文学理論が、一つの達成をみたといえるのではないだろうか。そのように考えると、家持の「遊覧の賦」は平安朝に先行し、さらに歌を「賦」と記していることから、非常に特異なことであると思われる。ここには歌の伝統に対して、「賦」や「遊覧」という中国文学理論を取り入れようとした家持の作歌意図が見えるのではないだろうか。

第三節　遊覧の賦と風景描写

そこで中国文学において漢代からの流れにある「賦」の表現方法について考えてみたい。次に挙げるのは、『文選』賦篇の「江海」に載る木玄虚の「海の賦」である。木玄虚は李善注によると現在は散逸した『華集』に晋の「太傅楊駿主簿」として仕えていたとあるが、人物の詳細は不明である。(13)「海の賦」の内容はおおよそ次のように構成されている。

(1)堯舜の時代に、大洪水が起こったため治水工事が行われ、水は低い所へ流れて海ができた。
(2)海は何処までも流れ広がり果てしない。広く深く遙か遠くまで連なり、潮の満ち引きは、すべての川に及んでいる。
(3)風が吹き荒れて海面が揺れ動き、ぶつかりあって大波を起こし、渦巻の流れは、洞窟や丘を作り出す。
(4)また風が治まっても波だけがなお勢いを残し、万里に渡って流れてゆく。
(5)その波のために、船の速度は鳥のように速く、一気に三千里を超え、瞬く間に目的地に到達する。
(6)罪を犯したものや、誓約を破ったり、祈禱を誤ったりしたものは海神の怒りに触れることになる。その結果、多くの妖怪が行く手を阻み、美しい姿で惑わそうとする。神の怒りは突風となり、帆を破り、帆の柱を砕く。このような嵐にあった船乗りや漁夫は、南へ東へと流されて行き、海亀の洞窟に沈んでしまうものもあれば、飛ばされて高い山の峰に引っかかる者もある。風に吹かれるままに、異国に流される者もいる。
(7)海が広いことといえば、南は朱崖（海南島あたり）、北は天墟（極北の果て）、東は析木（東海の果て）、西は青徐

（山東から江蘇にかけての地）まで広がり、一億里以上ある。また神仙の住居をも秘め隠している。海にはさまざまな異物があり、名前さえついていないものが無数にある。

(8)海底では、海亀が背負った島がそびえている。この仙島の上の巨岩には多くの神仙が住んでいる。大亀は南風が吹けば南へ進み、北風が吹けば北に進む。

(9)また海の岸辺近くは、天然の宝物や、水中の怪異があふれ、鮫人のすみかがある。波打ち際には、巻き貝や二枚貝が輝き、日が当たっても溶けない氷や、水中で燃え続ける火もある。

(10)海を代表する魚としては、巨大な鯨がおり、大波に乗って魚介を喰い、大船を飲み込む。波を吸えば大波が集まり、波を掃けばすべての川が逆流する。

(11)岸壁のくぼみや、切り立った岩の間で、鳥たちが雛を産み、卵をかえして育てている。海鳥たちは水浴びをして遊び、飛び回っている。また鳴き交わしているその姿も鳴き声も大変珍しい。

(12)日月星辰が輝き、天地の間が澄み渡ったとき、私は蹻（仙人の乗り物）に乗って海を越えてゆく。蓬萊山で安期生と会い、喬山で黄帝の姿を見る。多くの仙人たちが玉を食し、安期生と同じ靴を履いて、羽毛を身につけているのが臨まれる。また天の池に飛翔し、遊び戯れている。彼らは有形の身体を持っているが、無欲であるために永遠に生き続ける。

(13)海を器として見た場合、広大さは天を包み地を統べくくる。天神地祇の住む場所であり奇宝怪物がある。果てしなく広がる海水は、形あるものを含みながらも空虚である。水の徳は広大であり、謙虚さをもって低い所に流れてゆく。多くのものを送り出すが、来る物は何でも受け入れる。さまざまな種類のものがここに生じ、何でもあるのだ。(14)

このように「賦」における海の描写は、海の生成の歴史から始まり、海が広大で偉大であること、波の強大な力、海神の驚異、海中や海辺の生き物とその生態、または神仙世界など、現実的、非現実的な事柄を含めてさまざまな海の事物を描くことを主としている。これは先の「毛詩大序」や「文賦」のいう物事の有様を具体的に陳述するという、「賦」の理論に則った記述方法であると考えられ、海の様々な様子を百科事典的に限無く描くという方法によって、海が偉大であることを示し、海が広大で不可思議であることへの讃美となっていると考えられるのである。

それでは次に「賦」の中でも当該歌で問題とする「遊覧」の賦の方法について検討してゆく。次に挙げる「天台山に遊ぶの賦」は、「遊覧」に分類されている。神仙境として名高い天台山は、仙人や聖人たちが訪れる山であるとされ、六朝期の詩人である孫興公が、世間の煩わしい事を棄てて、山へ思いを馳せて心の内を述べたということが序に記されている。以下は序に続く賦の内容である。

(A)靈驗を覩て遂に徂き、忽乎として吾將に行かんとす。羽人に丹丘に仍り、不死の福庭を尋ぬ。苟くも台嶺の攀づ可くんば、亦何ぞ層城を羨まん。域中の常戀を釋て、超然の高情を暢ぶ。毛褐の森森たるを被、金策の鈴鈴たるを振る。荒榛の蒙蘢たるを披き、峭崿の崢嶸たるに陟る。楢溪を濟りて直進し、五界を落りて迅く征く。穹隆の懸磴に跨り、萬丈の絶冥に臨む。莓苔の滑石を踐み、壁立の翠屛を搏る。樛木の長蘿を攬り、重嶮を履みて葛藟の飛莖を援く。一たび垂堂を冒すと雖も、乃ち永く長生を存す。必ず誠を幽昧に契り、逾〻平らなり。

(B)既に克く九折を隮り、路威夷として脩く通る。心目の寥朗たるを恣にし、緩歩の従容たるに任す。萋萋たる纖草を藉き、落落たる長松に蔭す。翔鸞の裔裔たるを覿、鳴鳳の噰噰たるを聴く。靈溪を過ぎて一たび濯ぎ、煩想を心胸より疏く。遺塵を旋流に蕩し、五蓋の遊蒙を發す。羲農の絶軌を追ひ、二老の玄蹤を躡む。陟り降ること信宿にして、仙都に迄る。雙闕雲のごとくに竦りて以て路を夾み、瓊臺天に中ばして懸り居る。朱闕林間に玲瓏して、玉堂高隅に陰映す。彤雲斐亹として以て櫺に翼し、皦日綺疏に烱晃たり。八桂森挺して以て霜を凌ぎ、五芝秀を含んで晨に敷く。恵風芳を陽林に佇み、醴泉溜を陰渠に涌す。建木景を千尋に滅し、琪樹璀璨として珠を垂る。王喬鶴を控きて以て天に沖し、應眞錫を飛ばして以て虚を躡む。神變の揮霍たるを騁せ、忽ち有を出でて無に入る。

(C)是に於て遊覽既に周く、體靜かに心閑なり。害馬已に去り、世事都て捐つ。刃を投ずるに皆虚しく、牛を目るに全きこと無し。思ひを幽巖に凝らし、長川に朗詠す。爾して乃ち羲和午に亭まり、遊氣高く褰ぐ。法鼓琅として以て響きを振るはせ、衆香馥として以て煙を揚ぐ。肆に天宗を覲、爰に通仙を集む。挹むに玄玉の膏を以てし、嗽ぐに華池の泉を以てす。散ずるに象外の説を以てし、暢ぶるに無生の篇を以てす。有を遣るの盡くさざるを悟り、無に渉るの間有るを覺る。色空を泯くして以て跡を合し、忽ち有に即きて玄を得たり。二名の同じく出づるを釋し、一無を三幡に消す。語樂を恣にして以て日を終へ、寂默を不言に等しくす。萬象を渾じて以て冥觀し、兀として體を自然に同じくす。(15)

内容は天台山の仙都に到る道のりと、仙都の風景が詠まれる。(A)では、霊験を見て旅を続けようと思い、密生した雑木林をかき分けて、切り立った崖を登ってゆき、《楢溪》という場所を渡って直進して、《五界》という五県の境を下って速度を上げて進んでゆくという。そして、《穹隆》の石橋を超えてゆくと、《萬丈の絶冥》を望むことができるというのである。さらに滑りやすい石橋を渡りながら、壁のような緑の岩につかまって進み、長い蔦を手に取り、険しい山道を進んでゆくことが詠まれている。このように仙都に至る険しい道のりが次々と詠まれ、ここでは目的地へ移動する行程と、そこで目にする諸処の様子を詳細に述べてゆくのである。(B)では、つづら折りの坂道を上り終えると、なだらかな道が続き、周りを見渡しながら、ゆっくりとした足取りで進むことが述べられ、そこでは「萋萋織草」「落落長松」「覿翔鸞裔裔」「聴鳴鳳嗈嗈」などの道中の見聞を描いている。さらに歩いてゆくと《靈溪》という場所を過ぎる時に沐浴をし、煩想を除いて二晩歩き続け、仙都へと到る。到着した仙都の光景は、雲のような門、天高い楼台、美しい文様をかたどった赤い雲、葉を茂らせて枝を伸ばした八本の巨木、朝に花を開く五種の芝、林に芳しく漂う恵風、甘い泉、赤い玉の実をつけた大木、鶴に乗る王喬子など、神仙の都の様子をつぶさに描いてゆくのである。最後に(C)では、「是に於て遊覽既に周く、體靜かに心閑なり」と、ひととおり「遊覧」を終え、体を休め心を落ち着かせたといい、ここにおいて世事をすべて捨て去ったというのである。

このように「遊覧」の表現における「賦」の方法とは、場所を次々と移しながら、そこに見える風景を連続的に描いてゆくというのが特徴である。先に見た「海の賦」は、海の全体の様子を様々な要素を用いて羅列し、余すことなく描くという、エンサイクロペディア（百科事典）のシステムをとるのに対して、「遊覧」による賦の表現では、絵巻のように連続的に場所を移し、過ぎてゆく土地を描いてゆくという、スクロールのシステムによって遊覧の行程と遊覧すべき場所を余すことなく描いてゆくのである。

家持の「遊覧の賦」は、遊覧の出立から渋谿、松田江、そして宇奈比川へ至る行程を描き、さらに目的地の布勢の水海で船を漕ぎ出して、そこで目にする風光を描くのは、中国「遊覧」の「賦」にみられる、スクロールシステムの方法を理解し、自身の作に取り入れたためであったと思われる。

第四節　家持の遊覧の賦の成立

一方では、家持の「遊覧の賦」の主眼は、「いや毎年に　思ふどち　かくし遊ばむ　今も見るごと」や「いや毎年に見つつ偲はむ」とあるように、「思ふどち」と一緒に「遊」び、風景を「偲」ふことへの願望にある。長歌に見える「かくし遊ばむ」の具体的叙述とは、友と共に布勢の水海に船を浮かべて沖へ漕ぎ出し、さらに渚のあぢ群や島廻りの花が咲く梢を「覧」ることにあると考えられる。

ここで、漢詩の「遊覧」について、日本文学で家持に先行する『懐風藻』の「遊覧詩」を見ておきたい。犬上王の「遊覧山水一首」(詩番二二)は次のように詠まれる。

五言。遊覧山水。一首。　治部卿犬上王

蹔く三餘の暇を以ちて、遊息す瑤池の濱。
吹臺哢鶯始め、桂庭舞蝶新し。
沐鳧雙びて岸を廻り、窺鷺獨り鱗を銜む。
雲罍烟霞を酌み、花藻英俊誦む。
留連す仁智の間、縱賞談倫の如し。

林池の樂を盡くしぬと雖も、未だ此の芳春を翫さず。(16)

「仁智」は『論語』の「仁山智水」、つまり山水のことであり、山水の中でほしいままに自然を「賞」することは、「談倫」のごとくであるという。「談倫」とは、「晋の清談一派の倫」(17)を指す。この詩では清談の友と「林池の楽」を十分に尽くしたが、それでもまだ素晴しい春の季節を十分に賞翫し尽してはいないというのであり、このことは、家持が、当該歌において毎年このように遊楽しようとうたうことと等しい状況であるといえよう。

一方中国文学において山水を賞でることに価値を置いたのは、『文選』の「遊覧」詩に見える宋の謝霊運である。たとえば湖中の作では、次のように詠まれている。

南山より北山に往くとき、湖中を經て瞻眺す　謝霊運

朝旦に陽崖を發し、景落ちて陰峯に憩ふ。
舟を舍てて迴渚を眺め、策を停めて茂松に倚る。
側逕は既に窈窕たり、環洲も亦玲瓏たり。
俛して喬木の杪を視、仰いで大壑の潨たるを聆く。
石橫りて水は流れ分ち、林密にして蹊は蹤を絶つ。
解作は竟に何をか感ぜしむる、升長して皆丰容たり。
初篁は綠籜に苞まれ、新蒲は紫茸を含む。
海鷗は春岸に戲れ、天雞は和風を弄す。

化を撫して心厭くこと無く、物を覧て眷彌〻重る。
惜しまず去人の遠きを、但恨む與に同じうするもの莫きを。
孤遊は情の歎ずるところに非ざるも、賞廢せば理誰にか通ぜん。

詩は北山からの眺望を詠んだもので、前半はそこから見える風景を描き、後半において景物を見て懐かしむ心がいよいよ深まるというのである。しかし、「惜しまず去人の遠きを、但恨む與に同じうするもの莫きを」と、共に風景を賞でる相手の不在を嘆くのである。そして一人遊ぶことは嘆くことではないが、「賞廢せば理誰にか通ぜん」と、賞がなくなったのであれば、その理を誰が知るだろうか、という。この「賞」は小尾郊一氏によると「自然を眺める楽しみ」[18]のことであり、自然を楽しむ心を理解してくれる人が存在することに価値が置かれている。このように自然鑑賞の情を「賞」という言葉で言い表しているのであるが、謝霊運の「賞」について小尾氏は、次のように言及する。

かく自然を鑑賞する心、すなわち賞心は、謝霊運によって自覚され、彼によって、賞心に対する世人の眼は、開かれて行ったと言っても過言ではあるまい。沈約が彼を評して「興会標挙」（宋書、謝霊運伝）と言ったのも、蓋しこの賞心を抱いていることを指摘したものであろうか。
ところで、かくのごとく謝霊運によってはっきり自覚された賞心の芽生えを、遡って魏の建安時代に窺うことが出来ると思う。いわゆる「建安の七子」「悉く玆の国に集り」、曹氏父子を中心とする鄴下の集いに、既に賞心を胚胎していると思う。それはまだ自覚には到らないが、彼らの優遊行楽から齎らされた自然の風物への美的愛着である。優遊行楽の間に自然の美を楽しみ、自然の美景の中に優遊行楽することが、彼らの最も快楽とする所であった。(19)

小尾氏は、「自然を鑑賞する心」は謝霊運によって自覚されたとし、遊覧詩の文学史的展開について、遊覧文学が「優遊行楽」の楽しみから、「自然の美景」を見い出し、謝霊運に至って「自然を鑑賞する心」が自覚されたという。さらに遊覧詩の文学史における位置づけについては、

かくて芽生えた賞心は、やがて魏晋の間における荘老の流行により、自然山水への接触が行われ、その接触によって賞心が培われ、謝霊運の自覚へと発展する。言葉を換えれば、それは抒情詩よりの叙景の独立である。劉勰は、この間の事情を「宋初の文詠には、体に因革有り、荘老退くことを告げて、山水方めて滋し」(文心雕竜、明詩篇)と言っていること、既述のごとくである。ひとり山水文学の隆盛のみならず、絵画においては、従来、多くの人物画の背景として描かれた山水の、背景よりの独立であって、それはひとえに彼らの賞心の自覚によるものに外ならない。(20)

というように、抒情詩から叙景詩、つまり山水詩への展開の中に、謝霊運の遊覧詩があり、「賞心」という自然鑑賞の視点において形成されていったことを指摘している。中国文学詩史において、遊覧詩が交遊詩を出発として展開していることに鑑みると、謝霊運の遊覧詩が、山水を賞することを主眼としながら、山水を賞する心を理解し合える友を希求する情を詠むのは必然のことであろう。むしろ遊覧詩の主旨は、友との行楽にあり、その方

法を山水の自然を賞して共に楽しむことに求めたところに、謝霊運の遊覧詩の成立があり、そのような自然を賞でる心を「賞」「賞心」といったのである。家持が毎年と「思ふどち」と共に遊ぶことを希求することをうたうのは、こうした遊覧詩の方法を通して、家持の友と情を交わす「交友」の文学を意図したことが考えられるのではないだろうか。

家持歌においては、友との交わりを求める方法として風景を賞でるという志向は、「しのふ」の語に表され、この点について辰巳正明氏は次のように指摘している。

このように、〈しのふ〉によって展開された和歌の中心となる問題は、そのことによって和歌が季節の美しい景物や自然の美しい風物を発見することにあった。万葉集にあっても和歌は花鳥風月や雪月花という共同の様式性を獲得しているが、そうした美の様式も懐風藻が多く表現の対象としているように、詩の様式と深くかかわるものであって、その表現を支えていたのが良辰・美景の選択と賞心という風物への賞美であったのである。家持が殊のほか〈しのふ〉を自己の表現のことばとしたのは、家持が深く漢文学にかかわった結果であり、漢文学との習合の中から見出された作品が山水遊覧の和歌や花鳥を詠む和歌であった。(21)

辰巳氏は、山水詩における謝霊運の「賞」や「賞心」の態度を、和語の「しのふ」へと捉えなおしたことを指摘している。家持の歌で、「見つつしのはむ」というのは、水海を眺めて楽しむことであり、それは長歌で「思ふどち　かくし遊ばむ　今も見るごと」とあるように、「思ふどち」と共に「しのふ」ことこそが遊覧の目的であり、謝霊運の遊覧詩と家持の遊覧の賦との対応において、辰巳氏が指摘するように、謝霊運の「賞」と家持の

「しのふ」は自然観賞を志向し、その心の働きはわかり合える友、つまり「思ふどち」と一緒であることによって実現されるという点において、重なり合うものであると考えられるのである。

改めて家持の遊覧の賦に立ち返ると、家持の遊覧の賦の表現方法は、遊覧の出発から渋谿、松田江、そして宇奈比川までの旅の行程を連続的に描き、また遊覧の地である布勢の水海において船をこぎ出してそこに見える水海の美しい風光を描写するのであり、ここには遊覧の行程全体を通して、風景を連続的に描くという中国「遊覧賦」の表現形式を取っていることが認められる。一方では、友との遊覧の動機を述べ、また毎年のように友と遊覧することへの願望をうたうことは、中国「遊覧詩」における交友という情の問題が存在する。このように六朝遊覧賦のシステスと六朝交友詩の理念の両者を抱えているのが、家持の遊覧の賦の特質と考えられるのである。

第五節　おわりに

以上、本章では家持の「遊覧の賦」について、「遊覧」と「賦」という詩学を通していかにこれらの詩学を歌に取り入れ、日本の「倭詩」として捉え直したかということについて考察してきた。日本文学における「遊覧」や「賦」の文学の成立は、平安朝の漢詩文において確立されたが、家持の「遊覧の賦」はこれらの漢詩文に先立ち、しかも歌という形態において成立したという点において、詩学の日本化という流れの中で、平安朝へ向かう〈歌学〉の萌芽と位置づけられるのではないだろうか。

中国文学における「賦」の形式は、百科事典的にある場所を余すところなく、詳細に詠むことを基本とするエンサイクロペディアのシステムによっており、一方「遊覧」の賦は、絵巻的に次々と土地を過ぎてゆくことを基本とするスクロールシステムによっていることは、既に確認した通りである。家持は、この六朝遊覧賦のスクロールシステムの方法を用いて自身の遊覧の賦を描いたのではないだろうか。「覧」るという方法によって馬や船に乗り遊覧の行程を連続的に詠んでゆくという方法は、このシステムによるものである。しかし一方で家持の歌の中心は、友と遊覧することへの願望にある。長短歌における、「思ふどち」と共に毎年のように遊覧することへの願望には、美しい風景の中で友との交わりを求めるという謝霊運に見える六朝期の交友という理念が入り込んでいると考えられる。

六朝遊覧賦のシステムと六朝遊覧詩の理念という二つの方法を抱え込みながら、「倭詩」として表現したのが家持の「布勢の水海に遊覧せる賦」の特質である。つまり当該歌は、布勢の水海への遊覧という「体験」を通して作られた作品ではなく、〈詩学〉としての「遊覧」と「賦」を通して理解された文芸的営為による作品と考えられる。そこに「遊覧」文学における「賦」を志向し、それを「倭詩」として新たに創造しようと試みた家持の〈歌学〉の視点が見えてくると考える。

【注】

1 「越中五賦」の枠組みは、山田孝雄『萬葉五賦』(一正堂書店、一九五〇年)によって提示された。山田氏は、「長歌を『賦』といへる五首、いづれも大伴家持の詠とそれに對する大伴池主の和とに限られたり」と述べ、これらの五賦は『文選』の『賦』に擬していへるもの」であると指摘している。

2 巻十九・四一八七〜四一八八の題詞には、「六日、遊覧布勢水海作歌一首并短歌」とのみ記されるが、同月に「十二日、遊覧布勢水海船泊於多祜灣望見藤花、各述懐作歌四首」(巻十九・四一九九〜四二〇二)があり、内蔵忌寸縄麻呂、久米朝臣廣縄、久米朝臣継麻呂らの歌が残されている。

3 『万葉集』巻三・二五七に「桜花　木の晩茂に　奥辺には　鴨妻呼ばひ　辺つ方に　あぢむら騒き」の表現が見られる。

4 『文選　五』（上海古籍出版社、一九八六年）。

5 鄭玄『毛詩正義』（『十三経注疏』北京大學出版、二〇〇〇年）。

6 『文選　二』（上海古籍出版社、一九八六年）。

7 戸田浩暁『文心雕龍』（新釈漢文大系、明治書院）による。以下同じ。

8 動詞として用いられる「賦」は、「宜賦園梅聊成短詠（宜しく園の梅を賦して聊かに短詠を成すべし）」（巻五・八一五～八四六、序）、「勅曰、汝諸王卿等、聊賦此雪各奏其歌（勅して曰はく「汝諸王卿等、聊かにこの雪を賦して各々その歌を奏せ」とのりたまふ）」（巻十七・三九二二～三九二五、序）、「各賦此縵作三首（各々この蘰を賦して作れる三首）」（巻十八・四〇八六～四〇八八、題詞）、「夫諸王卿等、宜賦和謌而奏（それ諸王卿等宜しく和ふる歌を賦みて奏すべし）」（巻二十・四二九三、題詞）、「内命婦石川朝臣応詔賦雪歌一首（内命婦石川朝臣の詔に応へて雪を賦める歌一首）」（巻二十・四四三九、題詞）、「各陳心緒作歌賦詩〔未得諸人之賦詩并作歌成〕（各々心緒を陳べて歌を作り詩を賦めり。〔いまだ諸人の賦める詩と作れる歌とを得ず〕）」（巻二十・四四九三、題詞）がある。

9 『経国集』の巻第一「勅撰、賦類」には、次の賦が載る。（『経国集』は『群書類従』巻一二五による。）
春江賦一首（太上天皇）・重陽節菊花賦一首（太上天皇）・小山賦一首（石宅嗣）・和石上卿小山賦一首（陽豊年）・棗賦一首（藤宇合）・和和少輔鶺鴒賦一首（仲雄王）・和和少輔鶺鴒賦一首（菅清人）・嘯賦并序（同上）

10 『文選』「遊覧」所収の詩の題は次の通りである。
芙蓉池作（魏文帝）・南州桓公九井作（殷仲文）・遊西池（謝叔源）・泛湖歸出樓中翫月（謝恵連）・従游京口北固、應詔（謝霊運）・晩出西射堂（同上）・登池上樓（同上）・遊南亭（同上）・遊赤石進帆海（同上）・石壁精舎、還湖中（同上）・登石門最高頂（同上）・於南山行北山経湖中瞻眺（同上）・従斤竹澗越嶺溪行（同上）・應詔観北湖田收（顔延年）・車駕幸京口、侍遊蒜山作（同上）・車駕幸京口、三月三日侍遊曲阿後湖作（同上）・行薬至城東橋（鮑明遠）・游東田（謝玄暉）・従冠軍建平王、登廬山香爐峯（江文通）・鐘山詩、應西陽王教（沈休文）・宿東園（同上）・遊沈道士館（同上）・古意、酬至長史溉登琅邪城詩（徐敬業）

11 『文選』「遊覧」所収の賦の題は次の通りである。
登樓賦（王仲宣）・遊天台山賦并序（孫興公）・蕪城賦（鮑明遠）

12 『文華秀麗集』巻上「遊覧」の詩は次の通りである。（『文華秀麗集』は、小島憲之『懐風藻　文華秀麗集　本朝文粋』（日本古典文学大系、岩波書店）による。）
江頭春曉。一首。（嵯峨天皇）・春日嵯峨山院。探得遲字。一首。（同上）・春日侍嵯峨山院。採得廻字。應製。一首。（淳和天皇）・春日大弟雅院。一首。（嵯峨天皇）・奉和春日江亭閑望。一首。（仲雄王）・奉和春日江亭閑望。一首。（巨勢識人）・江樓春望。應製。一首。（小野岑守）・夏日臨泛大湖。一首。（嵯峨天皇）・夏日左大將軍藤原朝臣閑院納涼。探得閑字。應製。一首（淳和天皇）・嵯峨院納涼。探得歸字。應製。一首。（巨勢識人）・秋日冷然院新林池。探得池字。應製。一首。（淳和天皇）・秋夕南池亭子臨眺。一首。（同上）・秋山作。探得泉字。應製。一首。（朝野鹿取）・尋良將軍華山庄、將軍失期不在。一首。（仲雄王）

13 『文選』の李善注に「華集曰、爲楊駿府主簿」とある。

14 「海の賦」の要約は、私的にまとめたものである。便宜上(1)〜(13)の番号を付した。

15 『文選』の訓読文は、高橋忠彦『文選』（新釈漢文大系、明治書院）による。以下同じ。

16 小島憲之『懐風藻　文華秀麗集　本朝文粋』（日本古典文学大系、岩波書店）による。

17 林古渓『懐風藻新釋』（丙午出版社、一九二七年）。

18 小尾郊一「南朝文学に現われた自然と自然観」『中国文学に現われた自然と自然観』（岩波書店、一九六二年）。

19 （注18）に同じ。

20 （注18）に同じ。

21 辰巳正明「美景と賞心」『万葉集と中国文学　第二』（笠間書院、一九九三年）。

第三章　家持と池主の離別歌
――交友の歌学をめぐって――

第一節　はじめに

『万葉集』巻十七・四〇〇六～四〇一〇番歌の大伴家持と大伴池主の贈答歌は、家持が越中の国守として、池主が掾として赴任していた際の歌である。

京に入らむこと漸く近づき、悲情撥ひ難く、懐を述べたる一首并せて一絶

かき数ふ　二上山に　神さびて　立てる栂の木　本も枝も　同じ常磐に　愛しきよし　わが背の君を　朝去らず　逢ひて言問ひ　夕されば　手携はりて　射水川　清き河内に　出で立ちて　わが立ち見れば　東の風いたくし吹けば　水門には　白波高み　妻呼ぶと　洲鳥は騒く　葦刈ると　海人の小舟は　入江漕ぐ　梶の音高し　そこをしも　あやにともしみ　思ひつつ　遊ぶ盛りを　天皇の　食す国なれば　命持ち　立ち別れなば　後れたる　君はあれども　玉桙の　道行くわれは　白雲の　たなびく山を　磐根踏み　越え隔りなば

恋しけく　日の長けむそ　そこ思へば　心し痛し　ほととぎす　声にあへ貫く　玉にもが　手に纏き持ちて
朝夕に　見つつ行かむを　置きて行かば惜し　（巻十七・四〇〇六）
わが背子は玉にもがもなほととぎす声にあへ貫き手に纏きて行かむ　（同・四〇〇七）
右は、大伴宿禰家持、掾大伴宿禰池主に贈れり。〔四月三十日〕

忽ちに、京に入らむとして懐を述べたる作を見る。生別は悲しく、腸を断つこと万廻なり。怨むる緒禁め難し。聊かに所心を奉れる一首并せて二絶

青丹よし　奈良を来離れ　天離る　鄙にはあれど　わが背子を　見つつし居れば　思ひ遣る　事もありしを
大君の　命畏み　食す国の　事取り持ちて　若草の　脚帯手装り　群鳥の　朝立ち去なば　後れたる　我や
悲しき　旅に行く　君かも恋ひむ　思ふそら　安くあらねば　嘆かくを　止めもかねて　見渡せば　卯の花
山の　ほととぎす　哭のみし泣かゆ　朝霧の　乱るる心　言に出でて　言はばゆゆしみ　礪波山　手向の神
に　幣奉り　吾が乞ひ祈まく　愛しけやし　君が正香を　ま幸くも　あり徘徊り　月立たば　時もかはさず
石竹花が　花の盛りに　相見しめとそ　（同・四〇〇八）
玉桙の道の神たち幣はせむあが思ふ君をなつかしみせよ　（同・四〇〇九）
うら恋しわが背の君は石竹花が花にもがもな朝な朝な見む　（同・四〇一〇）
右は、大伴宿禰池主の報し贈り和へたる歌。五月二日

この歌群は、家持の題詞に「京に入ること漸く近づき」とあり、家持自身が越中から京へ上る直前に作歌され

たことが知られる。当該歌群の前に、家持が上京するにあたっての送別の宴が催された際の贈答歌群があり、題詞に「掾大伴宿禰池主の館にして、税帳使守大伴宿禰家持に餞せし宴の歌」（巻十七・三九九五）とあることから、家持の上京の理由は、正税帳使の任務によるためであった。正税帳使とは、各国の正税帳を太政官に届ける役目のことで、年に一度の恒例化された任務であり、池主歌の左注に「五月二日」とあることから、天平十九（七四七）年五月の初めに家持は上京することになったようである。正税帳使の任務の際には送別の宴が催されたらしく、当該の機会においても送別の宴における歌が数多く残されている。

①　大目秦忌寸八千島の館にして、守大伴宿禰家持に餞せる宴の歌二首
奈呉の海の沖つ白波しくしくに思ほえむかも立ち別れなば　（巻十七・三九八九）
わが背子は玉にもがもな手に巻きて見つつ行かむを置きて行かば惜し　（同・三九九〇）
　右は、守大伴宿禰家持、正税帳をもちて京師に入らむとし、よりてこの歌を作り、聊かに相別るる嘆きを陳べたり。　四月二十日

②　四月二十六日に、掾大伴宿禰池主の館にして、税帳使守大伴宿禰家持に餞せし宴の歌、并せて古歌。四首
玉桙の道に出で立ち別れなば見ぬ日さまねみ恋しけむかも〔一は云はく、見ぬ日久しみ恋しけむかも〕　（同・三九九五）
　右の一首は、大伴宿禰家持作れり。
わが背子が国へましなばほととぎす鳴かむ五月はさぶしけむかも　（同・三九九六）
　右の一首は、介内蔵忌寸繩麿作れり。

吾なしとな佗びわが背子ほととぎす鳴かむ五月は玉を貫かさね　（同・三九九七）

右の一首は、守大伴宿禰家持和へたり。

石川朝臣水通の橘の歌一首

わが屋戸の花橘を花ごめに玉にそ吾が貫く待たば苦しみ　（同・三九九八）

右の一首は、伝へ誦めるは、主人大伴宿禰池主なりとしか云ふ。

③　守大伴宿禰家持の館にして飲宴せる歌一首　四月二十六日

都辺に立つ日近づく飽くまでに相見て行かな恋ふる日多けむ　（同・三九九九）

①は、大目秦忌寸八千嶋の館にて、②は大伴池主の館にて、③は家持自身の館にて送別の宴が執り行われたことが確認される。このような宴における歌のやりとりは、例えば②を取りあげてみると、家持が「私が旅立って、あなた方と別れてしまったならば会えない日が多いので恋しく思うことでしょう」（三九九五）とうたうのに対して、縄麻呂が「霍公鳥の鳴く五月は楽しいはずなのにきっと寂しいことでしょう」（三九九六）と応え、それに対して家持が「私が居ないからといって寂しく思わないでください」（三九九七）と返すように、一般に短歌体で惜別の情をやり取りすることが基本であったと思われる。しかし当該の贈答歌は、長反歌によって構成されており、通常の送別の歌とは趣が異なる。家持と池主とは、少なくとも②に「右の一首は、伝へ誦めるは、主人大伴宿禰池主なりとしか云ふ」と注記されるように送別の宴を共にしており、当該歌群はそれらとは別の機会に二人だけで贈答を行ったと考えられよう。

このことから当該歌群は、宴席の集団詠という歌の場に左右される歌のあり方とは、別の作歌意図があったことが推測されよう。また当該歌群における表現の特徴については、佐々木民夫氏が「別離ないしは悲別といった通常は男女間での相聞的色合いの勝ったテーマによる作歌を、敢えて男同士の友との別離の抒情として歌い交わすこと」[1]であったと述べ、別離や悲別という相聞的発想を男同士の抒情に敷衍したのだという。一方鉄野昌弘氏は、相聞的な類句が多い点について、「家持・池主は、言わば万葉史の中で積み上げられてきた恋歌の表現を鋳直して、『交友』の情の表現としようとしているのであろう。それは、伝統的に集団の中で歌われてきた讃歌や道行きの歌を換骨奪胎して、任地やそこの人々への共感を歌う歌に仕立て上げた『賦』の試みとも重なる」[2]と述べ、佐々木氏とは逆に、恋愛表現が「交友」の情を示す方法であるという立場をとり、家持と池主がやりとりした賦の贈答の延長線上に当該歌群を位置づけるのである。たしかに家持と池主との越中における作歌態度には、二人の中国文学との積極的な関わりによる新たな文芸の獲得の試行が見て取れるであろう[3]。またこうした友情を示す方法として恋情表現を用いることについて、辰巳正明氏は「そこには中国における文学表現の歴史が存在するのであり、漢代の賦を乗り越えて新たな《情》の文学へと向かう六朝文学の特質が介在する。情の尽くされる表現の登場である。その一方の極を担ったのが『玉台新詠』という男性の手になる思婦の情（恋情）の文学の登場であり、もう一方の極を担ったのが文章理念による交友の情（友情）の表現であろう」とし、家持と池主の場合も「和歌の恋歌の歴史的あるいは文化的伝統の表現を内包しつつ、交友の情を尽くした表現を成立させた」[4]と指摘したのは注目される。当該の家持と池主の贈答歌を考えるにあたって、家持と池主の歌にちりばめられている恋愛表現を用いる意図と、これらの歌句を抱える当該の贈答歌がいかに友情の歌として成立し得るかという問題について考えるべきであると思われる。

第二節　家持と池主の贈答歌と恋歌

家持の長歌の構成は、伊藤博氏によると三段に分けられ、第一段が、冒頭から「梶の音高し」であり、第二段が「そこをしも」から「日の長けむぞ」であり、第三段が「そこ思へば」から結句となり、これに反歌がつく。池主歌もまた三部構成をとるのであり、第一段が、冒頭から「事もありしを」までであり、第二段が「大君の」から「哭のみし泣かゆ」であり、第三段が「朝霧の」から結句となり、これに反歌が二首つく。(5) 家持歌と池主歌は、共に三段構成の長歌に反歌を付けた形であり、この型の類似は、池主が家持の歌に忠実に応対しようとしたためと思われる。歌の内容を概観すると、家持歌の第一段は、池主に対して、二上山に神々しく立っている栂の木のように親愛なる「わが背の君よ」と呼びかけ、越中において二人がいつも逢っては「言問い」「手を携えて」遊覧の楽しみを極めていた様子を述べる。しかし第二段では、天皇の命による別離の悲しみを、都へ向かう途次の場面をもって描き、第三段では、そのような別れを思うと心が痛いというのであり、もしあなたが玉であったならば手に巻き持っていつも見ながらゆけるのに、置いて行くことが心残りなことよと惜別の情を述べる。それに対する池主の歌は、第一段は、家持歌の第一段の遊覧の叙述を受け、「わが背子」と会っていたら心が慰められたのにといい、第二段では、官命によって旅立って行く君と取り残される自身を描き、別れの嘆きを抑えきれなくて、卯の花山の霍公鳥のように声を上げて泣いてしまうという。第三段は、無事に帰ってくることを「礪波山の手向けの神」に「幣」を奉って祈り、来月のなでしこの花が咲く頃にはきっと帰ってきてくださいとうたう。家持は、楽しかった遊覧の思い出から、別れの場面へ、そして惜別の思いを時系列的に描き、池主は、家持の歌に沿った形式と内容によって応えるのである。

この二人の贈答は、当該の題詞や周辺の宴席歌にあるごとく、家持の正税帳使の任務による官人たちの別れを描いているにも関わらず、あたかも旅立つ男と残される女の立場で詠んでいるように読み取れる。しかし、家持が「愛しきよし　わが背の君」というのに対して、池主が「わが背子」と応え、また家持が「わが背子」というと池主が「わが背の君」というように、恋歌の表現をとりながらも、通常の男女の恋歌の贈答とは違いが認められる。なぜなら、恋歌の贈答においては、男が「我妹子」と呼びかけるのに対して、女が「我が背」と応えるのが通常の呼称であるからであり、この点から考えると家持と池主の贈答は、両者が女性の立場からの詠出ということになる。この点について辰巳氏は、旅人と藤原房前の贈答歌をあげて、「房前は旅人を《わが背子》と呼ぶ。それは《交友》における友情を示す言葉として意図的に用いられているものであり、それが《情》を尽くす方法であったのである(6)」と述べられている点は、当該歌を考えるに当たっても参考になろう。この指摘によれば、家持と池主は男同士であることを前提としながら恋歌のように歌うことで、「交友の情」を尽くしていることになる。そこでその表現について歌表現の面から確認してゆきたい。

家持歌と池主歌の第一段は、二人の越中における遊覧の楽しみを述べている。その中で家持歌では、「朝去らず　逢ひて言問ひ　夕されば　手携はりて」というように、射水川の川岸に立ち、越中の地で「逢ひて言問ひ」「手携はりて」遊ぶことを詠む。「朝去らず〜、夕されば〜」という表現は『万葉集』の常套句であり、家持と池主の贈答においては、既に立山賦の池主の敬和歌に「朝去らず　霧立ちわたり　夕されば　雲居たなびき」(巻十七・四〇〇三) の先例があることが指摘されている。しかしこの表現は風景の恒常性を表現する一方、天武天皇が崩御した際に大后(持統天皇)が詠んだ巻二・一五九番歌では、「夕されば　見し賜ふらし　明けくれば　問ひ賜ふらし」というように、亡き天武天皇が、いつも見ていつも問いかけていた神岳の景を詠む。ここでは、天皇の神岳への愛着の恒常性を「夕されば〜、明けくれば〜」で表している。当該歌においてはその愛着を表現する行為が、言問い、手を携えることなのである。「手携はりて」の語は、越中の家持と家持と関わりのある人々との歌語として頻出し、友情を示す語として用いられている。(7) 辰巳氏は中国詩語の「携手」の語に注目し、「『手を携えて遊ぶ』ことが交友を表現する一つの様式であったことが知られ、家持が池主と『手携はり』射水川に遊んだというのも、そのことであろう(8)」と指摘する。巻八・一六二九には「妹とわれ　手携はりて　朝には　庭に出で立ち　夕には　床うち払ひ　白栲の　袖さし交へて　さ寝し夜や　常にありける」というように、共寝を示唆する相愛の男女の表現として「手を携える」という表現をとる。このことは「手を携える」という恋歌の表現が、漢語「携手」を通して、交友を示す語として越中の家持を中心とした人々の間に享受されることになったことを示している。また「言問ふ」は言葉をかけるの意であるが、その意味するところは、

夕さればもの思ひ益る見し人の言問ふ姿面影にして　(巻四・六〇二、笠女郎)

わが背子が形見の衣妻問にわが身は離けじ言問はずとも　(巻四・六三七)

のように、六〇二番歌では、夕方になると言葉を掛けてくれる姿が面影に立ってきますと詠み、「言問ふ」とは男の訪れを指す。六三七番歌は、あなたが妻問した形見として肌身離さず持っていよう、衣はなにも語らなくても意である。「言問ふ」と「妻問ひ」とは同義であり、求愛の言葉と解せる。このように「言問ふ」の語は、恋愛の中にいる男女の姿を描き、男の訪れとそれに伴う愛の言葉を意味する。家持は手を取り合って遊び、愛の言葉を語るという恋歌の表現をもって、池主との遊覧の思い出を述べるのである。

それに応える池主歌の第一段は、奈良を離れた鄙ではあるけれども、あなたとお逢いしていると、心が慰められることもあったという。「思ひ遣る」については、「鄙にはあれど」の繋がりから、鄙にいるけれども「思ひ遣る」ことができたということで、自己の身の上を慰める意として捉えられるが、万葉歌の中では恋情を表現する語として用いられる。

思ひ遣るすべの知らねば片垸の底にそわれは恋ひなりにける　土垸の中にしるせり　（巻四・七〇七、粟田女娘子）

……逢はぬ日の　数多く過ぐれば　恋ふる日の　累なり行けば　思ひやる　たどきを知らに　肝向ふ　心砕けて……　（巻九・一七九二）

思ひ遣るすべのたどきもわれは無し逢はずてまねく月の経ぬれば　（巻十二・二八九二）

「思ひ遣る」ことができないと詠む歌は、ある事情によって逢うことができない男女の恋の苦しみを表す。恋する男女は、相手への思いを遂げることで、「思ひ遣る」ことができるのである。その点から考えれば、家持が逢って言問い、手を携えて遊んだと言ったことに対して、池主は「思ひ遣る」ことができたというのであり、「思ひ遣る」の表現性からみると、恋の成就によって、鄙における鬱屈した気持ちを晴らすことができたことを表現しているのである。

次に家持歌の第二段では、官命によって別れなければならないことが詠まれ、「後れたる君はあれども」と、池主を慰めつつも、つらいのは私の方であるということを述べ、「磐根踏み　越え隔りなば　恋しけく　日の長けむそ」と、「磐根」を踏み越えて旅立ってゆく様子を詠む。「磐根」の表現は次のように見える。

石根踏む隔れる山はあらねども逢はぬ日まねみ恋ひわたるかも　（巻十一・二四二二）
石根踏む夜道行かじと思へれど妹によりては忍びかねつも　（巻十一・二五九〇）
妹に逢はずあらばすべ無み石根踏む生駒の山を越えてそ吾が来る　（巻十五・三五九〇）

二四二二番歌は、岩根を踏むように険しい山は無いのだが、逢わない日が多いので恋い続けることだの意であり、岩根は二人の仲を隔てる恋の障害である。二五九〇番歌は、危険な道を通って夜道は行くまいとは思うのだが、妹のことを考えると我慢できないというのであり、三五九〇番歌も、妹への堪え難い恋心によって石根踏む生駒の山を越えてきたというのである。この岩根を踏む道は危険を冒す恋を暗示し、このような険しい道をやってきたと訴えることで、女性への愛情の深さを示すのである。当該歌は、その危険な山路を磐根踏み離れて行くというのであるから、いよいよ逢うことが叶わなくなる状況を詠むことで、ここでは女を残して行く男の立場として自己を設定し、男の嘆きが深いことを示すのである。

それに対して池主は、朝旅立ってしまったならば、残された私が悲しいのか、旅行くあなたが恋しく思うのか、嘆きを抑えきれなくて泣いてしまうと返す。「若草の　脚帯手装り」の表現については、『日本書紀』歌謡の「大和の　忍の広瀬を　渡らむと　足結手作り《あよひたづく》　腰作らふも」（紀一〇六番歌謡）[9]や、『万葉集』の「天にある一つ棚橋いかにか行かむ　若草の妻がりといはば足荘厳《あしよそひ》せむ」（巻十一・二三六一）という歌があるように、男の旅支度の一つと見るのが諸注釈書における概ねの見解である。また「脚帯手装り」に冠されている「若草の」は、『万葉集全注』が、「旅立ちに当たって妻が足結いを結ぶ習慣があって『若草』で妻をあらわしたものかとも思われる」[10]

と指摘する。「若草の」の語は、『万葉集』中十四例あり、そのうち十一例は「ツマ」にかかる。しかし「若草の新手枕を枕き初めて」（巻十一・二五四二）の例もあり、「若草」をもって、新妻を表すことが認められることから、ここは朝に出立する家持の旅支度を妻が調えたことを示しているのであり、自身を旅立つ夫を見送る妻として設定する表現として捉えるべきであろう。さらに「群鳥の　朝立ち去なば」は、群れをなした鳥が、朝、寝床から飛び立つ習性を比喩的に表現したもので、「……群鳥の　群立ち行けば　留まり居て　われは恋ひむな　見ず久ならば」（巻九・一七八五）と、群鳥のように立ち去って行こうとしている人を見送る歌があり、旅立ちゆく男を、朝、女が悲しみの中で見送る表現とみることができる。またこの表現は、次の歌が参考になる。

み吉野の　真木立つ山に　青く生ふる　山菅の根の　ねもころに　わが思ふ君は　大君の　遣のまにまに〔或る本に云はく、大君の　みことかしこみ〕夷離る　国治めにと〔或る本に云はく、天離る　夷治めにと〕群鳥の　朝立ち行かば　後れたる　われか恋ひむな　旅なれば　君か思はむ　言はむすべ　せむすべ知らに〔或る書に、あしひきの　山の木末に　の句あり〕延ふ蔦の　行かくの〔或る本に、行かくの　の句なし〕別のあまた　惜しきものかも

（巻十三・三二九一）

朝に旅立つ「君」を見送る悲しみを詠んだ歌である。「大君の　遣のまにまに」の表現から官命により旅立つ点が共通し、さらに「朝立ち行かば　後れたる　われか恋ひむな」は当該の類句と見てよい。当該の池主歌は、おそらくこのような歌を参考にした表現であろうが、三二九一番歌は「わが思ふ君」と呼びかけることから、官命のために旅立つ男との悲別の情を詠んだ女の歌と捉えられるのであり、池主はこうした女の恋歌を下敷きとし

て、当該歌を構成したものと考えられるのである。

さらに家持歌の第三段では、その別れの悲しみを「わが背子」を玉に喩えて、玉ならば手に巻き持っていつも見ていられようものを、そうではないので、置いて行くことが惜しいことだという。玉を手に巻いて持っていたいという歌は、先に挙げた同機会の宴席歌において、家持自身がほぼ同じ語句や表現を用いている（巻十七・三九九〇）。但し基本的には恋歌の常套表現であり、玉を恋人の比喩として、いつも一緒にいたいという願望を表す。(11)

対する池主歌は、礪波山の手向けの神に幣を奉って再び逢えることへの祈りが詠まれる。手向けの神に祈る歌は羈旅歌や旅中歌に数多く見られ、旅人自身が自己の安全と家族の無事を願って祈るというほかに、見送る女の立場からの歌が多く詠まれる。例えば遣新羅使の歌群には、

栲衾新羅へいます君が目を今日か明日かと斎ひて待たむ　（巻十五・三五八七）
天地の神を祈ひつつ吾待たむ早来ませ君待たば苦しも　（巻十五・三六八二）

のような歌が見られる。この一連の旅の歌には遣新羅使の旅中歌が多くを占めるが、旅行く男の安全を祈願する女の歌も散見される。神に祈る女の姿は、「斎ひて待たむ」や「早来ませ君待たば苦しも」というように男の無事を思い遣り、帰りをひたすら待つ姿であるといえる。それは当該歌の結句において「石竹花が　花の盛りに　相見しめとそ」と、逢うことができる日までひたすら待ち続ける女の願望へと向かってゆくのである。

以上のように、家持と池主の歌はその内容が対応していることが認められ、男女の相愛から官命による離別、そして離別後の悲しみへと移行していることが確認されるのである。そしてその表現は、男同士の贈答でありな

がら、万葉歌の恋歌の表現を用いて、あたかも旅行く男と、それを見送り待ち続ける女の贈答歌のように詠まれているることが確認できるのである。

第三節　家持と池主の贈答歌と中国恋愛詩賦

このような贈答が成立する状況をみると、これは単に家持と池主の個人的な心情の中で発生したとは考えにくい。男同士の贈答歌をあたかも男女の恋歌のように詠む方法は、家持を中心とした後期万葉歌人に見られ、その基本は友人関係において「情を尽くす」方法が男女の恋歌のごとく思いを述べることによって可能となることは、先の辰巳氏の論に指摘される通りである。(12) その上で家持と池主の贈答歌が、男女の相愛から、官命による離別を通してその悲しみを述べ合うという、あるストーリー性をもって成立することを考えるならば、そこには宴席歌において述べられる送別歌との差異が認められるのであり、ここに離別の主題化という問題が見えてこよう。『万葉集』にも羈旅歌や遣新羅使の旅の文学があり、その多くは旅の別れをテーマとする。一方、中国文学では『藝文類聚』に、「別」の項があり、『文選』にも「行旅」を分類するなど、旅における離別の文学が成立していることが知られる。中国詩賦では男女の離別を主題とする作品が数多く見られ、これらの離別の詩がいかに成立しているかの具体的な検討が必要であろう。

そこで中国恋愛詩における離別をテーマとする作品を見ると、例えば無名氏の「古詩十九首」では、

行行重行行　與君生別離　相去萬餘里　各在天一涯

道路阻且長　會面安可知　胡馬依北風　越鳥巣南枝
相去日已遠　衣帯日已緩　浮雲蔽白日　遊子不顧返
思君令人老　歳月忽已晩　棄捐勿復道　努力加餐飯

【あなたは旅立ってから、今日も明日もと、歩みを重ねられることでしょうが、私はここに生きながら離別の悲しみにひたっています。今は二人互いに万里の山河を隔てて、各々天の一方に暮らす身の上。道ははてしなく遠い、また会う日などはあてにはできません。胡の馬は北風に身をよせていななき、越の鳥は南の枝を求めて巣くうと申します。すべて故郷は忘れがたいものなのに、あなたはまだお帰りもなく、お別れしてから日数も遠く過ぎました。私は悲しみに身もやせ細って、今は衣の帯も日ましにゆるくなるばかりです。それなのにあの浮き雲がお日様をおおいかくすように、二人の間はへだてられて、あなたはこちらをふりむいて（お帰りになって）はくださらぬ。それを思うと、にわかに年がふけるように思われますのに、歳月は遠慮なく暮れて行きます。今さらわが身の棄てられたことなど申さず、どうぞあなたがつとめて食事をとられてお身をお大切になされますように。(13)】

と詠まれる。この古詩は、旅行く君との「生別離」のために悲しみに浸る詩であり、万里を隔てて逢えなくなってしまったために、女は痩せ細ってゆくばかりだといい、末尾の二句で、遠行する夫の無事を思い遣って結ぶ。この詩は、『玉台新詠』に枚乗の「雑詩九首」として載り(14)、花房秀樹氏が「大ざっぱに前漢・後漢にわたっての作品と言いうるのみ(15)」と述べるように、古詩として広く流布していた詩であろう。その流布性故に、作者がいかなる立場で詠んだかという見解には諸説あり、女の歌とみるもの、男の歌と見るもの、八句までを男、以降を女と見る説があるが、二人が離れてゆく悲情を、道行きが長く且つ険しいことをもって述べるのは、男の旅の詩の常套であり、かつ「衣帯日已緩」や「遊子不顧返」は女特有の表現であることから、男女の掛け合いによって歌われたものが、統合されたと考えることは可能である。男女の悲情は「生別離」から始まるのであり、男は物理的隔絶によって逢うことが叶わないことを悲しみ、女は、心理的隔絶によって男が帰らない悲しみの中で、それでも男の無事を願って待ち続けるのである。家持の歌にも、困難な道のりを経て旅行くことが詠まれ、その隔絶感を「恋ひしけく　日の長けむそ」というのは、詩において、二人は万里を隔ててしまい、道は山河に遮られ果てしなく遠いので、逢う日は何時のことになるか知られないと詠むことと、男の別離の悲しみの情況が等しいことが知られる。さらに池主の歌には、旅行くあなたより待つ私のほうが悲しいのだとしながらも、男の無事を神に祈って待ち続ける姿が描かれるのであり、離別というテーマにおける中国恋愛詩に見える旅行く男と、待つ女の発想の類型をここに見ることができる。

次に『文選』の「別賦」をあげて検討してゆきたい。江淹の「別賦」は、五〇〇年前後の六朝期の作品であり、別れの種々の典型を描いている。『文選』は、儒教道徳により成立していることが知られるが、さまざまな別れの場面において、儒教精神の中で取りこぼされた恋愛賦の一部をみることができるように思われる。その意味で、この作品の一部も『玉台新詠』の表現とならぶ中国恋愛詩賦の枠組みにおいて捉えるべきである。「別賦」は、中国文学において「離別」という重要なテーマ性を得たことを示唆しており、しかもそれは普遍的な別離の状況を示していると思われる。その構成は以下の通りである。

i　旅立ちによる男女の別れ
ii　身分が高い者の送別の宴
iii　刺客や若者の別れ
iv　征人の別れ
v　離れた国に赴く別れ
vi　夫の赴任による夫婦の離別後
vii　道士の昇仙による別れ
viii　密会した恋人の別れ
ix　総論

九段で構成される中で、iは旅立ちによる男女の別れを詠んだものである。以下にiの内容を整理して挙げる。

(1)黯然銷魂者、唯別而已矣。況秦呉兮絶國、復燕宋兮千里。或春苔兮始生、乍秋風兮蹔起。是以行子腸斷、百感悽惻。

【人の心を暗く沈ませるものといえば、別離にすぎるものはない。まして、秦と呉のようにかけ離れ、燕と宋のように千里も隔たる場合はなおさらである。春の苔が生い始める頃、秋の風が急に吹いてくる頃でもあれば、悲しみもひとしおだ。かくして、旅立つ者は腸もちぎれる思いで、さまざまな思いにさいなまれる。】

(2)風蕭蕭而異響、雲漫漫而奇色。舟凝滞於水濱、車逶遲於山側。櫂容與而詎前、馬寒鳴而不息。掩金觴而誰御、横玉柱而霑軾。居人愁臥、怳若有亡。日下壁而沈彩、月上軒而飛光。見紅蘭之受露、望青楸之離霜。巡曾楹而空揜、撫錦幕而虚涼。

【吹きすさぶ風もことさらに寂しげであり、空を覆う雲もいつになく暗く見える。旅人の乗る船は、川辺に留まり、車は山際に行き悩む。櫂の動きはゆっくりとして進まず、馬は悲しくいないて止まない。金の盃も蓋をしたまま飲まず、玉の琴を横たえたまま、車の手すりに涙を落とす。一方家に残された者たちは、憂いに臥し、ぼんやりして、何かを失ったようである。日は壁の向こうに輝きを沈め、月は軒端に上って光を投げかける。見れば、赤い蘭の花は露にまみれ、青い楸の樹は霜に覆われている。高い柱を巡っては、空しく涙にくれ、錦のとばりを撫でては、一人悲しむ。】

(3)知離夢之躑躅、意別魂之飛揚。

【遠く離れたあの人が、夢の中でも行き悩んでいるのが見え、別れた魂が飛び来たったのかと思う。[16]】

ここに家持歌と池主歌を重ねるならば、(1)では、人の悲しみの中で最も悲しいものが離別であり、離れれば離れるほど悲しみは増長するものであるという悲しみの基本原理が示される。家持歌では、二人で遊覧することの喜びを詠み、池主歌もそれに応えることで成立しており、ここにも二人のあるべき関係、原理が示されている。しかし家持歌、池主歌とも「遊ぶ盛りを」「事もありしを」と逆接でもって次に向かうように、そこにはあるべき二人の姿を描きながらも別れへと向かう、離別への序奏が語られている。裏を返せば仲睦まじい仲であればあるほど別れのつらさはひとしおなのであり、それは「別賦」の「是を以て行子腸斷え、百感悽惻たり」と述べるような心情へと向かうのと等しい状態が見える。ここは「行子」というのだから男の悲しみであるが、池主の題詞には、「生別は悲しく、腸を断つこと万廻なり。怨むる緒禁め難し」とあり、生別離から始まる悲しみと怨情を思婦の情とするならば、これは明らかに待つ女の立場で詠んだ歌であるといえる。さらに(2)では、旅の行程が思うように進まない中で、馬の寒鳴が止まないという。この馬の寂しい鳴き声は旅人の心情と呼応していると思われ、それは残してきた者への悲しみを喚起する。「金杯」や「玉琴」は別れの時の送別の品か、愛用の品かは不明だが、どちらにしても家に残された人との形見の品であることには変わりは無く、このような物品を見ることによって遺してきた者を思い出すのである。これは家持歌において、険しい山を越えて行くことでいよいよ愛する人と会いがたくなったことへの心の痛みと対応し、あなたが玉であったら連れて行けるのにという、物品を見ることによって相手への思いを寄せる心情と重なる。また残される女の悲しみは、「別賦」において愁いに臥しぼんやりして、何かを失ったようであるというのであり、その悲しみは月の光、花の露、樹木の霜などの自然の景物によってますます悲しみが深まるのであり、高い柱を巡っては、空しく涙にくれ、錦のとばりを撫でては、一人悲しむというように、涙にくれ一人悲しむ思婦の姿が描かれているのである。それは池主歌において、卯の花山または朝霧の景物によって表されており、そのような景物に喚起されて声を上げて泣かずには居られない、孤独の悲しみの情と等しい心の状態であると思われる。(3)では、離れて行った人の夢を見るのは魂が戻ってきたからだというのであり、ここは男の帰りを待つ女の立場で述べられる。池主が砺波山の手向けの神に無事を祈ることで再会できることを祈願し、またなでしこの花であったら毎日見ることができるのにというように、待ち続ける女として詠うことと発想が類似する。「別賦」は離別の典型の一つとして男女の別れを挙げ、旅立つ男と待つ女の枠組みの中で、男の旅立ちによる生別離を発端として、それによって生じる旅立つ男の自らの行く末と残して行く女への悲しみをうたい、残される女は男との再会を願って待ち続ける悲しみや相手が無事に帰ってくることの願いへと向かうのであり、家持と池主の贈答歌はこのような離別をテーマとする中国恋愛詩賦と枠組みを等しくすることが確かめられるのである。

第四節　家持と池主の贈答歌と中国贈答詩

このような離別をテーマとした文学は、男女の離別の悲しみを描くばかりではない。『文選』の贈答には男同士の関係において離別の悲しみを詠む贈答詩が多く見られる。これらの詩の多くは「贈答」の部に収められている。ここでは離別を詠んだ中国贈答詩を検討することによって家持と池主の贈答歌がいかに離別をテーマとしながら友情の歌として成立しているかという問題について考えてみたい。

例えば『文選』に載る嵇叔夜の「贈秀才入軍五首」を挙げることができる。この詩は、題詞にあるごとく嵇叔夜の従兄である秀才が従軍する際に贈った詩であるが、従兄を見送りに行った際のつかの間の楽しみを叙するところから始まる。

良馬既閑　麗服有暉　左攬繁弱　右接忘歸　風馳電逝　躡景追飛
凌厲中原　顧眄生姿　携我好仇　載我輕車　南凌長阜　北厲清渠

仰落驚鴻　俯引淵魚　盤于遊田　其樂只且

【馬はよく進退に熟練している。それにまたがった将兵の車服は輝くばかり美しい。左手に繁弱の弓を携え、右手に忘帰の矢を取って、風の如く、また電の如く馳せてゆく。その疾さは日の光をもふみこえ、飛ぶ鳥をも追いぬけるほどである。かくて中原の地に馳せ上り、あたりを見まわすその姿の雄々しさよ。（私は今や従兄秀才がかかる軍隊に入るのを送ってゆくのである。）わがこのよき相手と共にわが軽車に乗り、あるいは南の高い岡に上り、あるいは北の清らかな流れを渡り、時には大雁を射おとすこともあり、うつむいて淵の魚を捕らえることもある。途中、興にまかせての遊猟は楽しみ極まりない。】

輕車迅邁　息彼長林　春木載榮　布葉垂陰　習習谷風　吹我素琴
咬咬黄鳥　顧疇弄音　感悟馳情　思我所欽　心之憂矣　永嘯長吟

【わが軽車は疾く走って、やがてかの長林について休息する。そこには春の樹々が花を開き、葉を茂らせて木陰を作っている。そよそよと吹く春風が自然の琴をかなでる如く響き、なだらかに鳴く鶯が友呼びかわしてさえずっている。これを見聞きするにつけても、心に感じ情を動かし、わが敬愛する兄を思うて、憂いに堪えず、声長く歌いつづける。】

浩浩洪流　帯我邦畿　萋萋緑林　奮榮揚暉　魚龍瀺灂　山鳥羣飛
駕言出遊　日夕忘歸　思我良朋　如渇如飢　願言不獲　愴矣其悲

【ひろびろとした大河の流れはわが都の地方をめぐり、緑に茂った林の樹々は花を競い、色を誇って輝くばかり、魚は游泳し、鳥は群れ飛んで楽しげに見える。私もまた車をかって遊びに出て、日の暮れるまで帰るのも忘れたが、こんな時わが良き友を思う情は一しお深く、あだかも飢え渇いたものの飲食を求めるに等しい。しかし、いかに思うても会うことはできず、心はいたみ悲しむのみである。】

息徒蘭圃　秣馬華山　流皤平皐　垂綸長川　目送歸鴻　手揮五絃
俯仰自得　游心泰玄　嘉彼釣叟　得魚忘筌　郢人逝矣　誰與盡言

【供の者を蘭のにおう園に休ませ、馬に花の咲く山のほとりで草を食わせ、平らかな沢地で矢を放ったり、長い流れに釣糸を垂れたりして、鳥を射、また魚をあさる。時に帰りゆく雁を見送りながら手に五絃の琴をかなでる。かく地にうつむき天を仰ぐ進退行動の間に、自らさとるところがあり、心を虚無の大道に遊ばせるに至った。そして、かの魚釣りの翁なる荘子が「魚を得たらそれをとる道具のふせごは忘れる」（人の気持ちがさとれれば、意思を伝える言語などは不用なものだ）と言った言葉が嬉しい。（秀才にもこの自得の気持は解ってもらえるだろう）ああ、しかし、真に道を信じ合った同心の秀才は、もう去ってしまった。今後は誰と心ゆくまで語ろうか。】

閑夜肅清　朗月照軒　微風動袿　組帳高褰　旨酒盈樽　莫與交歡
鳴琴在御　誰與鼓彈　仰慕同趣　其馨若蘭　佳人不在　能不永歎

【静かな夜、ひそまりかえって、明月が軒を照らしている。そよ風が衣の裾を払う時、カーテンを高くかかげて月に対する。この良夜、樽には美酒があるのだが、共に酌んで歓を交えるべき人はいない。琴も役に立てられるのだが、誰と共にかなでようか。仰いで同心の人秀才を慕う。われらの交わりの親密で、かわるることのないのは、蘭の香りのようであったのに、ああ、よき人はもはやここにおらぬ。嘆かずにいられようか。(17)】

この詩は兄の将兵としての素晴らしさを詠み、二人で遊猟することの楽しみをうたう。そして遊猟の際に見えた広々とした大河、緑に繁る木々、光り輝く花々、魚の游泳、鳥の群れなどの美しい風景を描いて楽しみを極めたことを述べるが、秀才との離別を迎えなければならなくなったという。そして離別後には、静かな夜にカーテンをかかげて月を見る。こんな美しい夜に美酒もあり琴もあるのに、それを楽しむ秀才がいないと孤独の悲しみを詠むのである。離別にあたって二人で遊覧することの楽しみを述べ、別れの時を迎えその悲しみを詠む。さらに「良夜」に酒と琴を前にして旅立っていった秀才のことを思い嘆くのであり、中国恋愛詩賦に極めて近い構成をとる。またここに見える「朗月」「微風」「組帳」などの景物は、例えば『玉台新詠』に載る「昭昭素明月」に、次のように見える。

昭昭素明月　輝光燭我牀　憂人不能寐　耿耿夜何長

微風吹閨闥　羅帷自飄颺　攬衣曳長帯　屣履下高堂

【ま白い月があかるくかがやき、きらめく光がわが寝床を照らしている。憂いに沈む独り寝の妻は眠ることもできず、くよくよと夜長をかこっていると、折からそよ風が閨の小門を吹き、うすぎぬのとばりが、ひとりでにひるがえる。それに誘われ、衣を手にとり、長い帯をひきずり、草履をはいて座敷をお

りたったものの東西共に行くべき目あてもなく、ぶらぶらとあたりをさまようのみである。[18]】

ここでは「素明月」「微風」「羅帷」が詠み込まれており、これらの詩語は思婦の情を喚起する景として描かれている。これらの景物は、孤独を喚起する景として、嵆叔夜の贈答詩と共有しているといえよう。一方「琴・詩・酒」について辰巳氏は、これらが「交友の具」であり、「文章理念によって成立する遊び[19]」であることを指摘している。このような具が揃っていながら、集うべき友（従兄）がいないことを嘆くのである。「琴・詩・酒」について辰巳氏は、『懐風藻』の藤原宇合の序文や調古麻呂の「初秋於長王宅宴新羅客」、百済和麻呂の「初春於左僕射長王宅讌」などを挙げ、これらの詩が曹丕の文学理念を受けるものであるとし、それは家持と池主との贈答（巻十七・三九六二〜三九七七）にも及んでいることを指摘している。[20]この指摘からも「贈秀才入軍五首」が、贈答詩であるべき条件を備えているのであるが、ここで家持と池主との贈答歌との関わりから検討してみたい。

嵆叔夜の贈答詩の主題と大きく関わっているのは「同趣（秀才）」の不在である。「同趣」とは、『初学記』「交友」に「同心」があり、「趣」には「こころもち」（『大漢和辞典』）の意があることから、「同心」と同様に心を同じくする人をいう。『懐風藻』の山田三方の詩序にも「翫を同心の翼に散らす」とある。[21]この詩の骨格は良い季節に美しい景色を共に眺めて、楽しむことにある。詠み手が独りで見る風景は、春の木々の花が咲き、葉を繁らせ、そよそよと春風が吹き、鶯が囀り、林の木々が花を競い輝き、魚は游泳し、鳥は群れ飛ぶ景であるという。しかし「同趣」がいないため、春の景を前にして「感悟馳情　思我所欽　心之憂矣　永嘯長吟」というように、情が動き悲しみに堪えられず、独り歌いつづけるというのである。また「思我良朋　如渇如飢」について、「良朋」は『詩経』（小雅、常棣）に「毎有良朋、況也永歎」とあり、『文選』には「答何劭二首」（巻二十四）に「良朋

貽新詩　示我以遊娯」とあり、共に遊ぶ良き友をいう。このような「良朋」を求める思いは飢え渇くに等しいという。また五首目では、美酒と琴がある良夜であるのに「同趣」がいないことを嘆くのである。ここで重要なのは、詠み手の嘆きが、一緒に景を楽しみ遊ぶ相手がいないことに起因することであり、一緒に季節の景物を賞でることを願うのが「交友」の詩の基本であるということである。これらのことから嵇叔夜の詩は、良遊する相手を求める「交友」の詩であると考えられるのである。

一方家持と池主との贈答歌においては、歌の冒頭に越中における風景を描く。「朝去らず　逢ひて言問ひ　夕されば　手携はりて　射水川　清き河内に　出で立ちて　わが立ち見れば」というように、二人で遊ぶことを詠むのは、こうした良遊する「同心」の姿にほかならない。さらにここで注目されるのが、家持の歌の「ほととぎす　声にあへ貫く　玉にもが　手に纏き持ちて　朝夕に　見つつ行かむを　置きて行かば惜し」と、池主の歌の「石竹花が　花の盛りに　相見しめとそ」の表現である。家持の歌については、「ほととぎすの声に交えて貫く玉であってほしい(22)」という解釈が一般的である。霍公鳥の声を玉に貫こうという歌には、

霍公鳥いたくな鳴きそ汝が声を五月の玉にあへ貫くまでに　（巻八・一四六五、藤原夫人）

霍公鳥汝が初声はわれにもが五月の珠に交へて貫かむ　（巻十・一九三九）

などがある。この二首は霍公鳥の声を留めておきたいという願いを詠んだものであるが、家持の歌では、それが池主自身であったらよいのにと詠むのであり、複雑な様相を見せる。霍公鳥の声を貫いた玉と池主が重なり、その玉を「置きて行かば惜し」というのである。ここには池主を置いて行くことのほかに、霍公鳥の声、すなわち

季節の風物をも置いて行かなければならないことを示しているのではないだろうか。また持ってゆくことができたら、霍公鳥の声を一緒に賞でることができるのにという意に解せると思われる。また「石竹花が　花の盛りに相見しめとそ」というのも、「花の盛り」つまり石竹花が一番美しい時にまた逢いたいと再び良遊できることを願うのである。このように家持と池主との贈答歌における離別の悲しみは、友と共に美しい風景を賞でることができないことにあるといえよう。その点において「交友」を主題とする贈答詩と重なるのであり、「交友」の関係を離別の歌という形で描いたのだと考えられる。

以上のように、家持と池主の贈答歌は、情を交わした二人のあるべき姿からはじまり、そこから離別を通して悲しみへ向かって行くという点において、中国の情詩を理解し、その類型に沿って友との別れを詠んだ贈答歌であるといえる。当該歌の表現はあたかも男女の恋歌のように見えるが、そこに詠まれるのは共にその季節の美しい風物を賞でるという「交友」を主題としたものであった。家持と池主の贈答歌が、離別という情の文学をテーマとしながら、美しい風景を共に賞でるということを描くのは、そこに中国贈答詩を規範として学んだことが考えられるのである。その点において、当該の二人の贈答歌は「交友歌」として位置付けられるのである。

第五節　おわりに

家持と池主の贈答歌は、『万葉集』に多数く見られる恋歌の表現を摂取することで、「交友の情を尽くす」ことを可能にしたのである。その意味において、中国恋愛詩賦の表現を取り入れながら、交友の情を述べた詩を中国交友詩として位置付けるならば、中国交友詩の表現方法を学びながら、万葉恋歌の表現をとりいれた家持と池主との贈答歌は、まさに中国交友詩に匹敵すべき交友の「倭詩」であると位置付けられる。

当該歌群において重要なことは、友への親愛の情を表現しようとしたとき、その構成と表現の類型を、離別をテーマとする中国恋愛詩賦に求めながらも、中国贈答詩の世界を歌に写し取ることであったといえよう。「交友」の文学の特質は、美しい風景を共に賞でて遊ぶということにある。家持と池主との贈答歌もまさにこのことを主旨として、これらを描き出すことによって、別れの嘆きを詠んだのである。そこには二人の中国「贈答詩」への理解があったのである。ここに家持と池主が越中において中国詩文に学び、かつそこから新たな歌の形を模索した、その一つの達成を見ることができるのである。

【注】

1 佐々木民夫「京に入らむとしての悲情の歌、池主との別れの歌」『セミナー万葉の歌人と作品』第八巻　大伴家持（二）（和泉書院、二〇〇二年）。

2 鉄野昌弘「補論三　大伴池主の報贈歌」『大伴家持「歌日誌」論考』（塙書房、二〇〇七年）。

3 家持と池主との贈答歌には、「遊覧布勢水海賦」や「立山賦」があり、「賦」とは『文心雕龍』に「物を体して志写す」と記される中国韻文における文体の一つである。本書第一部第二章参照。山田孝雄氏がこれらを合わせた越中における長歌をあえて賦というのは、その形式と表現性が中国の賦と似ていることによるためであることを指摘する（『越中五賦』一正堂書店、一九五〇年）。

4 辰巳正明「『交友論』(3)―家持と池主の贈答歌（続）」『万葉集と比較詩学』（おうふう、一九九七年）。

5 伊藤博『万葉集釈注』（集英社）。

6 （注4）に同じ。『万葉集』巻五・八一二番歌の房前から旅人への贈歌に「言問はぬ木にもありともわが背子が手馴れの御琴地に置かめやも」がある。

7　他に「手を携える」対象は、「同輩児らと　手携りて（手多豆佐波利提）」（巻五・八〇四）、「万代に携はり居て（携手）」（巻十・二〇二四）など恋人や、「いざ寝よと　手を携はり（手乎多豆佐波里）父母も　上は勿放り　三枝の　中を寝むと」（巻五・九〇四）のように親子の関係が見られるが、巻十七以降では、「携はり（携手）共にあらむと　思ひしに　情違ひぬ」（巻十九・四二三六「悲傷死妻歌一首并短歌」）のように妻の例が一例見られるものの、「于時也、携手曠望江河之畔、訪酒迥過野客之家」（巻十七・七言晩春三日遊覧一首并序／序文）、「わが背子と　手携はりて（携手而）明け来れば　出で立ち向ひ」（巻十九・四一七七「四月三日、贈越前判官大伴宿祢池主霍公鳥歌、不勝感舊之意述懐一首并短歌」）など男性同士の関係に見られることに特徴がある。

8　（注4）に同じ。

9　小島憲之他『日本書紀』（新編日本古典文学全集、小学館）による。

10　橋本達雄『万葉集全注』巻第十七（有斐閣）。

11　「白玉を纏きて持ちたり今よりはわが玉にせむしれる時だに」（巻十一・二四四六）や「白玉を手に纏きしより忘れじと思ほゆらくになにか終らむ」（巻十一・二四四七）など恋人を玉に喩えて手に巻きたいという表現は求愛の常套表現であり、家持も坂上大嬢との贈答において、大嬢が「玉ならば手にも巻かむをうつせみの世の人なれば手に巻きがたし」（巻四・七二九）と贈る。また家持の歌に「わが思ひかくてあらずは玉にもが真も妹が手に巻かれむを」（巻四・七三四）がある。

12　（注4）に同じ。

13　詩訳は、高橋忠彦『文選』（新釈漢文大系、明治書院）による。以下同じ。

14　『文心雕龍』「明詩」にも「又古詩佳麗、或稱枚叔」とあり、ここの「古詩」とは「古詩十九首」を指す。

15　花房英樹『文選（詩騒編）四』（全釈漢文大系、集英社）の注による。

16　高橋忠彦『文選』（新釈漢文大系、明治書院）。

17　内田泉之助・綱祐次『文選』（新釈漢文大系、明治書院）。

18　内田泉之助『玉台新詠』（新釈漢文大系、明治書院）。『文選』は「傷歌行」とする。

19　（注4）に同じ。

20　辰巳正明「『交友論』(1)―交友をめぐる文章論の理念性とその展開」『万葉集と比較詩学』（おうふう、一九九七年）。

21　『懐風藻』山田史三方（詩番五二序）に「時に、露旻序に凝り、風商郊を轉る。寒蟬唱ひて柳葉飄り、霜鴈度りて蘆花落らふ。小山の丹桂、彩を別愁の篇に流し、長坂の紫蘭、馥を同心の翼に散らす」とある。『周易』「繫辞上」に「同心之言、其臭如蘭」とあり、蘭の香りは友情が深いことを表している。

22　（注10）に同じ。

第二部

家持の花鳥風詠と歌学

第一章　「庭中花作歌」における季節の花
――なでしこと百合の花をめぐって――

第一節　はじめに

大伴家持の越中時代の作品には、京（都）と越中（鄙）を意識した作品が多く見られる。本章で問題とする「庭中花作歌一首并短歌」もその一つであり、越中に赴任した憂鬱な心情を「石竹花」と「さ百合」によって慰める歌がある。歌は次のように詠まれる。

庭中の花に作れる歌一首并せて短歌

大君の　遠の朝廷と　任き給ふ　官のまにま　み雪降る　越に下り来　あらたまの　年の五年　敷栲の　手
枕まかず　紐解かず　丸寝をすれば　いぶせみと　情慰に　石竹花を　屋戸に蒔き生し　夏の野の　さ百合
引き植ゑて　咲く花を　出で見るごとに　石竹花が　その花妻に　さ百合花　後も逢はむと　慰むる　心し
無くは　天離る　鄙に一日も　あるべくもあれや　（巻十八・四一一三）

反歌二首

石竹花が花見るごとに少女らが笑まひのにほひ思ほゆるかも　（同・四一一四）

さ百合花後も逢はむと下延ふる心しなくは今日も経めやも　（同・四一一五）

同じ閏五月二十六日、大伴宿禰家持の作

当該歌はその左注から天平感宝元（七四九）年の五月二十六日に作歌された歌であることが知られる。作歌契機については、従来妻への思いを詠む私的な歌として解釈されてきた。その理由は、庭に植えた花を見て作歌したという独詠的な状況と、家持が詠む「花妻」を大嬢とする解釈、またなでしこを大嬢に擬える歌が当該歌以前に作歌されている（巻三・四〇八、巻八・一四四八）ことによるものである。さらに『万葉集釈注』が前歌の「橘の歌一首并せて短歌」（巻十八・四一一一〜四一一二）との対応から、香の木の実という神話をモチーフにした神々しい橘の花に対して、庭中の身近な花であるなでしこと百合との二つを取り合わせた歌であるとし、「前の歌群の橘に橘家（橘諸兄）が張りついていたように、この庭中の花には花妻（坂上大嬢）が密着している」[1]と、公と私の問題から当該歌を解いている。また多くの注釈書は庭中の風景を実景として捉える立場であるが、『万葉集』にみえるなでしこと百合とは、歌表現において花の咲く季節がずれており、意図的に取り合わされた花々であると考えるほうが妥当であろう。むしろ庭中の風景は二つの風物の〈重ね〉として捉えられるのである。このことについて以下に考察を加えたい。

第二節　なでしこと百合の咲く庭

当該の長歌は、冒頭から「紐解かず　丸寝をすれば」までで、天皇の命令に従って越中の国に赴任する自身の姿を詠み、越中への赴任を旅路の仮寝として位置づける。そして「いぶせみと」から「出で見るごとに」では、心が晴れず鬱屈した「いぶせ」む心を「慰」めるためになでしこと百合を庭に植えて賞美するという。続く「石竹花が　その花妻に」以下では、それらの花を妻とすることによって自身の心を慰め、また花無くしてはこの鄙には一日もいられないという強い拒絶の心情を述べて終わる。反歌の一首目ではなでしこが少女の笑みに見えるといい、二首目では「さ百合」を詠み込み、再会の心がなくては一日も過ごすことができないとうたう。長反歌に詠み込まれるなでしこと百合は、いぶせむ心を慰めるために植えられたのであり、家持自身の心情を引き出す花として重要な意味を持つと考えられる。そこでまずは『万葉集』のなでしこと百合の表現性について確認しておきたい。

なでしこの花は集中に二十六首二十八例見られ、そのうち十一首は家持の作である。表記は、「石竹花」「瞿麦」「牛麦」の他に「奈泥之故」「奈弓之故」「那泥之古」と一字一音で表される場合もあり、その用字については、山崎かおり氏が「石竹」「瞿麦」「牛麦」などが、漢籍を出典としていると指摘しており、(2)『万葉集』第三期以降の歌に詠まれる花である。『万葉集』におけるなでしこの花の代表的なものとしては山上憶良の、

萩の花尾花葛花瞿麦の花　女郎花また藤袴朝貌の花　その二　（巻八・一五三八、山上憶良）

が初出であり、「詠秋野花」の題詞から秋の代表花として選び取られたことが確認できる。しかしなでしこは『万葉集』の季節歌において、夏と秋の両方に詠まれる。(3) 例えば夏のなでしこは、

見渡せば向ひの野辺の撫子の散らまく惜しも雨な降りそね　（巻十・一九七〇／夏雑歌）

野辺見れば撫子の花咲きにけりわが待つ秋は近づくらしも　（巻十・一九七二／夏雑歌）

と詠まれる。一九七〇番歌はなでしこが雨にあたって散ることを惜しむ歌であり、一九七二番歌はなでしこが咲いたことで秋が近づいたことに気づく歌であり、秋の到来を予期することに重点が置かれる。また櫻井満氏(4)や小野寛氏(5)などが指摘するように、恋歌に詠み込まれる花でもある。

秋さらば見つつ思へと妹が植ゑし屋前の石竹咲きにけるかも　（巻三・四六四、家持）

朝ごとにわが見る屋戸の瞿麦が花にも君はありこせぬかも　（巻八・一六一六、笠女郎）

四六四番歌は「亡りし妾を悲傷びて作れる歌」の中の一首であり、秋になったなら、花を見ながら偲んでください、と妹が植えた庭のなでしこが咲いたことだと解され、一六一六番歌は笠女郎が家持に贈った歌で、あなたが毎朝見るなでしこの花であってくれたらいいのに、というように恋歌においてなでしこは相手を想起させる花として詠まれる。またなでしこの花は、

石竹のその花にもが朝な朝な手に取り持ちて恋ひぬ日無けむ　（巻三・四〇八、家持）

隠りのみ恋ふれば苦し撫子の花に咲き出よ朝な朝な見む　（巻十・一九九二）

とも詠まれる。四〇八番歌は、あなたがあのなでしこの花であってほしいといい、一九九二番歌は、なでしこの花となって庭に咲いてください、そうしたら毎朝見ましょうというように、なでしこの花を擬人化して、愛しい女性に重ね合わせている。つまりこれらの歌に詠みこまれるなでしこの花は、不在の女性をなでしこに重ね合わせることにより、相手を想う恋の花なのである。

これらの作品に対して、越中赴任時期における家持とその周辺の歌においては新たな展開を見せる。家持と池主との贈答において次の歌が見られる。

忽ちに、京に入らむとして懐を述べたる作を見る。生別は悲しく、腸を断つこと万廻なり。怨むる緒禁め難し。聊かに所心を奉れる一首并せて二絶

青丹よし　奈良を来離れ　天離る　鄙にはあれど　わが背子を　見つつし居れば　思ひ遣る　事もありしを　大君の　命畏み　食す国の　事取り持ちて　若草の　脚帯手装り　群鳥の　朝立ち去なば　後れたる　我や悲しき…（中略）…愛しけやし　君が正香を　ま幸くも　あり徘徊り　月立たば　時もかはさず　石竹花が花の盛りに　相見しめとそ　（巻十七・四〇〇八）

玉桙の道の神たち幣はせむあが思ふ君をなつかしみせよ　（同・四〇〇九）

うら恋しわが背の君は石竹花が花にもがもな朝な朝な見む　（同・四〇一〇）

右は、大伴宿禰池主の報し贈り和へたる歌。五月二日

四〇〇八番歌から四〇一〇番歌の歌群は、家持による「京に入らむこと漸く近づき、悲情撥ひ難く、懐を述べたる一首并せて一絶」（巻一七・四〇〇六〜四〇〇七）に対する大伴池主の「報贈和歌」の長歌と反歌であり、家持が税帳使として旅立つ前に、池主に対して名残り惜しい心情を述懐した歌に対して応えたものである。(6)四〇〇八番歌では、せっかく鄙において巡り会ったのに離れてしまうことが悲しいが、来月になったらなでしこの花の盛りにお姿を見せてくださいといい、四〇一〇番歌においては、心から恋しいあなたはなでしこの花であってほしい、そうすれば毎朝毎朝見られようものを、というように男性同士の友情においてなでしこの花を詠む。この点に関して菊池威雄氏が「交友の花」という視点から、交友の歌と恋歌との表現の重なりを指摘しているが、(7)共通するのは二人の離れた関係の中で出会いの場を設定する花として表現される点であると考えられる。つまりなでしこの花は男女の性別を問わず、慕う不在の相手を思い起させる花なのである。

次に百合については集中に十首見られ、当該歌を含め五首が家持の作である。百合の花は『万葉集』の初期には見られない。古辞書では、『新撰字鏡』が百合について和名「由利」と訓じ、『本草綱目啓蒙』は「百合　ササユリ　ヤマユリ　サユリ」とする。『万葉集』中には、「深草由利」（巻七・一二五七）、「深草百合」（巻十一・二四六七）、「姫由理」（巻八・一五〇〇）が見え、他は「小百合」の名で詠まれる。当該の百合の種類は特定できないものの、「深草百合」は草の生い茂るところに咲いている百合であり、「夏の野の繁みに咲ける姫百合」（巻八・一五〇〇）や秦忌寸石竹家における宴席歌の題詞に「同『天平感宝元年閏五』月九日」（巻十八・四〇八六〜四〇八八）と見え、また天平元年閏五月二十七日の作に「夏の野のさ百合の花」（巻十八・四一一六）が詠み込まれることから、盛夏に

咲く花であるといえる。

ここで歌に詠まれる百合の表現について注目しておきたい。このような盛夏に咲く夏野の百合は、大伴坂上郎女の夏相聞の歌に見える。

大伴坂上郎女の歌一首

夏の野の繁みに咲ける姫百合の知らえぬ恋は苦しきものそ　（巻八・一五〇〇）

坂上郎女の歌は、夏草の繁る野に咲く姫百合のように人に知られない恋をするのは苦しいと詠む。この歌の百合の表現について渡辺護氏は、夏の野の繁みに人知れず咲く百合の姿や「百合」と「後（ユリ）」の同音による表現から、

> 許諾と拒否とその両者を含みもっている点に「百合」に文芸的な意図が仮託される由縁があったと思われる。「百合」は諾うような「笑み」をたたえながら「後」（〝後で〟）と首を振る、誘う男を焦らす女の媚態を表わす恋と深くまつわる花と見做されていたらしい。(8)

と指摘する。確かに百合は「後」を表わす縁語的な用法として用いられる。このような百合の歌材は家持周辺における次の一連の宴席歌に見える。

同じ月九日に、諸僚、少目秦伊美吉石竹の館に会ひて飲宴す。時に、主人、百合の花縵三枚を造り、豆器に畳ね置きて、賓客に捧げ贈る。各〻この縵を賦して作れる三首

あぶら火の光に見ゆるわが縵さ百合の花の笑まはしきかも　（巻十八・四〇八六）

　右の一首は、守大伴宿禰家持

燈火の光に見ゆるさ百合花後も逢はむと思ひそめてき　（同・四〇八七）

　右の一首は、介内蔵伊美吉縄麿

さ百合花後も逢はむと思へこそ今のまさかもうるはしみすれ　（同・四〇八八）

　右の一首は、大伴宿禰家持、和へ。

四〇八六番歌から四〇八八番歌の歌群は、官人たちが秦伊美吉石竹の宅に集って宴席を設けた時に、主人である石竹が百合の花縵を食器の上に重ねて置き、客人に差し上げるという趣向を凝らしたというのである。四〇八六番歌では、燈火の中に見える百合の花がほほえましいことをいい、四〇八七番歌は、後（ユリ）にもまたお会いしたいと思い始めたという。四〇八八番歌は、後（ユリ）にもお会いしたいからと思うからこそこの宴を楽しみたいという。この宴は百合とかけて、その音から「後」もお会いしたいという主人の配慮から花縵を準備したことが想定され、宴席における歌のやりとりで後の再会を約束したものと考えられる。そこには百合を賞美する宴が開かれ、さらに「後（ユリ）」をキーワードとして再会を約束するのであり、将来までもこのような宴を催すことを誓うための花として重要な役割を果たしているのである。

当該歌はいぶせさを慰さめる花としてなでしこを「花妻」に見立て、百合を再会を約束する花として庭に植え

て賞美するのであるが、二つの花が咲く季節のずれを考えるとき、庭に咲く花の風景は現実というよりは、抽象的な庭の風景であろうと考えられる。越中に下った家持の心を慰めるこれらの花々は、大君の命令のままに赴任した「み雪降る越」という閉塞された世界における家持の心の中に想起された「庭中の花」であるといえよう。このような心中に造形した風景を詠み込む家持の手法は、単に花を比喩として捉えるのではなく、鬱積した心情をはらすための景物として描くことにあり、これらの花は意図的に詠み込まれた景物であると考えられる。

第三節　家持の庭園の歌学

当該歌は家持自身の越中への下向を旅路の仮寝と位置づけ、そのいぶせさを慰めるために思い起こされた、なでしこと百合が咲く庭の風景を描いていると考えられるのであるが、心情により風景が呼び起こされるという歌のあり方をどのように捉えたら良いであろうか。家持のこのような表現のあり方は、巻十七に載る池主との書簡の贈答と大きく関わると思われる。家持は池主との贈答の序文において、

……方今、春朝には春花、馥を春苑に流へ、春暮には春鶯、声を春林に囀る。この節候に対ひて琴罇翫ぶべし。興に乗る感あれども、杖を策く労に耐へず。独り帷幄の裏に臥して、聊かに寸分の歌を作り、軽しく机下に奉り、玉頤を解かむことを犯す。……

（巻十七・三九六五～三九六六、序）

といい、病に伏せる身を嘆き、賞でることのできない風景に想いを馳せ、それにより歌を作るのである。対して

池主もその序文に、

……春は楽しむべし。暮春の風景は最も怜ぶべし。紅桃は灼灼にして、戯蝶花を廻りて舞ひ、翠柳は依依にして、矯鶯葉に隠りて歌ふ。楽しむべきかも。淡交に席を促け、意を得て言を忘る。楽しきかも、美しきかも。幽襟賞づるに足れり。豈慮らめや、蘭蕙藂を隔て、琴罇用る無く、空しく令節を過して、物色人を軽みせんとは。……

（同・三九六七〜三九六八）

といい、春景への感慨とそれを賞美することのできない憂慮をもって応えるのである。辰巳正明氏はこの贈答の中の「物色」の語に着目し、池主の挙げた春の美しい風景を物色と呼ぶのは、中国詩学を理解しているからであるという。(9)『文心雕龍』には「物色」の項があり、「是以詩人感物、聯類不窮。流連萬象之際、沈吟視聴之區。寫氣圖貌、既隨物以宛轉。屬采附聲、亦與心而徘徊。故灼灼状桃花之鮮、依依盡楊柳之貌(10)」と見え、家持と池主の贈答文に見えるような春景の表現は、詩人・文人たちの自然への強い関心が生み出したとする（辰巳氏前掲書）。劉勰は「物色」について、「四季それぞれに風物があり、風物にはまたそれぞれの姿がある。人の感情は風物に応じて変わり、文辞は感情に根ざして発現する。そして風物に感動すると、それからそれへと連想の輪が広がり、森羅万象の間に身をゆだね、見るもの聞くものがすべて詩歌の対象になる(11)」という。

日本の上代文献において「物色」の語は、辰巳氏が指摘するように「物色可怜」（『常陸国風土記』）、「物色相召」（『懐風藻』）などに見られるのであり、景物の表現を「物色」と捉えることはすでに詩学としての「物色」の意識が下地として存在したことを物語っている。さらに家持自らも、

右は、天平十五年癸未の秋八月に、物色を見て作れり　（巻八・一五九九／左注）

右の一首は、大伴宿禰家持、物色の変化を悲怜びて作れり　（巻二十・四四八四／左注）

というように、秋の風景を「物色」として捉えるのである。

このように『文心雕龍』の「物色」では、人の感情は風物に応じて変わり、文辞は感情に根ざして発現すると説くように、景が情に及ぼす作用について述べるのであるが、家持が描くなでしこと百合の花は先述したように家持の心情より描き出された景であった。「物色」の理論を説かれる景による情の変化という問題は、当該歌でいかなる形で表現されているだろうか。ここで当該歌における景を描く方法を検討する必要があるだろう。

当該歌は心のいぶせさを慰めるために、なでしこと百合の花を庭に植えると詠まれ、「咲く花を　出で見るごとに」慰められるという。また反歌では、「石竹花が　花見るごとに」少女の笑顔が思われるという。二つの花は、家持の心により作り出された景でありながらも、歌中の文脈的にはあくまでも景を「見る」という行為によって、いぶせき心を払拭すると詠むのである。この「見る」ことによって目に映る景が、詠み手の心情を動かすのであり、ここに『文心雕龍』で説かれる景から情へという関係が見出されるのである。

当該歌には「物色」の語は見られない。しかし「み雪降る越」の国という閉ざされた世界に大君の命令のままに赴任した家持の心に思い起こされた風景は、なでしこと百合が咲く庭の風景であった。それは季節を違えながらも心の中に重ね合わされた風景であり、まさに心と景との関係により導かれた風景であったといえる。それらの花々を「屋戸に蒔き生し」「引き植ゑ」というように、自らの手で作り出してゆく。本来は自然の中に咲く花であるものを、「庭中」という自分の手の中に入れることにより、鬱積した気持ちを歌によって晴らすという、景から情へという関係において詠まれるのであり、まさに劉勰の詩の理論に沿う形で詠まれた歌であると言えよう。

第四節　鄙の花の風景

家持の風景の把握には「物色」の理論があることを述べたが、その上で「なでしこ」と「百合」を選び取る必然性が問題となろう。

なでしこは先述したように不在の女性を想う恋の花であることをみたが、家持はそのような女性への想いを自宅の庭のなでしこを見ながら繰り返し詠む。

秋さらば見つつ思へと妹が植ゑし屋前の石竹咲きにけるかも　（巻三・四六四）

わが屋外に蒔きし瞿麦いつしかも花に咲きなむ比へつつ見む　（巻八・一四四八）

わが屋前の瞿麦の花盛りなり手折りて一目見せむ児もがも　（巻八・一四九六）

これらの歌は、「（わが）屋戸」のなでしこを詠み、四六四番歌は亡った妾に対して、一四四八番歌は坂上大嬢に対して詠まれたものである。一四九六番歌は対象は不明であるが、「わが屋戸」のなでしこを通して女性への想いを述べるのである。この「わが屋戸」とは、都における家持の邸宅であろうことから、家持が越中にてなでしこを詠むことは、都の自宅と重ねあわされたところの「わが屋戸」のなでしこであったろう。
また百合については、当該歌群の直後に久米広縄が朝集使の任を終え、越中に帰還したときの宴席において詠んだ家持の歌に、

大君の　任のまにまに　執り持ちて　仕ふる国の　年の内の　事かたね持ち　玉桙の　道に出で立ち　岩根踏み　山越え野行き　都へに　参ゐりしわが背を　あらたまの　年往き還り　月重ね　見ぬ日さまねみ　恋ふるそら　安くしあらねば　ほととぎす　来鳴く五月の　菖蒲草　蓬蘰き　酒宴　遊び慰ぐれど　射水川　雪消溢りて　逝く水の　いや増しにのみ　鶴が鳴く　奈呉江の菅の　ねもころに　思ひ結ぼれ　嘆きつつ　吾が待つ君が　事をはり　帰りまかりて　夏の野の　さ百合の花の　花咲に　にふぶに笑みて　逢はしたる　今日を始めて　鏡なす　かくし常見む　面変りせず　（巻十八・四一一六）

去年の秋あひ見しまにま今日見れば面やめづらし都方人　（同・四一一七）

があり、帰還した広縄を夏の野に咲くさ百合の花が咲くように、にこやかに帰って来たといい（四一一六）、その広縄の姿は「都方人」（四一一七）であったというのである。家持が捉える百合の花はそのあでやかさから、都人として写ったのである。

これらの歌から、家持にとってなでしこと百合は、都に咲く花という認識があったと同時に、都を想起させる花なのであり、それらの花を鄙である越中の庭に「屋戸に蒔き生し」「引き植ゑ」るのは、かつての都への記憶に導かれた景であったと考えられる。つまり都から断絶されたことによる都への思いによって思い起こされた

花々であったといえよう。

さて以上のことを踏まえた上で、当該歌は都にいる妻との再会を願うという主旨の歌なのかという点を検討してゆきたい。先にも述べたように当該歌を妻への思いと捉える根拠は「花妻」にあり、花のような妻と解釈することによる。しかし、なでしこは「花妻」から反歌においては「少女」へとより抽象化されてゆくことも考慮すべきである。まず「花妻」については、『万葉集』中に一例見られるのみである。

わが岡にさ男鹿来鳴く初萩の花嬬問ひに来鳴くさ男鹿　（巻八・一五四一、大伴旅人）

この歌は「さ男鹿」が「初萩」に妻問いにやって来たことを詠む歌で「さ男鹿」が花を妻とするという歌である。ここでの「花」は「初萩」を指しており、花のようなという比喩とは考えられない。つまり「男鹿」は「初萩」を思慕の対象として「（花）嬬問ひ」にやって来たというのである。当該歌においても家持は、なでしこを花のような（美しい）妻としてではなく、思慕の対象として捉えているのではないだろうか。家持の歌表現において、自然の対象物に恋する心を抱くのは、例えば霍公鳥を詠んだ歌に見られる。

霍公鳥の鳴くを聞きて作れる歌一首

古よしのひにければほととぎす鳴く声聞きて恋しきものを　（巻十八・四一一九）

霍公鳥を詠める歌一首并せて短歌

谷近く　家は居れども　木高くて　里はあれども　ほととぎす　いまだ来鳴かず　鳴く声を　聞かまく欲りと　朝には　門に出で立ち　夕には　谷を見渡し　恋ふれども　一声だにも　いまだ聞えず　（巻十九・四二〇九）

四一一九番歌は霍公鳥の声を聞いて、その声の対象である霍公鳥に恋しさを抱くのであり、四二〇九番歌は反対に、「恋ふれど」霍公鳥が鳴かないというのである。ここでは霍公鳥が思慕の対象となるのであるが、この思慕とは霍公鳥の声を聞きたいという心情を恋ということばによって表現したものといえよう。当該歌のなでしこを「花妻」というのも、この対象を思慕の対象として恋うという延長線上にある表現なのではないだろうか。そこには現実の女性ではなくて、花を思慕する対象として捉えてゆくという意識があるように思われる。

さらに反歌ではなでしこを「少女」として捉えてゆく。家持の「少女」に対する表現意識については、土屋文明が、具体的なヲトメを指していないとし、[12] また菊池威雄氏は家持のヲトメに「神性をもって表現者から自立する女性」像を見出している。[13] 越中時代の家持の少女を描く手法の特徴として、季節の景物と重ね合わせてゆくということが挙げられよう。家持はそうした風景を、次のように詠む。

……春花の　咲ける盛りに　思ふどち　手折り插頭さず　春の野の　繁み飛びくく　鶯の　声だに聞かず　少女らが　春菜摘ますと　紅の　赤裳の裾の　春雨に　にほひひづちて　通ふらむ　時の盛りを　徒に　過ぐし遣りつれ　偲はせる　君が心を　愛はしみ　この夜すがらに　寝もねずに　今日もしめらに　恋ひつつぞ居る　（巻十七・三九六九）

物部の八十少女らが汲みまがふ寺井の上の堅香子の花　（巻十九・四一四三）

桃の花　紅色に　にほひたる　面輪のうちに　青柳の　細き眉根を　咲みまがり　朝影見つつ　少女らが手に取り持てる　真鏡　二上山に……　（巻十九・四一九二）

三九六九番歌は、上巳を前にして家持が病に臥しているときの池主との贈答歌であり、池主と宴を共にすることができずに、季節をやり過ごしてしまうことへの遺憾の思いを詠んだ歌である。ここでは、春の花を插頭にせず、鶯の声も聞かないで「時の盛り」を過ごしてしまうことが詠まれる。家持は帷幄の内にて「時の盛り」を少女たちが春菜を摘み、赤裳の裾を濡らして通うことを想像するのである。四一四三番歌は題詞に、堅香子の花を攀ぢ折れる歌一首」とあり、「堅香子草の花」を「攀ぢ折」った際に詠んだことが記されている。歌は「物部の八十少女ら」が入り乱れて井の水を汲む様子が詠まれており、題詞と歌とにずれがあることを『万葉集釈注』が指摘している。(14) この点について真下厚氏は寺井の「聖なる空間」に咲く「堅香子草の花」と少女の聖なるイメージが重ね合わされていることを指摘しており、(15) 題詞と歌との関係から考えると、少女たちの姿は、「堅香子草の花」より思い起こされた景であろう。四一九二番歌は二上山の形容として序詞的に少女たちの姿を詠み、その姿は桃の花が紅色に輝くような面輪に青柳のような眉を笑み崩し鏡を手にとる姿であるという。ここも実景の少女ではなく、立夏を迎えて霍公鳥が鳴き、藤の花が咲く美しい季節の景が少女へ置き換えられたと捉えるべきであろう。このように家持は美景を「少女」の姿と同化させてゆくのであり、それらは賞でる対象としての最も美しい景の描写を、美しい少女の姿と重ねてゆく。つまり、当該歌は、都にいる妻に会うことを願って詠まれた歌ではないのである。歌中でなでしこの花が、「花妻」や「少女」として描かれるのは、なでしこの花を思慕する対象として家持が捉えていたことによる。こうした季節の景物への愛着は、景物を「賞美」する視点に他ならない。またこうした季節の風物を飽くことなく見ていたいという心情が百合の花を導いたのである。

このことから家持が最も美しい盛りの時期の花を賞でることによって、いぶせむ心を慰めるのであり、「後も逢はむ」というのは、これからもずっと花々を眺めていたいと願う心情であったと考えられる。このことこそまさに「人の感情は風物に応じて変わる」という「物色」の理論によるものであり、家持は「物色」の自然把握の方法によって当該歌を作歌したものと考える。

第五節　おわりに

家持は越中でのいぶせさを慰める風景として、なでしことさ百合が咲く庭中の風景を詠む。しかし、その風景は実景ではなく、家持の想念の中に描かれた庭の風景であろうと考えられる。大君の命令のままに赴任した「み雪降る越」という閉塞された世界で想起されたのが、これらの都の花であったのだろう。季節のうつろいと心の動きを説くのは、「物色」という中国詩学によるものであり、景により心情が動くという詩学の理論により生み出された歌であるといえよう。家持が描く季節の美しい花は「物色」の理論により描き出された風景だったのである。庭中に咲くなでしこは、「妻」と重なり、さらに「少女」へと変容してゆく。それは、季節の最も美しい景物を、恋うことにより生み出された表現であるといえよう。こうした景物への愛着によって、賞でる対象としてのなでしこが表現されているのであり、その花を「見る」ことによって心が慰められこのような景物をずっと見ていたいという心情によって百合の花が描かれたのである。ここに家持の「物色」による自然把握の方法が認められるのであり、そこには「物色」に基づいた詩学の方法を取り入れた上で歌として表現しようとする、家持の新たな試行（歌学）が見て取れるのである。

【注】

1 伊藤博『万葉集釈注』（集英社）。

2 山崎かおり「3・408大嬢に贈る歌」（『大伴家持研究』創刊号、國學院大學大伴家持研究会編、二〇〇三年三月）。

3 なでしこは夏（八・一四九六、一五一〇、二十・四四四二）と秋（三・四六四、八・一五三八）の両方に見られる。

4 櫻井満「万葉の花」『櫻井満著作集　第七巻』（おうふう、二〇〇〇年）。

5 小野寛「大伴家持と『なでしこ』」（『駒澤国文』第二十三号、一九八六年二月）。

6 第一部第三章参照。

7 菊池威雄「補説　和歌の景—ナデシコ」『天平の歌人　大伴家持』（新典社、二〇〇五年）。

8 渡辺護「譬喩の要因—萬葉集巻八・一五〇〇番歌について—」（『岡山国文論稿』十四号、一九八六年三月）。

9 辰巳正明「物色」『万葉集と中国文学』（笠間書院、一九八七年）。

10 戸田浩暁『文心雕龍』（新釈漢文大系、明治書院）。

11 （注10）の訳文による。

12 土屋文明『万葉集私注』（筑摩書房）。

13 菊池威雄「大伴家持—家持とヲトメの群像—」『天平の歌人　大伴家持』（新典社、二〇〇五年）。

14 （注1）に同じ。

15 真下厚「大伴家持の歌一首—類型からの接近」（『美夫君志』三十六号、一九八八年三月）。

第二章　家持の花鳥歌

——霍公鳥と時の花をめぐって——

第一節　はじめに

『万葉集』に採録される霍公鳥を詠み込んだ歌は百五十首を超え、さらに花との取り合わせを詠んだ歌は六十三首ある。その内訳は、橘二十五首、卯の花十五首、藤八首、あやめ草七首、萩一首、その他に二種以上のとり合わせとして、あやめ草と橘三首、あやめ草と卯の花一首、あやめ草と蓬一首、藤と卯の花一首、あやめ草と蓬とさ百合一首というように、夏の花を中心に種類が限定され、また特に巻八、十の季節歌に集中することから、霍公鳥と花の取り合わせは季節分類という基準において明確に認識されていたと考えられる。しかし本章で問題とする家持の霍公鳥詠は「時の花」という抽象的な花との取り合わせで詠まれるところに特徴がある。歌は次の通りである。

霍公鳥と時の花とを詠める歌一首并せて短歌

時ごとに　いや珍らしく　八千種に　草木花咲き　鳴く鳥の　声も変はらふ　耳に聞き　眼に見るごとに
うち嘆き　萎えうらぶれ　しのひつつ　ありける間に　木の晩の　四月し立てば　夜隠りに　鳴く霍公鳥
古ゆ　語り継ぎつる　鶯の　現し真子かも　菖蒲　花橘を　少女らが　珠貫くまでに　茜さす　昼はしめら
に　あしひきの　八峰飛び越え　ぬばたまの　夜はすがらに　暁の　月に向かひて　行き還り　鳴き響むれ
ど　いかに飽き足らむ　（巻十九・四一六六）

反歌二首

時ごとにいや珍らしく咲く花を折りも折らずも見らくし好しも　（同・四一六七）

毎年に来鳴くものゆゑ霍公鳥聞けばしのはく逢はぬ日を多み　毎年はとしのはと謂ふ　（同・四一六八）

右は、二十日、時に及らずといへども、興に依りてかねて作れり。

当該歌は歌の配列から天平勝宝二（七五〇）年の三月二十日に作歌され、左注に「時に到らないが、興に依ってあらかじめ作った」という作歌契機が記されている。左注の「時」とは後の四一七一〜四一七二番歌の題詞に「二十四日は、立夏の四月の節に応れり」とあり、当該歌が詠まれた二十日は立夏の節の四日前であることから、ここは立夏の節を指していると考えられる。また家持は当該歌を契機として約一ヶ月の間、立夏に鳴くはずの霍公鳥の声をめぐって歌を詠み続けるのであり、そこには立夏の「時」を基準とする歌の連続性が見られる。家持の暦日意識は「立夏の四月は既に累日を経て、由いまだ霍公鳥の喧くを聞かず」（巻十七・三九八三）、または「霍公鳥は、立夏の日に来鳴くこと必定す」（巻十七・三九八四）や「二日は立夏の節に応る。故、明けむ旦鳴かむといへり」（巻十八・四〇六八）などの記述から暦日を意識していたことは明らかであるが、霍公鳥の初音を立夏に設定することの意義について問うべきであろう。更に「時の花」の語は、『万葉集』中で家持歌独自であることから、家持がある意図をもって用いた意識的な造語であるといえよう。また当該歌において霍公鳥を特定の花との取り合わせではなく、「時の花」という抽象的な花を選択した意図はどこにあったのか。本章では、「時の花」の意味と「時の花」と「霍公鳥」を取り合わせることにより、いかなる季節歌が成立したのかについて、家持の〈歌学〉という観点から考えてみたい。

第二節　賞美の場における花鳥

ここではまず、花鳥歌の形成について考えてみたい。井手至氏は『万葉集』の花鳥歌の発想は中国詩の影響を受けたものであり、対句の方法から『万葉集』においては花鳥の取り合わせとして多くの歌が見出されたと指摘する。(1) さらに辰巳正明氏は「花鳥をテーマとして詠み、そしてその景を組み合わせるのは、それが賞翫され鑑賞されるべき美的な景物として選別されていることによるものである」とし、「万葉集末期の家持が霍公鳥に藤波や橘の花を配す方法も、このような花鳥の賞翫という方法の展開の中に現われた表現であった」(2) と指摘している。たしかに、家持は当該歌以前に池主との贈答において次のような漢文序を載せている。

……春朝には春花、馥を春苑に流へ、春暮には春鶯、声を春林に囀る。この節候に対ひて琴罇翫ぶべし。……

(巻十七・三九六五～三九六六、序)

それに対して池主は次のように応える。

……春は楽しむべし。暮春の風景は最も怜ぶべし。紅桃は灼灼にして、戯蝶花を廻りて舞ひ、翠柳は依依にして、嬌鶯葉に隠りて歌ふ。楽しむべきかも。淡交に席を促け、意を得て言を忘る。楽しきかも、美しきかも。幽襟賞づるに足れり。……　（巻十七・三九六七～三九七七序）

友人と共に琴罇を用いて賞でる風景とは、春の芳しい花々が咲き、鶯が囀る風景であるという。さらに家持は巻三九六五～三九六六の書簡に、

鶯の鳴き散らすらむ春の花いつしか君と手折り插頭さむ　（巻十七・三九六六）

という短歌を添えている。序と歌との整合性から考えれば、手折って插頭すとは、池主と共に宴を楽しむことであり、その相応しい場として鶯が春の花を鳴き散らす花鳥が揃う風景を想定しているのである。

一方池主は、紅桃が輝き、蝶が花を廻って舞い、柳がなよなよとし、鶯が葉隠れ鳴く風景を暮春のもっとも憐れむべき風景として描く。これは『文心雕龍』（物色篇）の、「故に灼灼は桃花の鮮かなるを狀べ、依依は楊柳の貌を盡くし」(3)の記述を基本としていると思われる。「灼灼」「依依」は、『詩経』の「桃の夭夭たる、灼灼たる其の華」（周南「桃夭篇」）や、「昔我往きしとき、楊柳依依たり」（小雅「采薇篇」）(4)に拠るものであり、『詩経』の詩人たちが季節の風物に感動した時の、巧みな自然描写の表現であるという。この『文心雕龍』の記述は物色篇に収められており、四時の交替に従い、その自然の変化に伴って人間は感動すること、さらに文辞とはその人間の感情に根ざしていることを説いている。つまり中国詩学によると『詩経』以来のこれらの詩語は、四季の変化により現われた時々の風物に対して、感動する心により生まれた表現なのである。池主は、こうした中国詩学に見られる詩語を転用しながら、花鳥が揃う中国的な風景を描いてゆくのである。

池主が描く春景が「物色」の詩学に依ることは、池主の同書簡において「空しく令節を過して、物色人を軽みせむとは」と述べられることにも表れているように思われる。これら花鳥の景物を「物色」として捉え、このよ

うな風物は良い季節に友と琴や酒を携えて賞美するべきものであるのに、空しく看過してしまうのは、「物色」、つまり美しい季節の風物が人を軽んじて、賞でさせてくれないことになるのではないかというのである。(5) ここに挙げた家持と池主との贈答が、上巳へ向かう過程の中でやりとりされたことを考えるならば、季節の節目にこそ花鳥が揃う風景が実現するということである。このことから当該歌においては、花鳥を賞でるべき季節とは立夏を指し、当該歌に描かれる「時の花」と「霍公鳥」は、友人と共に立夏の風景を賞美する機会を想定して意図的に詠み込まれた花鳥が揃う景物と考えられるのである。

第三節　立夏の霍公鳥

家持は越中において立夏の季節になると、毎年必ず霍公鳥の歌を作歌している。天平勝宝二年もまた例外ではなかった。この年の立夏前後の家持の歌を挙げると、

①霍公鳥と時の花とを詠める歌一首并せて短歌　(巻十九・四一六六〜四一六八)
②家婦の京に在す尊母に贈らむが為に、誂へらえて作れる歌一首并せて短歌　(同・四一六九〜四一七〇)
③二十四日は、立夏の四月の節に応れり。これに因りて二十三日の暮に、忽ちに霍公鳥の暁に鳴かむ声を思ひて作れる歌二首　(同・四一七一〜四一七二)
④京の丹比の家に贈れる歌一首　(同・四一七三)
⑤追ひて筑紫の大宰の時の春の苑の梅の歌に和へたる歌一首　(同・四一七四)

⑥霍公鳥を詠める二首　（同・四一七五～四一七六）
⑦四月三日に、越前判官大伴宿禰池主に贈れる霍公鳥の歌、旧きを感づる意に勝へずして懐を述べたる一首并せて短歌　（同・四一七七～四一七九）
⑧霍公鳥を感づる情に飽かずして、懐を述べて作れる歌一首并せて短歌　（同・四一八〇～四一八三）
⑨京師より贈来せる歌一首　（同・四一八四）
⑩山振の花を詠める歌一首并せて短歌　（同・四一八五～四一八六）
⑪六日に、布勢の水海に遊覧して作れる歌一首并せて短歌　（同・四一八七～四一八八）
⑫水鳥を越前判官大伴宿禰池主に贈れる歌一首并せて短歌　（同・四一八九～四一九一）
⑬霍公鳥と藤の花とを詠める歌一首并せて短歌　（同・四一九二～四一九三）
⑭更に霍公鳥の哢くことの晩きを怨みたる歌三首　（同・四一九四～四一九六）

のように見られる。①～⑭は、③の翌日である三月二十四日の立夏をはさみ、三月二十日から四月九日までの歌である。その中で、霍公鳥を題材としているものが①③⑥⑦⑧⑬⑭の七例あり、さらに歌中に詠み込まれているものも含めると、三十首中二十首にのぼり、家持の霍公鳥に対する偏愛といって良いほどの関心の高さが窺える。家持の霍公鳥詠に関しては、橋本達雄氏が霍公鳥を恋う心と都を懐かしむ心とが表裏の関係にあることを指摘し、(6)また佐藤隆氏は、先行の論を踏まえ「池主の存在に関わっての『追懐の念』も加え」るべきことを論じている。(7)

確かに②や④のように連続する霍公鳥詠の中に、唐突に現われる都への便りは、立夏に鳴く霍公鳥の声により、都が想起されたことを思わせ、霍公鳥を乞う心と妻を恋う心が重なったところに都への思慕が募ったと考えられ

る。また⑦の池主への贈歌においては、

わが背子と　手携はりて　明け来れば　出で立ち向ひ　夕されば　ふり放け見つつ　思ひ暢べ　見和ぎし山に　八峰には　霞たなびき　谿辺には　椿花咲き　うら悲し　春し過ぐれば　霍公鳥　いや重き鳴きぬ　独りのみ　聞けばさぶしも……（四一七七）

というように、霍公鳥の声を共に聞くことのできない独りの寂しさを詠う。また⑫では、

天離る　夷としあれば　彼所此間も　同じ心そ　家離り　年の経ぬれば　うつせみは　物思繁し　そこ故に　情慰に　霍公鳥　鳴く初声を　橘の　珠に合へ貫き　蘰きて　遊ばふ間も　大夫を　ともなへ立てて　叔羅川　なづさひ泝り　平瀬には　小網さし渡し　早瀬には　水鳥を潜けつつ　月に日に　然し遊ばね　愛しきわが背子（四一八九）

というように、私が独りで霍公鳥の鳴き声を橘の花玉に交えて通し、蘰にして遊んでいる間に、あなたは大夫たちをさそって鵜を潜らせて、毎月、毎日楽しく遊びなさい、愛しい我が背子よ、というように、池主との遊楽がかなわないことの寂しさを詠むのである。こうした⑦⑫に共通して表れる遊覧への志向は、⑪の布勢の水海の遊覧により、かつて池主と同行した時のことを思い起こせるものであったと思われる。また⑫において池主に水鳥を贈ったことについての意味は、布勢の水海での船遊びを偲ぶためであったと考えられるのである。船遊びにお

いて賞美した風景とは、波打ち際には味鴨の群れが騒ぎ、梢に花が咲く清らかな風景(巻十七・三九九一)であり、藤波や卯の花が咲き、霍公鳥が鳴き立つ風景(巻十七・三九九三)のような、花鳥が揃う風景であった。さらに「王匣　二上山に　延ふ鳥の　行きは別れず　あり通ひ　いや毎年に　思ふどち　かくし遊ばむ　今も見るごと」(三九九一)といい、また「秋さらば　黄葉の時に　春さらば　花の盛りに　かにかくも　君がまにまと　かくしこそ　見も明らめの　絶ゆる日あらめや」(三九九三)というように、家持にとって花鳥が揃う風景とは、友と共に賞美するべき風景でもあったことが理解される。(8) また三九九三番歌の「黄葉の時」「花の盛り」とは、季節毎のもっとも美しい風雅な風景の常套的表現であり、それが当該歌においては、霍公鳥が鳴き始める立夏に設定されていたと考えられるのである。その上で立夏の前に詠まれた当該歌の意味を考えるべきであろう。

第四節　「時の花」と「藤の花」

当該歌の「時の花」を考察するにあたって、立夏の後に詠んだ「霍公鳥と藤の花とを詠める歌」との比較を通して、立夏に揃うべき花鳥に対する家持の思いについて考えてゆきたい。題詞の「時の花」は家持独自の語で、『万葉集』の中では他には見られない。家持は当該歌以前に漢語「春花」を「春の花」のように、漢語を和語に捉え直し(巻十七・三九六五〜三九六六)、また「秋の花」と抽象的な花を詠むように、季節の花を総括的に捉える志向が見えることから、このような発想から見いだされた可能性は考えられる。しかし芳賀紀雄氏が指摘するように、(9)「時花(華)」の語は漢籍に殆ど見られず、また後代において仏典にのみ見られる語であることから、他の発想から生み出された語と思われる。そこで家持の作品において「時花」の用字を持つ他の歌を検討することで、その意味を考えてゆきたい。なお家持の「時花」は当該歌より後の作品において「秋時花」の形でも表れるため、これも含めて検討したい。

秋の花『秋時花』種々にありと色毎に見し明らむる今日の貴さ（巻十九・四二五五）

同じ月二十五日に、左大臣橘卿の、山田御母の宅にして宴せる歌一首

山吹の花の盛りにかくの如君を見まくは千年にもがも（巻二十・四三〇四）

右の一首は、少納言大伴宿禰家持、時の花を矚て作れり。ただ、いまだ出さざる間に、大臣宴を罷めて、挙げて誦まざるのみ。

時の花『時花』いやめづらしもかくしこそ見し明めめ秋立つごとに（巻二十・四四八五）

右は、大伴宿禰家持作れり。

四二五五番歌は、家持が応詔の場を想定してあらかじめ作った「京に向かふ路の上にして、興に依りてかねて作れる侍宴応詔の歌一首并せて短歌」の反歌であり、天皇が秋のさまざまな彩りの花を御覧になるのは貴いことだとうたう。「応詔歌」の主眼は良辰・美景・賞心・楽事が揃った理想的な君臣和楽の宴の場を詠むことにあり(10)、家持がその場を「秋時花」が咲く庭園の風景に求めたことを考えるならば(11)、ここの「秋時花」とは、秋の最も美しい花々を指すものだといえよう。四三〇四番歌は、橘諸兄の山田御母の邸宅において宴が開催されたときに誦詠する予定であった歌であり、左注に「時の花」を「矚て」作ったと記される。この歌の「時の花」とは山吹を指し、「花の盛り」であると詠まれ、ここでの「時」とは山吹が一番美しい時期を指すのであると思われる。次

の四四八五番歌は無題であることから作歌の状況は知られないものの、「見し明」むという点において四二五五番歌と同様であることから、肆宴において天皇が季節の花を賞美する姿に対して歌われたものであることが推測される。また「時花」とは「秋立つ」時に咲く花、つまり立秋に合わせて咲く花をいう。このように家持が捉える「時」は、季節の順行の中で一点を抜き出し、その瞬間の最も美しい状況を示す語であるといえよう。これらの例に鑑みるならば、当該歌が立夏に照準を合わせていることを考えると、「時花」とは立夏の時に咲く最も美しい花を指している語であるといえよう。また霍公鳥が「時鳥」[12]と表記されることから、家持は立夏に揃うべき「時花」と「時鳥」とに思いを馳せて歌を詠んだことになる。

当該歌は冒頭で季節ごとに様々な花が咲き、鳴く鳥の声も変わり続けることをうたう。春には春の、夏には夏の花と鳥があり、季節を花鳥によって感じ取る家持の感覚が窺える。さらに鳥の声を聞き、花を見るたびに心も萎れて、偲んでいるというのである。季節ごとの花鳥に対する「萎えうらぶれ」「しのふ」という心情について、辰巳正明氏は次のように述べる。

家持が越中の美しい風土を〈しのふ〉のは、賞美すべき越中の風物をとおして懐かしい奈良を幻想することでもあったと思われる。やはり家持は越中時代に〈くれなゐ〉の語を用いるが、それが望京の中に現れる幻視の風景であったようにである。その意味において家持の越中における〈しのふ〉ことの歌は、家持の〈思国歌〉であったということになる。[13]

越中における季節の花と鳥に対する家持の思慕の情は、奈良の都への思慕と重なるものであるとする。連続した立夏をめぐる霍公鳥詠の中に、都の坂上郎女や丹比の家への歌があるのは、季節の花鳥を通して、都を想起し、思慕したためであるといえよう。歌における花鳥の取り合わせは、先に示したように中国詩の摂取により類型化されたのであるが、これは天平の貴族たちが好んだ取り合わせである。家持が公私にわたって、花鳥歌を詠んだことは、都への思慕によるものであろうが、それ以上に、都こそ美景が揃う場所として捉えていたからに他ならないであろう。また越中においてかつて池主たちと楽しんだ風雅な遊覧を思い出し、さらに遊覧を促す歌を贈るのは、池主を懐かしみ再会を希求する一方で、このような遊びを風雅なものとして捉え、そうした遊びを思い出すよすがとなっていたと考えられる。歌はさらに「四月し立てば　夜隠りに　鳴く霍公鳥」と詠み、立夏は霍公鳥の鳴く時であることを提示する。そして霍公鳥の鳴き声は菖蒲や花橘を玉に通す端午の節会まで、昼は一日中山々を飛び越え、夜は一晩中鳴き通すまで、いくら聞いても聞き飽きることがないという。家持の霍公鳥に対する強い愛着は、都や池主への思いと重なるところにあるだろう。ただし越中は、「大君の　遠の朝廷そ　み雪降る　越と名に負へる」（巻十七・四〇一一）ところであり、「大君の　遠の朝廷と　任き給ふ　官のまにま　み雪降る　越に下り来」（巻十八・四一一三）たところである。そのような閉ざされた場所に夏の訪れは遅く、立夏に霍公鳥が鳴くことはなかった。家持はその上で歌の中で立夏に鳴く霍公鳥をうたい、歌により越の時間を都の時間に合わせようとしたのである。

一方で、立夏以降に作歌された「霍公鳥と藤の花とを詠める一首并短歌」は、次のように詠まれている。

霍公鳥と藤の花とを詠める一首并せて短歌

桃の花　紅色に　にほひたる　面輪のうちに　青柳の　細き眉根を　咲みまがり　朝影見つつ　少女らが

手に取り持てる　真鏡　二上山に　木の暗の　繁き谿辺を　呼び響め　朝飛び渡り　夕月夜　かそけき野辺に　遙遙に　鳴く霍公鳥　立ち潜くと　羽触に散らす　藤波の　花なつかしみ　引き攀ぢて　袖に扱入れつ　染まば染むとも
（巻十九・四一九二）

霍公鳥鳴く羽触にも散りにけり盛り過ぐらし藤波の花
一は云はく、散りぬべみ袖に扱入れつ藤波の花
（同・四一九三）

同じ九日に作れり。

冒頭から「真鏡」までで、越中の二上山の様子が詠まれる。少女の姿に風景を擬える家持の表現方法は、「……少女らが　春菜摘ますと　紅の　赤裳の裾の　春雨に　にほひひづちて　通ふらむ　時の盛りを　徒に過し遣りつれ……」（巻十七・三九六九）と詠むように、季節の一番良い時を少女の姿として捉えている傾向があり、二上山に繰り広げられる風景は、夏の一番良い時であることを示している。そこでは霍公鳥が鳴き、その羽振りによって藤の花が散る風景を詠み、その風景を「なつかし」と表現するのである。「なつかし」の語は『万葉集』の中では十八例あり、例えば、

佐保渡り吾家の上に鳴く鳥の声なつかしき愛しき妻の子
（巻四・六六三、安部年足）

……三諸つく　鹿背山の際に　咲く花の　色めづらしく　百鳥の　声なつかしき　在りが欲し　住みよき里の　荒るらく惜しも
（巻六・一〇五九）

春の野にすみれ摘みにと来しわれそ野をなつかしみ一夜寝にける
（巻八・一四二四、山部赤人）

と詠まれている。六六三番歌は、我が家の上で鳴く鳥の声のように心引かれる妻であるといい、鳥の声によって妻が想起される。一〇五九番歌は、鹿背山に咲く花の色は愛すべきものであり、百鳥の鳴く声にも心が引かれるという。そのような鹿背山の花や鳥を見ることによって里が荒れてしまうことに対する哀惜の情がおきるという。一四二四番歌は、春の野に菫を摘みに来た私が、野に心引かれたため一夜を明かしてしまったという。このように「なつかし」の語は、眼前の風物に心が引かれ、それによって喚起された惜しむ感情を表現する語であるといえよう。

家持の歌においても、霍公鳥によって散らされた藤の花という眼前の風物に心引かれて、その結果として袖に色がしみ通ってしまっても構わないという風物への愛着の心情が起こったと考えられる。さらに反歌では、霍公鳥の羽ばたきで時の盛りが過ぎ散ってしまった藤の花を詠む。この反歌には異伝があり「一に云く」では、花が散ってしまいそうなので散らないように袖に扱入れると詠んでいる。ここに立夏の時の盛りを過ぎて散り、うつろいゆく花の姿を惜しむ一方で、それを留めておきたいと願う家持の心の揺らぎも見逃してはならないだろう。つまりこの歌における花鳥の風景は眼前に広がるものであり、なおかつそれは立夏の節を迎え、時に到ったからこそ実現された風景であったのだといえる。しかし四月九日は立夏が過ぎた時期であり、そうであるからこそ、藤の花が盛りを過ぎて散りゆく景を詠んだのである。

以上のように「詠―」という同じ構成の題詞を持つ二首は、立夏の節を境として、立夏以前では「時鳥」と「時花」という立夏の「時」（季節の節目）に揃うべき一番美しい「花鳥」の風景を渇望し、立夏以後では「霍公鳥」と「藤花」が揃い、その景が立夏を過ぎたために、うつろいゆく風景を描いたのである。ただし立夏の当日に歌は詠まれておらず、またこれら二首の後に霍公鳥が鳴かないことを怨む歌が詠れているのは、越中においては立夏に霍公鳥の初音は聞かれなかったためと思われる。しかし家持は歌の中で越中において花鳥が揃うべき一番美しい風景を暦に合わせて詠んだと考えられる。つまり家持は、経験的な風景を詠んだのではなく、あるべき都の時に合わせた風景を詠んだと考えられるのである。

第五節　おわりに

『万葉集』の花鳥歌とは、中国文学における花鳥詩の流れを受けながら、賞美すべき美景を描くところにその主眼がある。家持は越中という都とは異なる風土に身をおきながらも、暦に沿いながら歌において花と鳥とが揃う風景を基準として、時の盛りの風景を描いたのである。「霍公鳥」と「時の花」が揃う景を、「時（立夏）」に到ったときに実現するべき風景として描き、花鳥の風景を都において揃うべき風雅なものとして捉えたのである。家持が応詔の場において「秋時花」への賞美を詠ったのも、君臣が集う宴の場において「良辰・美景」が不可欠なものであるからこそ「秋」という季節の一番美しい花を抽象化して「秋時花」と表記したものと考えられる。

したがって季節の訪れが遅い越中の気候において、立夏に実現しないはずの花鳥の風景を「時の花」と「時の鳥」を詠むことによって都の時に合わせてゆくという方法は、歌によって鄙の地の時間（季節）を都の暦に合わせてゆくという、家持の意識によるものであると考えられる。つまり歌の時を観念的な季節の順行に合わせてゆくという方法に、家持の歌における季節の認識があったと考えられる。

題詞に記される花鳥の詠物歌という主題自体、中国詩の流れを汲んでいる。なおかつ『文心雕龍』の「物色」では、四時の順行の中に現れるその時期一番美しい花鳥によって、人は感動し、文辞をあらわすという。家持は、この「物色」の原理を理解して、立夏に合わせて、その時揃うべき、「時花」と「霍公鳥」を描いたのだと考えられる。家持はこのような詩学を日本の花鳥歌として展開したのであり、ここに家持の〈歌学〉の視点が見て取れるのである。

【注】

1 井手至「花鳥歌の展開」『萬葉集研究』第十二集（塙書房、一九八四年）。
2 辰巳正明「自然と鑑賞」『万葉集と中国文学』（笠間書院、一九八七年）。
3 戸田浩暁『文心雕龍』（新釈漢文大系、明治書院）による。
4 石川忠久『詩経』（新釈漢文大系、明治書院）による。
5 第二部第一章参照。
6 橋本達雄「興の展開—家持の依興歌二首の背景—」（『国文学』（関西大学）五十二号、一九七五年九月）。
7 佐藤隆「越中守大伴家持とホトトギス—歌友大伴池主を中心として—」（『美夫君志』四十四号、一九九二年三月）。氏は、家持と池主の霍公鳥をめぐる贈答歌全般を分析し、「ホトトギスは池主とともに、池主はホトトギスとともに想起されるもの」であるといい、家持の霍公鳥詠には、池主への「追懐の念」があるという。
8 辰巳正明「交友論(2)—家持と池主の贈答歌」『万葉集と比較詩学』（おうふう、一九九七年）。
9 芳賀紀雄「時の花」『萬葉集における中国文学の受容』（塙書房、二〇〇三年）。
10 辰巳正明「近江朝文学史の課題」『万葉集と中国文学　第二』（笠間書院、一九九三年）。
11 第三部第一章参照。
12 『和名類聚抄』『類集名義抄』による。
13 辰巳正明「美景と賞心」『万葉集と中国文学　第二』（笠間書院、一九九三年）。

第三章　春苑桃李の花

――幻想の中の風景――

第一節　はじめに

大伴家持は天平勝宝二（七五〇）年の三月一日より三日の上巳の宴に至るまでに、十二首の歌を集中的に詠む。それらの歌は「越中秀吟」と呼ばれ、家持の作歌活動において最高の時期であるという評価を得ている。またこの十二首の歌は、一度に詠まれたものではなく、時間の経過を追って詠まれてゆくのである。本章で問題とする巻十九・四一三九・四一四〇番歌はその冒頭に置かれるものであり、次のように詠まれる。

天平勝宝二年三月一日の暮に、春の苑の桃李の花を眺矚めて作れる二首

春の苑紅にほふ桃の花下照る道に出で立つ少女《をとめ》（巻十九・四一三九）

わが園の李の花か庭に降るはだれのいまだ残りたるかも（同・四一四〇）

桃李花歌は「眺矚春苑桃李花作」と題される。「春苑」で「桃李花」を「眺矚」して作るというところから、桃花の歌（四一三九）と李花の歌（四一四〇）は一対の作品と解され、「春苑」に桃と李の花が咲く風景が想定され

る。桃花歌と李花歌は「春の苑」と「わが園」、「桃の花」と「李の花」、さらに「紅」と「白」がそれぞれ対応しており、春景を美的に捉えた一対の作品であるといえる。また、契沖以来、漢籍との比較においてその典拠が論じられてきているように、[1]「桃李」が中国詩文の世界において広く用いられていることから、中国詩文の世界と密接に結ばれた作品であることは間違いないであろうと思われる。また小島憲之氏が「春の苑」が「春苑」の翻訳であるとし、[2]また伊藤博氏が巻十九の特殊な用字法について指摘するように、[3]題詞に見える「春苑」「桃李」という中国詩文の詩語に導かれて、歌が展開していることが推測できるのであり、桃李歌は実景ではなく詩語から展開した景と思われる。また桃花歌に関していえば、「𡢳嬬」の訓みについて契沖[4]や荷田春満[5]は「イモ」の訓を採用して「イデタテルイモ」と訓み、大伴大嬢を指すものとして家持の実生活と結びつけて解釈した。賀茂真淵以降は「ヲトメ」の訓みが採用され、[6]現在は「ヲトメ」が一般的であるが、窪田空穂氏をはじめとして「ヲトメ」は大嬢のこととし、[7]やはり実生活に即した解釈が根強い。しかし近年は、一連の歌群に取り上げられている素材の存在時期が微妙にずれているところから、実在しない幻想の女性とも指摘されている。

ところで桃李花歌は、「三月一日暮」に作歌され、以後三日の夜明けまで独詠によって綴られてゆく。

◆三月一日

①天平勝宝二年三月一日の暮に、春の苑の桃李の花を眺矚めて作れる二首　（巻十九・四一三九〜四一四〇）

②飛び翔る鴫を見て作れる歌一首　（同・四一四一）

◆三月二日

③二日に、柳黛を攀ぢて京師を思へる歌一首　（同・四一四二）

④堅香子草の花を攀ぢ折れる歌一首　（同・四一四三）

⑤帰る雁を見たる歌二首 (同・四一四四〜四一四五)

⑥夜の裏に千鳥の喧くを聞ける歌二首 (同・四一四六〜四一四七)

◆三月三日

⑦暁に鳴く雉を聞ける歌二首 (同・四一四八〜四一四九)

⑧遙かに江を泝る船人の唱を聞ける歌一首 (同・四一五〇)

①の当該歌は、その題詞から三月一日の夕暮れ時であり、②は歌中の「さ夜更けて」ということから夜更けであることがわかる。③④は時間を確実に証明することはできないが、歌の内容から少なくとも夜の時間は示されておらず、日中の景であることが想定できる。また⑤の歌中にみえる「雁がね」は集中「夕霧」「月」などと一緒に詠み込まれ、また題詞に「見歸鴈」とあることから、夕暮れの時間が想定できるであろう。⑥は「夜の裏」とあり、⑦は「暁」である。⑧は「朝床に聞けば遙けし」と詠まれることから朝の目覚めの時間である。ここには、三月一日の夕暮れから三月三日の夜明けへまでの時間の連続性が認められる。また巻十八の巻末歌が二月二十五日で締めくくられ、巻十九が三月一日から始まっているところから、春という季節の起点として三月一日を定め、歌群の到達点は、三日の上巳に向かっていたと思われる。芳賀紀雄氏は巻十七の巻頭において天平十九年の家持と池主との書簡のやり取りが二月二十九日より始まり、上巳の宴を念頭において行なわれていたことと関連し、当該歌群においてもその意識がみられると指摘する。(8) また、家持の暦日に対する意識は、「立夏の四月は既に累日を経て、由いまだ霍公鳥の喧くを聞かず。」(巻十七・三九八三〜三九八四) や「二十四日は、立夏の四月の節に応れり。これに因りて二十三日の暮に、忽ちに霍公鳥の暁に鳴かむ声を思ひて作れる歌二首」(巻十九・四一七一〜四一七二) などに記されるように、暦に合わせて作歌してゆく態度を示している。これらのことから桃李花歌は暦

日の意識にたって三月三日の上巳を想定することで家持の心に浮かんだ風景であろうと推測される。

そこで本章においては、題詞の「春苑」の語が中国文学の受容の中にあると考えるならば、「春苑」の語は日本古代文学の中でどのような風景を描き出したかを考えてみたい。

第二節　春苑の歌学

まず桃李花歌の題詞は、「天平勝宝二年三月一日の暮」というように時と時間を提示し、夕暮れ時の淡い光の景であることを設定する。その薄暗い光の中で「眺矚」した風景の中に見えるものが、「春苑」に咲いた「桃李の花」だったのである。「眺矚」の語は『万葉集』中他に例がない。それだけ特異な語であるのだが、家持作品には「属目」「属」「矚」などが特徴的に見られることから、「眺矚」が桃李花歌において語の意味するところは決して小さくないと思われる。最初に家持の景物に対するまなざしはいかなるものかということをこの語から確認してゆきたい。「眺矚」の語について多くの注釈書は、「ナガメル」「ミル」などの訓みをあてるが、詳細についての言及はない。その中で新日本古典文学大系『万葉集』が「登高遠望」（『漢語大詞典』による）の意であるとし、[9]小島氏は「遠くを眺めやる意」[10]であるとする。たしかに「眺矚」は、

與諸僚屬登平乘樓、眺矚中原　（『晉書』、列傳六十八、「桓溫」[11]）

魏武北征蹹頓、升嶺眺矚、見一崗不生百草　（『藝文類聚』巻八十一、藥香草部、藥[12]）

などに見られるように、小高い場所に登り眺望する意に解される。しかし題詞に「暮」とあるように、薄暗い光の中で遠くを眺めるというのは矛盾が生じているように思われる。むしろほのかな光の中における「眺矚」には他の意味が存在するのではないだろうか。中国詩文における「眺矚」は前掲に見られる他に、昭明太子の「答湘東王求文集及詩苑英華書」に次のような記述を見ることができる。

或日因春陽、其物韶麗、樹花發、鶯鳴和、春泉生、暄風至、陶嘉月而嬉游、藉芳草而眺矚。或朱炎受謝、白藏紀時、玉露夕流、金風時扇、悟秋山之心、登高而遠託。或夏條可結、倦於色而屬詞。冬雪千里、覩紛霏而興詠。(13)

この記述によると、春は、花が咲き、鶯が鳴き、泉が湧き、春風が吹く美しい季節であるといい、美しい月に酔って遊び、香り高い草を敷いてこれらの景物を「眺矚」するという。秋は玉露が夕べに流れ、金風が吹くことにより秋山の心を知るといい、夏は枝の成長を見て詞を作り、冬は雪が降りしきるのを見て興じて詩を詠むという。この昭明太子の書簡では、四季の移り変わりの中に見える美しい風物を選び取るまなざしこそが「眺矚」であるというのである。加えて後代ではあるが、この記述は「物色篇札記」(14)の注に引用されていることは注目される。これは『文心雕龍』「物色」の「歳有其物、物有其容。情以物遷、辭以情發。一葉且或迎意、蟲聲有足引心。況清風與明月同夜、白日與春林共朝哉。(15)」に対する注である。劉勰は、心は物をもって変化し、辞は心をもって発せられるというように、季節の美しい景物により心が動かされ、その感興により詩が生まれることを述べる。昭明太子の「眺矚」とは、そうした季節の景物を賞美する対象として捉える視点なのであり、賞美することにより詩が生まれるのである。家持が当該歌の題詞において用いる「眺矚」は、昭明太子に見える「眺矚」と同質のものであると推定される。

それでは、次に家持作品の「眺矚」の意味を考えてみる必要がある。「眺矚」は孤例であるが、家持作品には、「属目」「属（矚）」などが用いられている。「属目」の語は『万葉集』巻十七以降の家持作品における特徴的な表現であり、家持の自然詠において重要視すべき語である。中西進氏は属目歌に新しい風雅を認め、外来の新趣の植物が属目の素材になるのは、六朝から初唐にかけての中国的情趣の影響であるという指摘は重要である。(16)更に居駒永幸氏は中西氏の論を踏まえ「―を見る歌」の形式との重なりを認めつつ表記の違いは意識の違いであると指摘し、「属目」のあり方を分類して、家持の「属目歌」についての写実的な風物詩の構成は「新しい風景の発見」(17)であるとする。また呉哲男氏は、律令制度がもたらした都と鄙の「同一性」という点において、鄙の地で「和歌表現の中に中国詩的素材を導入し、『みやび』の世界を実現することによって『鄙』に優越する」(18)という価値の転倒が「属目詠」を形成すると指摘しているように、「属目」の意味するところは小さくないように思われる。しかし中国詩には「属（矚）目」と題される詩及び、詩に詠まれる例は見られない。『大漢和辞典』によると「属」は「屬」の俗字であり、「屬目」は「矚目」とも通じ、(19)ほぼ同義として用いてよいと理解されることから、これらを含めて検討してゆく。『万葉集』の「属目」と「属・矚」の用例は以下の通りである。

《属目》

①右、此夕月光遅流、和風稍扇。即因属目、聊作此歌也。（巻十八・四〇七二／左注）

②一、答属物發思、兼詠云遷任舊宅西北隅櫻樹　（巻十八・四〇七七／題詞）

③一、更矚目　（巻十八・四〇七九／題詞）

④季春三月九日、擬出擧之政行於舊江村、道上属目物花之詠并興中所作之歌　（巻十九・四一五九／題詞）

⑤属目山斎作歌三首　（巻二十・四五一一～四五一三／題詞）

《属・矚》

⑥于時、積雪彫成重巖之起、奇巧綵發草樹之花。属此掾久米朝臣廣縄作歌一首　（巻十九・四二三一／題詞）

⑦于時久米朝臣廣縄、矚芽子花作歌一首　（巻十九・四二五二／左注）

⑧當時矚梨黄葉作此歌也　（巻十九・四二五九／左注）

⑨右一首、少納言大伴宿祢家持、矚時花作　（巻二十・四三〇四／左注）

⑩右、兵部少輔大伴家持、属植椿作　（巻二十・四四八一／左注）

「属目」「属」の対象を確認してゆくと、①の対象は月である。②の対象は桜樹であり、目に触れたものによって思いを起した歌に応えたものである。③は②と一連の作であり、対象は雪である。④は物花が対象とされ、題詞によれば「渋谿の崎の巖の上の樹」である「都万麻」を指しており、感興のままに作ったとする。⑤は山斎に咲く馬酔木の花、⑥は重巌に咲く石竹花、⑦は芽子花、⑧は梨黄葉である。⑨は時花とあり、歌に「山吹の花の盛りにかくの如君を見まくは千年にもがも」とあることから山吹を指し、⑩は椿である。このように「属目」「属（矚）」の対象は、季節の草花や樹木を基本としながら、月や雪などの季節の風物も含まれる。これらの景物を見る時に「属目」や「属（矚）」の語を用いるのは、それらの景物を賞でる意識が働いている可能性が考えられる。少なくとも家持の「属目」歌は、季節の景物を注視することが作歌動機になっていることを勘案すれば、先に「眺矚」について述べたようにその背景には、昭明太子の書簡と同質の「物色」への理解が考えられる。当該歌の「春苑」の風景は、こうした中国詩学を基盤とする「物色」の理解の中から考えられるべきであろう。

それでは、「春苑」は中国詩文の中でどのように位置づけられるのであろうか。中国詩文の「春苑」の語は、例えば以下のように見える。

太宗嘗與侍臣學士泛舟於春苑、池中有異鳥隨波容與太宗擊賞數四、詔座者為詠。（『新校本舊唐書』列傳卷七十七　列傳第二十七　閻立德　弟立本）[20]

戊辰幸迎春苑。（『新校本舊五代史』周書卷一一九　周書十世宗本紀六　顯德六年）

辛丑、幸迎春苑。（『新校本舊五代史』周書卷一一九　周書十世宗本紀六　顯德六年）[21]

ここに見える「春苑」は、天子が臣下と共に詩宴を行う庭、または行幸場所としてふさわしい理想的な庭園を示していることが理解できる。また『藝文類聚』（巻八十八、木部上・木）には、

暫往春園傍　聊過看菓行　枝繁類金谷　花雜映河陽　自紅無暇染　眞白不須粧
鶯送歸菱井　蜂銜上蜜房　非是金鑪氣　何關柏殿香　裛衣偏定好　應持奉魏王
（「詠園花」周庾信）[22]

の事例が挙げられ、「春園（苑）」には、花が咲き、燕や蜂が飛び、よい香りが漂うといい、春苑の美しい風景が詠み込まれている。この詩は「應持奉魏王」とあることから、宴に侍した時に献上したものと考えられ、「公讌

詩」の性格を持つことを示している。このように中国詩文における「春苑」は、理想的な天子の庭を指し、更に「公讌詩」を詠む詩宴の場へと展開する。その一方で『楽府詩集』には次のように見える。

鮮雲媚朱景　芳風散林花　佳人歩春苑　繡帯飛紛葩
（「子夜四時歌七十五首」巻第四十四　清商曲辭一、聲歌曲）

更似遊春苑　還如逢麗譙　衣香逐嬌去　眼語送杯嬌
（「獨酌謠四首」巻第八十七　雜歌謠辭五、謠辭一）(23)

「子夜四時歌」では、「佳人」が「春苑」を歩く姿を描く。「春苑」は「鮮雲」「芳風」のある風景として描かれるように、春の美しい庭を示す。そうした風景の中で「佳人」は離別している男の不在を悲しむのである。次の「獨酌謠」は独り酒を飲む歌であり、「春苑」で遊ぶと大きく美しい楼に逢い、また良い香りの衣服を着た美しい女性を追うと女たちは去り、男は目配せをして誘うという。ここには春苑の美しさとそこに立ち現れる美しい女性を詠みながらも「独」に主眼が置かれ、孤独な歌い手の姿が詠み込まれる。また『藝文類聚』（歳時部上　春）には、

春還春節美　春日春風過　春心日日異　春情處處多　處處春方動　日日春禽變
春意春已繁　春人春不見　不見懐春人　徒望春光新　春愁春自結　春結詎能申
欲道春園趣　復憶春時人　春人竟何在　空爽上春期　獨念春花落　還似昔春時
（「春日詩」梁元帝）(24)

とみえる。春の美しい風景の中で不在の相手を想うこの詩は、「春還」「春節」「春日」「春風」「春心」「春情」

「春禽」「春意」「春人」「春光」「春愁」「春時」「春期」「春花」などの春を重ねた語によって、春の美景を表現するのであるが、「春愁」がテーマとして導き出される。「春園（苑）」もその中で春の素材として選択され、「詩語」化されていることが認められる。

このように中国詩文に見られる「春苑」の語は、春の美しい苑を示す景物への関心により成立したと思われる。史書に見える「春苑」は天子の庭園を示す理想的な庭園であり、それは「詠園花」の「公讌詩」に描かれるように、天子が宴を開くにふさわしい最も美しい庭園として選び取られた春の風景なのである。一方このような春景は「子夜四時歌」や「獨酌謡」、「春日詩」に表現されるように、春景により情を引き出す文学へと展開する。これは『文心雕龍』の「情は物を以て遷り、辭は情を以て発す[25]」という「物色」の文学理論を背景に持つことにより、生み出された表現であるといえよう。このように「春苑」は「春愁」を引き出す景物として詩語化されたことを窺わせるのである。

中国詩文ではこのように捉えられるのであるが、日本の漢詩集である『懐風藻』においても「春苑」の語が見られる。

(A)衿を開きて靈沼に望み、目を遊ばせて金苑を歩む。
澄清苔水深く、晻曖霞峰遠し。
驚波絃の共響り、哢鳥風の與聞ゆ。
群公倒に載せて歸る、彭澤の宴誰か論らはむ。
（詩番四「五言。春苑言宴。一首。」大津皇子）

(B)聖情汎愛に敦く、神功も亦陳べ難し。
唐鳳臺下に翔り、周魚水濱に躍る。
松風の韻詠に添へ、梅花の薫身に帶ぶ。
琴酒芳苑に開き、丹墨英人點く。
適に遇ふ上林の會、忝くも壽く萬年の春。

(詩番三八「五言。春苑、應詔。一首。」大学博士田辺史百枝)

(C)聖衿良節を愛でたまひ、仁趣芳春に動く。
素庭英才滿ち、紫閣雅人を引く。
水清くして瑤池深く、花開きて禁苑新し。
戯鳥波に隨ひて散らひ、仙舟石を逐ひて巡る。
舞袖翔鶴を留め、歌聲梁塵を落す。
今日徳を忘るるに足れり、言ふことと勿れ唐帝の民。

(詩番四〇「五言。春苑、應詔。一首。」従三位左大弁石川朝臣石足)(26)

『懐風藻』の「春苑」は題詞のみに見え、侍宴詩、応詔詩として載る。『懐風藻』が序で、「置醴之遊」において「宸翰文垂、賢臣献頌」という詩を採録した状況を記すことからも、頌詩としての性格を持つことが特徴付けられるのであるが、「春苑」もまた公讌の場の苑として描かれるのである。(A)の詩では「春苑」は「金苑」と呼ばれ、(C)の詩では「禁苑」と呼ばれ、両者とも宮中の庭と解される。また「春苑」の様子は(A)では、「澄清苔水深」「晻曖霞峯遠」というような春の美景として表現される。また宴席の様子は、「彭沢宴」と比され、この語は杉本行夫氏によると、「陶淵明のやうな閑雅な宴遊(27)」と解せられ、諸注釈書も陶淵明の故事であるとする。(B)の春苑の様子は、「唐鳳翔台下」「周魚躍水浜」とあり、これは堯帝や武王の故事によった瑞祥の現れる庭として描かれる。また「上林会」は始皇帝や漢武帝の苑のことであり、それに擬せられる。(C)は「仙舟逐石巡」というように仙境さながらの苑として描かれるのである。このように『懐風藻』にみえる「春苑」は「賢臣献頌」という立場から、天皇の徳を示し、君臣和楽が実現される理想的な苑として描かれている。前掲「詠園花」の庾信の詩が、「應持奉魏王」とあり献呈の詩であると認められ、『懐風藻』の「春苑」の語も類似の状況を示していて、中国の故事や、瑞祥、神仙世界を苑に映し出すことによって、天下の太平を表現していると考えられるのである。

一方、『万葉集』における「春苑」は当該歌を除いて、家持と池主との贈答に見られる。

> 忽ちに枉疾に沈み、旬を累ねて痛み苦しむ。百神を禱み恃みて、且消損を得たり。しかも由身体疼み羸れ、筋力怯軟にして、いまだ展謝に堪へず。係恋弥深し。方今、春朝には春花、馥を春苑に流へ、春暮には春鶯、声を春林に囀る。この節候に対ひて琴罇翫ぶべし。興に乗る感あれども、杖を策く労に耐へず。独り帷幄の裏に臥して、聊かに寸分の歌を作り、軽しく机下に奉り、玉頤を解かむことを犯す。(巻十七・三九六五〜三九六六、序)

天平十九年春三月、家持は病気に苦しむ中で池主へこの書簡を贈り、詩歌の贈答が始まるのであるが、春の朝に春の花は香りを春苑に漂わせて、春の夕暮れに春の鶯は、声を春林に囀るという春の情景を描く。「春朝」「春花」「春苑」「春暮」「春鸎」「春林」という春を重ねた文章は、前掲の梁元帝の詩を受けての春の美しい風景であると思われる。この手紙の訴えるところは、このよい季節には音楽を奏で、酒を酌み交わして楽しむべきであるのに病気のため叶わないことを嘆くことにある。これに対して池主は次のように返す。

忽ちに芳音を辱くし、翰苑は雲を凌ぐ。兼ねて倭詩を垂れ、詞林錦を舒ぶ。以ちて吟じ以ちて詠じ、能く恋緒を蠲く。春は楽しむべし。暮春の風景は最も怜ぶべし。紅桃は灼灼にして、戯蝶花を廻りて舞ひ、翠柳は依依にして、嬌鶯葉に隠りて歌ふ。楽しむべきかも。淡交に席を促け、意を得て言を忘る。楽しきかも、幽襟賞づるに足れり。豈慮らめや、蘭蕙蘩を隔て、琴罇用る無く、空しく令節を過して、物色人を軽みせむとは。……

（同・三九六七〜三九六八、序）

池主は「春は楽しむべし。暮春の風景は最も怜ぶべし」と述べ、本来ならこの良い季節には交友を深め合うべきであるという。春の最も良い時期を「暮春」であるといい、そこに見える風物として、「紅桃」「戯蝶」「翠柳」「嬌鶯」を挙げる。しかしこれほどの美しい風物があろうとも、ともに「琴罇」を以て交わることが出来ないことを嘆くのである。家持と池主との贈答において、暮春の風景は交友を深めるべき最も良い季節として選び取られている。しかし、病臥によってともに景を楽しむことが出来ない嘆きを伴って表現されるのである。家持と池主による一連の贈答は、二月二十九日から三月四日にかけて行われる。「春朝には春花、馥を春苑に流へ、春暮には春鶯、声を春林に囀る」という季節は、まさに三日の上巳に向けられているのであり、それは琴や酒を用いて宴を催す季節であるという。ここにおける「春苑」は、交友のために上巳の宴が行われるべき理想的な春景なのである。

さらに「春苑」の語は、

追ひて筑紫の大宰の時の春の苑『春苑』の梅の歌に和へたる一首

春の裏の楽しき終は梅の花手折り招きつつ遊ぶにあるべし

右の一首は、二十七日に、興に依りて作れり。　（巻十九・四一七四）

の題詞に見られる。これは父大伴旅人や山上憶良などが集った大宰府の梅花の宴に追和した歌であり、まさに梅花の宴が行われた旅人邸の庭を「春苑」と表現するのである。旅人邸で行われた梅花の宴は、その序に「初春の令月にして、気淑く風和ぎ、梅は鏡前の粉を披き、蘭は珮後の香を薫す。加之、曙の嶺に雲移り、松は羅を掛けて蓋を傾け、夕の岫に霧結び、鳥は縠に封めらえて林に迷ふ。庭には新蝶舞ひ、空には故雁帰る。ここに天を蓋とし、地を座とし、膝を促け觴を飛ばす。」とあるように、春の最も良い季節に人々が親しく交わることにより実現された宴である。「梅花」という中国的な風物への関心に加え、旅人邸の庭園に見える景物として、「風和」「蘭薫」「曙嶺」「松」「新蝶」「故雁」を選択することは、まさに中国的な春景を価値基準としていることを示している。家持がこのような春の庭を「春苑」の語で表現したのは、この語が中国の詩宴に見る表現であることを理解してた上であることは言うまでもない。

このように「春苑」の語は、中国詩文において春の最も良い季節の景を象徴する語であるといえる。それは「公讌詩」などに見られる宴や行幸が行われる美しい庭園を示すものであり、『懐風藻』では、その「公讌詩」の流れを受けて宮中の詩宴が行われる春景を特徴づける庭園として表現されたのである。一方では、「春愁」をテーマとして選び取られた風物でもあり、景から導かれる情の文学へ展開したのである。

第三節　桃李花歌の成立

以上のように題詞に見える「春苑」の語は、中国詩文がもつ理想的な春の風景を背景とするものである。中西進氏は桃李花歌の題詞と歌に関して、『眺矚春苑桃李花』ということばを、和歌に翻訳している」(28)と指摘し、後代の「句題和歌」の方法であるとする。さらに辰巳正明氏は家持と池主の贈答において、池主が家持の歌に対して行った「倭詩」という認定を「詩という概念を等しくしながら漢詩と倭詩との区別がなされるという、文学史的には重要な概念が詩学として提起された」と指摘し、その完成型の一つが桃李花歌であると述べる(29)。たしかに中国的な景物を用い、歌から題詞へ向かって「眺矚」「春苑」「桃李」などの漢語が創作されたとは考え難く、題詞から歌への展開が自然である点において、中西氏と辰巳氏との指摘は首肯されるであろう。このように中国詩の世界を題材に作歌事情を提示することによって、いかなる歌世界を構築しているのか。まず表記を確認すると次のように見える。

春苑《はるのその》　紅《くれなゐ》尓《に》保《ほ》布《ふ》　桃花《もものはな》　下照道《したでるみち》尓《に》　出立《いでたつ》媙嬬《をとめ》
吾園《わがその》之《の》　李《すもものはな》花可《か》　庭《には》尓《に》落《ちる》　波《は》太《だ》礼《れ》能《の》未《いまだ》　遺在《のこりたる》可母《かも》

表記は、「春苑」「桃花」「下照」「出立」「吾園」「李花」のように助詞、助動詞を排除した形で表記される。さらに「春苑」と「吾園」、「桃花」と「李花」のように二首が対応する形を取っている。すでに中国詩において桃と李を詠むことは様式化され「桃李」の熟語は一般的であり、『詩経』以来その例を見ることができる。

投我以木桃　報之以瓊瑶　匪報也　永以爲好也
投我以木李　報之以瓊玖　匪報也　永以爲好也
（『詩経』国風「木瓜」[30]）

何地早芳菲　宛在長門殿　夭桃色若綬　穠李光如練
啼鳥弄花疏　遊蜂飲香遍　歎息春風起　飄零君不見
（『楽府詩集』「芳樹」鼓吹曲辭[31]）

桃生露井上　李生桃樹傍　蟲來齧桃根　李樹代桃僵　樹木身相代　骨肉還相忘
（『藝文類聚』菓部　上、古詩[32]）

『詩経』において桃と李は対句に用いられており、詩の内容は、解釈が困難であるが、桃や李をもらったお礼に瓊をさしあげるという。また『楽府詩集』「芳樹」は桃李がもつ紅白の美しさを詠み、『藝文類聚』は桃と李が並び立つ風景を詠む。当該歌における桃李も、このような中国詩の表現に導かれた形式であることが推測できるのである。そこで中国詩を素材とする桃李が、当該歌においていかなる表現性を持つかという点について検討を加えたい。

桃花歌は、「桃花」が咲く中に「少女」が立っている「春の苑」の風景を描く。従来、歌の区切れがどこにあるのかということが論議されており、これは「春の苑」「桃の花」「少女」がどのような関係性にあるのかという問題とも関わる。諸論として、初句切れ、二句切れ、三句切れ、区切れなしというものがあるが、多数は三句切れを取る。例えば『万葉集全註釈』は「春の苑の、紅色の美しいモモの花。その下を照らす道に立ち出る娘さん[33]」とし、『万葉集評釈』は「純客観的に、名詞止めの上下二句とし、それを續けるだけといふ、印象を主とした詠み方をして、その氣分を現さうとしてゐる」[34]と、三句切れとしながらも続けて詠む立場をとる。一方『評釈万葉集』は二句切れとして、「『くれなゐにほふ』を『桃の花』につづけて三句切のやうに見るのが普通であるが、巻十七の『四〇二一』と同じ句法の二句切で、花と少女との艶麗な照応を、『春の苑くれなゐにほふ』と大きく写し取つたものとすべき」[35]とし、『万葉集釈注』は「第三句で大きな呼吸を持ち、下二句が上三句に対応して」いるとしながらも、三句で切れるのではなく「意味的に承接して下へと続く」[36]として、区切れが無いものと解する。新編日本古典文学全集『万葉集』は、「四〇二一に同じ句があったが、ここは連体格と解しておく」[37]とする。初句切れの説としては、廣川晶輝氏が、題詞の「春苑」が桃と李の両方にかかるところから、「『春の苑』と詠み、四一三九・四一四〇歌の二首の空間を全体的に提示している」[38]とする。廣川氏が論じるように「春苑」の提示は、桃花歌と李花歌が咲く苑を指していると考えられる。

また桃花と少女との関係は、契沖が「毛詩に桃之夭夭、灼灼其華と云へるも桃を顔色に比して云へり」[39]と、『詩経』を典拠として桃は少女の比喩であるとする。

此日倡家女　競嬌桃李顔
（『玉台新詠』巻八「遙見鄰舟、主人投一物、衆姫争之。有客請余爲詠。」劉孝綽）

洛陽城東路　桃李生路傍　花花自相對　葉葉自相當　春風東北起　花葉正低昂　不知誰家子　提籠行採桑
（『玉台新詠』巻一「董嬌饒」宋子侯）

南國有佳人　容華若桃李
（『玉台新詠』巻二「南國有佳人」曹植）

蘭葉参差桃半紅　飛芳舞縠戲春風
（『玉台新詠』巻九「春日白紵曲一首」沈約）[40]

「桃」と「女性」は春のモチーフとして定着しており、劉孝綽と曹植の詩は女性の顔を桃李に例えているのであり、契沖のいう『詩経』と類似の表現である。また宗子侯の詩は桃李と女性を同じ構図の中に組み合わせたものである。このように春の「桃」と「女性」のモチーフは一様にまとめられないのであるが、両者は密接に結びついている。これらの表現が『玉台新詠』に多く見られることについて、吉田とよ子氏は、当該歌に関して梁の「宮体詩風の世界」への関心であることを指摘する。(41) それでは、家持はどのように春景にみえる少女を捉えているのであろうか。家持における「少女」の語は池主との贈答部分に見られる。

……春花の　咲ける盛りに　思ふどち　手折り插頭さず　春の野の　繁み飛びくく　鶯の　声だに聞かず　少女らが　春菜摘ますと　紅の　赤裳の裾の　春雨に　にほひひづちて　通ふらむ　時の盛りを　徒に　過し遣りつれ……
（巻十七・三九六九）

「春花」が咲く盛りの時期に見える少女は、春菜を摘み、紅の赤裳の裾が春雨に濡れ通っている姿として表現される。その姿は推量の「らむ」が用いられていることから、眼前にはいない想像上の少女であり、また「時の盛り」の形容として捉えられる。少女は春の景に重ねられてゆくのである。類似の表現と思われるものに、次の歌がある。

石竹花が花見るごとに少女らが笑まひのにほひ思ほゆるかも
（巻十八・四一一四「庭中花作歌一首并短歌」）

物部の八十少女らが汲みまがふ寺井の上の堅香子の花
（巻十九・四一四三「攀折堅香子草花歌一首」）

それぞれ「石竹花」「堅香子」を目にして詠んだ歌であるが、なでしこが少女らの「笑まひ」にみえるといい、堅香子の花が「物部の八十少女らが汲みまがふ」姿としてみえるのである。このように花に女性の姿が重ねられる。また次の歌では、

桃の花　紅色に　にほひたる　面輪のうちに　青柳の　細き眉根を　咲みまがり　朝影見つつ　少女らが
手に取り持てる　真鏡　二上山に　木の暗の　繁き谿辺を　呼び響め　朝飛び渡り　夕月夜　かそけき野辺
に　遙遙に　鳴く霍公鳥……
（同・四一九二「詠霍公鳥并藤花一首并短歌」）

と詠まれ、冒頭から「真鏡」までは二上山の形容として、その有様を比喩的に捉えており、二上山の景色を表現する方法として少女を描くのである。その少女の顔は桃の花のようであり、眉は柳のようであると形容して、その少女は微笑んでいるというのである。霍公鳥が鳴く春山の風景をこのように描き、景物の美と少女の美を同質のものとして捉えてゆく。このような表現は次の歌も例外ではないであろう。

雄神川紅にほふ少女らし葦附〔水松の類〕採ると瀬に立たすらし
（巻十七・四〇二一）

この歌は家持が越中の諸都を巡行した時の歌群の中の一首であり、諸所の珍しい風物を詠んだ歌である。諸注では少女を実景として解釈しているが、神堀忍氏が幻想の少女であることを前提として「春の神」(42)の姿であると

し、菊池威雄氏が、「雄神川の季節の風物誌を、予祝の意味を込めて歌った」[43]というように、雄神川に幻想の少女を重ね合わせた表現とみることは可能であろう。家持が「少女」を捉える視点は、このように景物に幻想の少女を重ねてゆくものであり、それは最も美しい春景の創造でもあった。加えて少女たちが立ち現れてくる春の風景は、春雨の濡れる少女たちの「紅の赤裳の裾」や「桃の花紅色ににほひたる面輪」や「紅にほふ少女」という川の流れに濡れた裾に表現され、「紅」に象徴される風景だったのである。この点について中西進氏は、「くれなゐ」の時代は、桃の花の時代と「をとめ」の時代と望京の幻想の時代と重なり、「うつろひ」の無意識によって顕在化された世界であることを指摘する。[44]

このようにして考えると、「春の苑」の少女も明らかに家持が創造した春の風景により立ち現れた幻想の少女ということができるであろう。桃の花に象徴される「春苑」の風景は、「紅」のイメージと重なり合い、春景と重ね合わされたところの少女の姿だったのである。

一方李花歌は、「わが園の」と歌い出される。題詞の「春苑」は桃花歌と李花歌にかかるものであるから、「わが園」と「春苑」は同質のものとして捉えられる。従来の李花歌に見える「わが園」は家持の邸宅の庭を指すものであるという解釈がなされてきた。しかしながら「春苑」が中国詩学の中から選び取られた「詩語」である以上、「わが園」は、家持邸の実景ではなく、家持の意識の中に浮かび上がった春の苑であると思われ、季節の風物を賞美する「眺矚」という視点により捉えられた庭であるといえる。

さらにこのような園に咲く李の花は、雪とを見まがう風景として詠まれる。先学によって指摘されるようにこの歌は梅花の宴の、

わが園に梅の花散るひさかたの天より雪の流れ来るかも　　（巻五・八二二、主人（大伴旅人））

を下敷きとすることが指摘されており、梅と雪の見分けがたい「白」の美しさを詠んだものである。このような見まがう美しさを詠んだ歌は他にも見られる。

(ア)春の野に霧り立ち渡り降る雪と人の見るまで梅の花散る　　（巻五・八三九、田氏真上）
(イ)妹が家に雪かも降ると見るまでにここだも乱ふ梅の花かも　　（同・八四四、小野氏国堅）
(ウ)わが岳に盛りに咲ける梅の花残れる雪をまがへつるかも　　（巻八・一六四〇、大伴旅人）
(エ)わが屋前の冬木の上に降る雪を梅の花かとうち見つるかも　　（同・一六四五、巨勢宿奈麿）
(オ)梅の花枝にか散ると見るまでに風に乱れて雪そ降りくる　　（同・一六四七、忌部黒麿）
(カ)山高み降り来る雪を梅の花散りかも来ると思ひつるかも（一は云はく、梅の花咲きかも散ると）　　（巻十・一八四一）
(キ)御苑生の百木の梅の散る花の天に飛びあがり雪と降りけむ　　（巻十七・三九〇六、大伴書持）

(ア)は、春の野に梅の花が散る様が雪のように見えるという。しかし霧が立ちこめてはっきりとは見えない。(イ)は遠く離れている妹の家に降る雪のように、ここでは梅の花が散るという。(ウ)は「冬の日に雪を見て京を憶へる歌」に続くことから、「わが岳」は遠く離れた都の丘辺を指すと思われ、盛りに咲く梅の花を雪と見まごうたという。(エ)は「うち見つるかも」とあることから少しばかり見たことだと解され、冬木の上に降る雪を梅と見まがえたという。(オ)は風が乱れ吹き雪の降る様が梅の花が散るようにみえるという。(カ)は山が高いので降ってくる雪が梅の花が散ってくるかと思ったという。キは大宰府の梅花の宴への追和であり、梅の散る様子が雪が降るように見えたのだという。

これらの雪と梅とを見まがう歌は「霧」「風」や「山高み」などの、ある要因のためにはっきりと見ることができないものであり、また(イ)、(ウ)、(キ)のように空間・時間的に遠く離れた状況を歌うのである。このようにして見ると、雪と花とを見まがう美しさとは、はっきりとは見えない梅と雪の「白」さゆえに見まがうというのであり、当該歌の李の花も昼と夜との境である夕暮れという時間の中で薄暗い光にぼんやりと浮かぶ風景であるが故に、李の花か「はだれ」かはっきりしないと捉えることができよう。しかし見まがうという視覚の揺れは、両者が「白色」であることに起因するのであり、李花は「白色」を印象づける景として描かれているといえるであろう。

以上のように桃花歌と李花歌とは、「眺矚春苑桃李花」という題詞をもとに、家持が創造した春の風景を描くものであった。それは「眺矚」という賞美すべき季節の美しい景物を選択する方法であり、その意識により選び取られた風景であった。そうした題詞から、続いて二首の歌へと展開してゆく。桃花歌は桃の木の下に少女が立ち現れてくる姿を描くのであり、こうした少女の姿はにおい立つ「紅」を象徴するものであり、家持が越中において発見した春苑という詩語の中にイメージされた春の風景に重ね合わされた少女の姿だったのである。一方李花歌は雪と見まがう李の白さを詠む。それは「はだれ」という対象物の形状そのものよりも、その色を重視した表現により、李の花が散る風景を美の対象として捉えたのである。

第四節　おわりに

巻十九の桃李花歌は三月一日を起点として三日まで独詠によりつづられ、上巳の宴に向かって詠まれてゆく。

当該歌群の基点となる上巳の宴が、かつての池主との漢詩文や歌の贈答を思い起こさせることになったことは、既に諸研究により指摘されているところであり、友と楽しむべき春の理想的な風景に思いが向けられたに違いない。その二人のやりとりに用いられた詩語の中から、「眺矚春苑桃李花」という一句が思い浮かんだと思われる。「春苑」に咲く「桃李花」を「眺矚」するまなざしは、「物色」という景と情との対応において季節の風物を賞美する中国詩学の理解により獲得したものであったといえよう。「春苑」という語は、中国詩文の理想的な春の庭園というイメージを背景に持ちつつ選び取られたものであった。それは天子が催す詩宴の場であり、一方では最も美しい風景に視点を注ぐことにより、「春愁」の情を引き出す景へと展開し、詩語化されたと考えられる。桃李花の歌が上巳の宴という詩宴の場を想定しながらも、上巳をめぐる池主との贈答への回顧へと向かい、さらに父旅人が行った「梅花の宴」への憧憬と重なるものであることに鑑みるならば、家持が描く春苑は、過去への思慕の情を喚起する景として捉えられる。このような家持の心情が契機となって、上巳へ向かう一連の冒頭歌として「春苑桃李の歌」が作歌されたと思われるのである。

桃李花の歌二首は、「春苑」に桃の花と李の花が並び立つ風景を描く。桃花歌の少女が立ち現れる姿は、家持が越中において創造した春の最も美しい風景の創造であり、それは「紅」のイメージと重なり合うことによって春景の美的表現の方法として描き出されたものであった。一方李花歌は散りゆく李の花を雪と見まがう風景として描く。そこには夕暮れの薄暗い時の中で、「白」色の美しさを象徴する風景だったのである。家持が描いた「春苑」の風景とは、中国詩学に基づきながら「紅」と「白」とが対比をなす春の最も美しい風景であったのだといえる。このように家持は、中国的素材だけでなく中国詩学を取り入れた上で、当該歌二首を歌として捉え直したところに、家持の〈歌学〉の視点が見て取れるのである。

【注】

1 契沖『万葉代匠記』(『契沖全集』、岩波書店)。
2 小島憲之「天平期における萬葉集の詩文」『上代日本文學と中國文學 中』(塙書房、一九七一年)。
3 伊藤博『万葉集の構造と成立』(塙書房、一九七二年)。
4 (注1)に同じ。
5 荷田春満『万葉集童蒙抄』(『荷田全集』五、続群書類従完成会)。
6 賀茂真淵『万葉考』(『賀茂真淵全集』五、続群書類従完成会)。
7 窪田空穂『万葉集評釈』(東京堂出版、一九八四年)。
8 芳賀紀雄「家持の桃李の花」『萬葉集における中國文學の受容』(塙書房、二〇〇三年)。
9 佐竹昭広ら『万葉集』(新日本古典文学大系、岩波書店)による。
10 小島憲之「漢語享受の問題に関して」(『高野山大学国語国文』三号、一九七六年二月)。
11 房玄齢・李延寿編『晋書』(中華書局、一九七六年)。
12 歐陽詢編『藝文類聚』(上海古籍出版社、一九六五年)。
13 厳可均編『全上古三代秦漢三國六朝文』(中華書局、一九五八年)。
14 駱鴻凱『文心雕龍義証』(上海古籍出版社、一九七一年)。
15 戸田浩暁『文心雕龍』(新釈漢文大系、明治書院)による。
16 中西進「家持ノート」『万葉集の比較文学的研究』(桜楓社、一九六三年)。
17 居駒永幸「家持の属目歌—天平二十年諸郡巡行歌を中心に—」(『万葉研究』六号、一九八五年十月)。
18 呉哲男「家持の『属目』歌」『古代日本文学の制度論的研究—王権・文字・性』(おうふう、二〇〇三年)。
19 『大漢和辞典』。
20 劉昫・張昭遠編『舊唐書』列伝第二十七(中華書局、一九八七年)。

21 薛居正編『舊五代史』周書（中華書局、一九七六年）。
22 （注12）に同じ。
暫く春園の傍らを往き、聊か看菓の行を過ぐ。
枝繁にして金谷に類て、花雜へて河陽に映る。
自ら紅く染む暇無く、真に白く須らく粧すべからず。
蘵菱井に送歸し、蜂蜜房に銜上す。
是れ金鑪の氣に非ず、何ぞ柏殿の香に闘す。
裛衣偏へに好を定め、應じて魏王に持奉す。
23 『楽府詩集』（中華書局、一九七九年）。
24 （注12）同じ。書き下しは『藝文類聚訓讀付索引』（大東文化大学東洋研究所編）による。
春還りて春節美しく、春日春風過ぐ。
春心日日に異なり、春情處處多し。
處處春芳動き、日日春禽變ず。
春意春已に繁く、春人春に見えず。
見えずして春人を懐ひ、徒らに春光の新たなるを望む。
春愁春自ら結び、春結詎ぞ能く申べん。
春園の趣を道はんと欲し、復た春時の人を懐ふ。
春人竟に何にか在る、空は爽かなり上春の期。
獨り春花の落つるを念へば、還た昔春の時に似たり。
25 （注15）に同じ。
26 小島憲之『懐風藻　文華秀麗集　本朝文粋』（日本古典文学大系、岩波書店）による。以下同じ。
27 杉本行夫『懐風藻』（弘文堂書房、一九四三年）。

28 中西進『大伴家持　第四巻』越路の風光（角川書店、一九九五年）。
29 辰巳正明「天平の歌学び」『万葉集と中国文学』（笠間書院、一九八七年）。
30 『詩経　上』（『漢詩大系』第一巻、集英社、一九六六年）。
31 （注23）に同じ。
32 （注12）に同じ。
33 武田祐吉『万葉集全註釈』（角川書店）。
34 （注7）に同じ。
35 佐佐木信綱『評釈万葉集』（『佐佐木信綱全集』六興出版部）。
36 伊藤博『万葉集釈注』（集英社）。
37 佐竹昭広他校注『万葉集』（新日本古典文学全集、小学館、一九九四年）。
38 廣川晶輝「巻十九巻頭歌群」『万葉歌人大伴家持─作品とその方法』（北海道大学図書刊行会、二〇〇三年）。
39 （注1）に同じ。
40 内田泉之助『玉台新詠』（新釈漢文大系、明治書院）による。以下同じ。
41 吉田とよ子『万葉集と六朝詩』（勉誠出版、一九九九年）。
42 神堀忍「国守大伴家持の巡行─天平二十年春の出挙をめぐって─」（『国語と国文学』七十一巻七号、一九九四年七月）。
43 菊池威雄「幻想のヲトメ─家持のヲトメ像─」『天平の歌人　大伴家持』（新典社、二〇〇五年）。
44 中西進「くれなゐ─家持の幻覚─」『万葉史の研究』（桜楓社、一九六八年）。

第四章　家持の七夕歌八首

第一節　はじめに

『万葉集』には大伴家持の詠んだ七夕歌が、四歌群十三首載る。本章ではその中でも最終歌群にあたる巻二十・四三〇六〜四三一三を取りあげる。この歌群の作歌時期は、日付が付されていないものの前後の歌から天平勝宝六（七五四）年七月七日に詠まれ、家持が兵部少輔に任命されて防人の受け入れのために難波に赴任しているときの歌と見られる。この大伴家持の七夕の歌八首は、二星の逢瀬以前から渡河途中までを描く。しかし七夕語彙とは関わらない季節の景物を詠むところに特徴があり、また七夕と認定され得る語彙については「天の川」「青波」の二語のみであることから、『万葉集』中で多数を占める『万葉集』一般の七夕伝説を踏まえた七夕歌との表現の差異が認められる。[1]

当該歌群の特徴として、高橋六二氏が、「初秋風・花・初尾花・にこ草・霧・秋草・白露は他者のには見られないものである」とし、「ここにいたって家持は、七夕にはっきりと秋という季節を意識するようになったのだ」[2]

と指摘する。また大浦誠士氏は、「古今集においても季節による分類のなかで『秋上』の冒頭近くに配されているなど、七夕歌が立秋まもない頃の『季節歌』としてとらえられていたであろうことが推測される。家持の七夕歌は、そうした季節歌として七夕歌意識の顕著な例として位置付けることができるであろう[3]」と述べ、当該歌群を『古今和歌集』へと繋がる季節歌として認識し、位置づけている。

また左注には、「独り天漢を仰ぎて作れり」と記されており、独詠の七夕歌であることが知られるが、「独り天漢を仰ぎて」作ることと、季節の景物を詠むことの関係については、明らかにされていない。そこで本章では、「独り」の語に着目して、家持の七夕歌に季節の景物が詠み込まれることの意義について考えてみたい。歌群は以下の通りである。

七夕の歌八首

(1)初秋風涼しき夕解かむとそ紐は結びし妹に逢はむため　(巻二十・四三〇六)
(2)秋といへば心そ痛きうたて異に花になそへて見まく欲りかも　(同・四三〇七)
(3)初尾花花に見むとし天の川隔りにけらし年の緒長く　(同・四三〇八)
(4)秋風になびく川辺の和草のにこよかにしも思ほゆるかも　(同・四三〇九)
(5)秋されば霧立ちわたる天の川石並置かば継ぎて見むかも　(同・四三一〇)
(6)秋風に今か今かと紐解きてうら待ち居るに月かたぶきぬ　(同・四三一一)
(7)秋草に置く白露の飽かずのみ相見るものを月をし待たむ　(同・四三一二)
(8)青波に袖さへ濡れて漕ぐ船の戕牁振る程にさ夜更けなむか　(同・四三一三)

右は、大伴宿禰家持独り天漢を仰ぎて作れり。

第二節　歌群の構成

当該歌群を七夕歌群という枠組をもって捉えるならば、いかなる経過をもって詠んでいるか。まず八首の構成点について、諸注釈書を確認しつつ、検討してゆく。

(1)は、『万葉集評釈』が、「一年に一度の逢ひの許されてゐる夜のめぐつて來た今夜、去年の今夜別れる時に行つた禁忌を思い出し(4)」たとし、新潮日本古典集成『万葉集』が「去年の秋の後朝を思い起して、逢瀬を期待した牽牛の歌(5)」というように、去年の七夕の逢瀬を回想した歌だというのが、概ねの見解である。回想した時期については『万葉集釈注』が、「紐を結び合って別れた昨年の七夕の後朝のさまを、ようやくめぐってきた今年の秋の初めに回想している(6)」と指摘する。また「初秋風」の歌語については、「『初』には待ちに待った時がいよいよ目前にやって来たという、牽牛の喜びがこめられている」(同上)という。「初秋風」の歌語が集中孤例であり、ここには家持の秋がやって来たことへの特別な思いの表出であるといって良いであろう。立秋を過ぎて、七夕当日の夕べを迎えるにあたっての、牽牛の期待を述べた歌として捉えられる。

(2)は、『万葉集全註釈』が「秋になつて特に逢いたいと思う情を寫している(7)」とし、『万葉集評釈』が、「秋になると心が痛むのを訝つて、妹に逢へる時が近づいたと思ふと、怪しいまでに戀情がつのるからであらうかと自身に答へたものである(8)」というように、秋の季節を迎えて恋情が募ることを詠んだ牽牛の歌と理解できる。一般的には、この歌が万葉歌にみえる「花」になぞえる対象が女性であることを根拠として、牽牛の歌と解釈する立場をとるが、しかし家持歌においては、「石竹花が花取り持ちてうつらうつら見まくの欲しき君にもあるかも」（巻二十・四四四九）、「うるはしみあが思ふ君は石竹花が花に擬へて見れど飽かぬかも」（同・四四五一）などの歌があり、四四四九番歌における石竹花の比喩は、諸兄か奈良麻呂か見解が分かれるものの、どちらにしても男性に対して「花に擬へて」というのである。四四五一番歌では、左注に「追ひて作れり」とあり、橘奈良麻呂の邸宅における宴であるところから、その主人に対する歌と思われるが、家持歌においてはその性別は判断しがたい。しかし男女どちらにしても、「秋といへば心そ痛き」と秋の到来を「初秋風」によって感知し、逢瀬の時を待ち望む心情を詠んだ歌と解せられるのであり、七夕を目前に控えた歌であると位置づけられる。

(3)は、『評釈万葉集』が、「二星別居の動機を古來の傳説に拘泥せず、作者が推測し創作したものである[9]」とする一方で、新潮日本古典集成『万葉集』が「前歌の『花』の意を転じながら、恋心の高ぶりにつけても定めの恨めしさを思う歌[10]」と述べるように、第三者か牽牛の立場の歌か見解が分かれるが、『万葉集全解』が「四三〇七歌の『花になそへて』を受ける[11]」と指摘するように、「花」が「初尾花」として、連想する過程で具体化された可能性を考えると、逢瀬の時を待たなくてはいけない恨めしい思いを詠んだ歌ということになると考えられ、これも逢瀬を控えた時の歌である。

(4)は、「にこ草」について『万葉集全釈』が「私ハ、コノ秋風ニ河邊ノ草ガ靡イテヰル天ノ河を渡ツテ[12]」と訳すように川辺の景と解し、一方『万葉集注釈』が「秋風になびく河邊のにこ草の名のやうに、にこやかにほゝえましく思はれることよ[13]」と「にこ」の音から「にこよか」を導く序詞的用法として解釈している。この「にこ草」は万葉集中で次のようにみえる。

蘆垣の中の似児草にこよかにわれと笑まして人に知らゆな　（巻十一・二七六二）

射ゆ鹿をつなぐ川辺の和草の身の若かへにさ寝し児らはも　（巻十六・三八七四）

二七六二番歌における「にこ草」は、「蘆垣の中の似児草」が、「にこよか」に転じているのと同時に、「にこよかにわれと笑ま」すような人に知られてはいけない関係を導いている。三八七四番歌では「射ゆ鹿をつなぐ川辺の和草」は、「にこ草」が柔らかいことから「若かへ」を導くが、同時に「射ゆ鹿をつなぐ川辺」は、若かりし頃狩りをした場所を詠むことから、若い時に共寝をした児らへの回想を導いている。当該歌においても、秋風に靡くにこ草から「にこよか」を導いているのと同時に、天の河の川岸の景を描くことによって、渡河を前にして想起された相手への心情を詠んだ歌と考えられるのであり、まさに河を渡り、逢瀬を果たそうとする直前の歌と捉えてよいであろう。

(5)は、『万葉集古義』が「必ズ秋ならずとも、常に續て相見ることを得むか、さてもしか爲まほしや[14]」といい、新潮日本古典集成『万葉集』が「前四首を承け、秋の到来とともに、七日を待たずに逢いたいとはやる牽牛の思い[15]」とする。ここでの霧は、『万葉集評釈』が「霧にまぎれて天の河を渡り、一年に一夜といふ定めを裏切らうといふのである[16]」というように、霧が天の河を隠すことによって、「石並」を置いて続けて通いたいという願望を詠んだ歌として捉えている。七夕歌において石並を置く表現は見られないが、類似する発想として橋を架けたいと詠む歌が見られる。

天の川打橋渡せ妹が家路止まず通はむ時待たずとも　（巻十・二〇五六）

天の川橋渡せらばその上ゆもい渡らさむを秋にあらずとも　（巻十八・四一二六、家持）

二〇五六番歌は打橋を渡して、いつも通いたい願望を詠み、四一二六は家持自身の七夕歌で橋を渡したらこの天の川を渡れるのに、というのであり、このような心情が喚起されるのは、「時待たずとも」「秋にあらずとも」というように七夕の日以外にも逢瀬を果たしたいという心情による。これらの例から石並を置いて渡りたいという五首目には、七夕前の恋情の高揚を見ることができる。

(6)は、『万葉集全釈』が「織女になつて詠んだ歌」として「夜が徒らに更けた意である。夫を待つ心があらはれてゐる」[17]とし、『万葉集釈注』が「結句の『月かたぶきぬ』は、月はいたずらに傾くのに相手の訪れをいまだに待ち得ぬいらだちを述べる表現であろう」[18]と述べるように、諸注釈書は、概ね牽牛を待つ織女の歌と理解する。月が傾いてゆく時間の経過の中で恋人の訪れを待つ歌は類型的に見られ、当該歌もこうした待つ女の類型に沿って詠まれた歌だと考えられる。月が傾く時間は新日本古典文学大系『万葉集』が、「七日の月は、日暮れには中天に出ている。それが傾いたとは、夜が更けたことを意味」[19]すると指摘するように、日が暮れて時間が経過し、月が隠れる前の歌と考えられる。

(7)は、「月をし待たむ」の解釈が従来問題となっている。『万葉代匠記』（精撰本）が「又来年ノ七月ヲヤマタムノ意ナリ」[20]とし、『万葉集新考』がこの解釈に沿って、「月乎之は年爾可の誤ならざるか」[21]と誤字説を唱える。その一方で新潮日本古典集成『万葉集』は「月」を空の月と捉えて、「ああ私は、月ばかり眺めてお待ちするというのか」[22]と解釈し、「前歌を承けて、待つもどかしさを強調」した歌であるとする。しかし新潮日本古典集成『万葉集』が述べるように「ばかり眺めて」の部分が省略されていると見るのは、無理があると思われ、やはりここは月日と解するのが妥当であろう。中西進氏はこの点について、「『月をし待たむ』は、前歌を受けた表現[23]であるとして、「もちろん前歌の月は空の月、これは月日の月だが、ともに時間の経過を示すものである」とし、「前の歌では、『月かたぶきぬ』といっており、けっきょく逢えないということだったが、ここではさらに、一年に一回の逢瀬でしかないことに主題を移し、そのことの運命的な無念さを歌うのである」（同上）というように、待つものの焦燥感を歌ったものであると指摘する。やはりここは月の傾きによって時間の経過を知り、逢えないのではないかという不安が「来年まで待たなくてはいけないのか」という落胆の情を導いたと考えるのが自然であると考えられる。

(8)は、『万葉集古義』の「戕牁を振《リ》立て、舟を繋ぐ間に、夜の更なむかと、いそがる心よりよめるなり、こは牽牛になりてよめり[24]」という解釈に代表されるように、渡河途中の牽牛のはやる心を詠んだという解釈で一致している。ここでは前歌との関連において、「さ夜更けて」の歌語が問題となろう。「さ夜更けて」と詠まれる歌は、例えば巻二・一〇五番歌に「わが背子を大和へ遣るとさ夜深けて暁露にわが立ち濡れし」とあり、「暁露」に濡れる時間がそれにあたる。また巻十・二三三二番歌には「さ夜更けば出で来む月を高山の峯の白雲隠しなむかも」とあり、月の出の時間である。また巻十一・二八二〇番歌には、「かくだにも妹を待ちなむさ夜更けて出で来し月の傾くまでに」とあり、出て来た月が傾く時間をさす。このように「さ夜更けて」の歌語が指す時間は限定することが困難であるが、「さ夜更けて」の用字には、次のような表記があることが参考となろう。

佐保川にさ驟る千鳥さ夜更けて『夜三更而』汝が声聞けば寝ねかてなくに　（巻七・一一二四）

春まけて物悲しきにさ夜更けて『三更而』羽振き鳴く鴫誰が田にか住む　（巻十九・四一四一、家持）

一一二四番歌や四一四一番歌では、「さ夜更けて」を「(夜)三更而」と表記する。「三更」は夜十一時頃で、七夕の夜にはちょうど月が傾いて沈みかけるころである。つまり、この「さ夜更けて」は七夕当日の時間の経過を表しており、逢瀬をはやる牽牛の心情が読みとれよう。

以上歌群全体の構成をまとめると、(1)から(5)は二星の逢瀬を前にした歌であり、(6)は逢瀬の時を迎えてひたすら訪れを待つ歌、(7)はなかなか牽牛の訪れがないことで期待が落胆へ変わった時の歌であり、(8)において渡河途中の牽牛のはやる心を詠んだ歌となり、当該歌群は時間の経過に従って、逢瀬の前から二人が出会う直前までを詠んだ歌群であると考えられるのである。

第三節　家持の七夕歌と巻十の七夕歌との比較

家持の七夕歌は、時系列的に二星の逢瀬の物語に沿いながら、七夕以前から七夕当日の逢瀬直前までを描いていることになる。このような逢瀬直前で終わる七夕歌のあり方は、『万葉集』中に散見される七夕歌と差異が認められる。例えば巻十の七夕歌は、各歌の関わりは不明であるものの、逢瀬まで、逢瀬直前、渡河、逢瀬、別れがそれぞれ詠まれており、七夕の物語の流れという点から見ると、家持の七夕歌は逢瀬の前までであり、途中で終わっていることになる。

さらに、先述した高橋氏が指摘するように、家持の七夕歌には季節の景物が多く詠み込まれており、また他の七夕歌には見られない語彙が多い点も、『万葉集』に収められている七夕歌とは異なるであろう。そこでここでは、景物表現について当該歌群と人麻呂歌集歌、作者未詳歌と比較してその特徴を明らかにしてゆく。まず巻十

の人麻呂歌集歌と、作者未詳歌、そして当該歌群の秋の景物と「秋」の語の使用例を挙げる。(25)

◆人麻呂歌集歌【三八首】　秋風（二例）・秋萩（一例）・秋待つ（一例）・秋されば（一例）

◆作者未詳歌【六〇首】　秋風（六例）・秋さり衣（一例）・秋来たりぬ（一例）・秋漕ぐ舟（一例）

◆当該歌群【八首】　初秋風（一例）・秋風（二例）・初尾花（一例）・秋草（一例）・白露（一例）・秋といへば（一例）・秋されば（一例）

人麻呂歌集歌では、三十八首中、「秋風」二首、「秋萩」一首である。また秋と記すものは、「秋待つ」、「秋されば」が一首ずつである。作者未詳歌は六十首中、「秋風」の語が六首あり、秋を冠する歌は、「秋さり衣」、「秋来たりぬ」、「秋漕ぐ舟」が一首ずつである。これらの巻十の七夕歌に対して当該歌群は八首中、「初秋風」、「初尾花」、「秋草」、「白露」がそれぞれ一首ずつ、「秋風」が二首、秋を冠する語は、「秋といへば」、「秋されば」が一例ずつとなる。七夕歌に詠み込まれる秋の語や景物の割合は、巻十の七夕歌と比較して明らかに高いと言える。さらに当該歌群は、「秋風」が人麻呂歌集歌や作者未詳歌と重なるものの、「初秋風」「初尾花」「秋草」「白露」などの景物は家持歌独自のものであるといえよう。しかしこれらは、万葉歌において散見される景物でもある。そこで家持の七夕歌に見られる景物が万葉歌の中でどのように詠まれるのか、その特徴について見ておきたい。

初尾花は『万葉集』中に二首見られる。「尾花」を含めると十八例あり、その内訳は秋雑歌九例、秋相聞四例、冬雑歌一例、その他四例である。秋の季節歌として十三首あり、その割合は七割を超える。季節歌としての特徴的なあり方は、例えば次のように見える。

萩の花尾花葛花瞿麦の花　女郎花また藤袴朝貌の花　その二

（巻八・一五三八「山上臣憶良詠秋野花二首」）

ここでは、「秋の野の花」の代表的なものとして挙げた中に詠まれている。また、

人皆は萩を秋と云ふ縦しわれは尾花が末を秋とは言はむ

（巻十・二一一〇／秋雑歌）

では、萩と比較し尾花を選択する歌が見られ、秋の季節の代表的な景物として認識されていたことが確認される。白露については、三十例中、秋雑歌十八例、秋相聞六例、寄物陳思一例、その他五例と、やはり秋の季節歌として二十五首収められている。その特徴としては、草花の上の白露が多く詠まれる。

①わが屋戸の草花《をはな》が上の白露を消たずて玉に貫くものにもが

（巻八・一五七二「大伴家持白露歌一首」）

②秋萩の上に置きたる白露の消かも死なまし恋ひつつあらずは

（巻八・一六〇八「弓削皇子御歌一首」）

③夕立の雨降るごとに（一は云はく、うち降れば）春日野の尾花が上の白露思ほゆ

（巻十・二一六九「詠露」）

④このころの秋風寒し萩の花散らす白露置きにけらしも

（巻十・二一七五「詠露」）

⑤真澄鏡南淵山は今日もかも白露置きて黄葉散るらむ

（巻十・二二〇六「詠黄葉」）

⑥秋の田の穂の上に置ける白露の消ぬべくも吾は思ほゆるかも

（巻十・二二四六「寄水田」）

①、③は尾花、②、④は萩、⑤は黄葉、⑥は秋の田の穂のように、秋の草花の上の白露が典型的な秋の景として定着していたことが知られ、またそうした草花の上の「白露」は、①②⑥のように「消」えてしまうことのはかなさや愛惜の情を詠む。対して家持の歌は「秋草に置く白露の飽かずのみ相見るものを」というのであり、「白露」を見飽きない賞美の対象として描く。そこには「白露」が持つはかなさは持ち合わせておらず、むしろ未来までも見ていたいという永遠性さえ感じさせる。また花と争う白露の歌も見られ、

⑦この夕秋風吹きぬ白露にあらそふ萩の明日咲かむ見む　（巻十・二一〇二「詠花」）
⑧白露に争ひかねて咲ける萩散らば惜しけむ雨な降りそね　（巻十・二一一六「詠花」）

のように、⑦は萩と風や雨によって消えることを争い、⑧に見られるように消えてしまうことを惜しむ心情が詠まれており、「白露」もまた秋の季節歌の代表的景物であるといえる。

また秋草については、秋相聞に一例見られる。

⑨神さぶと不許ぶにはあらね秋草の結びし紐を解くは悲しも　（巻八・一六一二「石川賀係女郎歌一首」）

⑨の「秋草」は、盛りを過ぎた老いた自己の身を「秋草」に仮託している。秋の草は具体性を欠いているが、家持の歌は「秋草」の上の「白露」を秋の景として賞でる対象としているのであり、⑨の歌との表現の差異は明らかであろう。このように家持歌のみに見える景物は、秋の季節歌の代表的な景物を美的対象として詠み込んで

いくことに特徴があるといえるのである。

第四節　「独詠」と「独詠述懐」

以上のように当該歌群の構成と景物の特徴を見てきたが、これらの特徴が左注に記される「独り天漢を仰」いで歌をつくることとどのような関係にあるのだろうか。そこで次に家持が題詞や左注に「独」と記すことの意義について検討してゆきたい。

人麻呂歌集や作者未詳歌の七夕歌は、歌の場は必ずしも明確ではない。しかし七夕歌の中で、憶良の七夕歌にはその左注に歌の場が示されている。

・右は、養老八年七月七日に、令に応ふ。（巻八・一五一八）
・右は、神亀元年七月七日の夜に、左大臣の宅。（同・一五一九）
・右は、天平元年七月七日の夜に、憶良、天の川を仰ぎ見たり。〔一は云はく、帥の家の作〕（同・一五二二）
・右は、天平二年七月八日の夜に、帥の家に集会へり。（同・一五二六）

ここには「令に応ふ」「左大臣の宅」「帥の家の作」と記されており、基本的には宴の集団の場で披露されたものと推測される。その中で家持が「独」と記すのは、『万葉集釈注』が、「衆や仲間と離れて独り」(26)と解するように、集団詠に対する独詠を意味することがまず考えられる。(27)一方『万葉集全注』は、「家持の語り合うべき友がいない孤独感の告白でもあろう[28]」と指摘する。また吉村誠氏は家持の「独」と記される歌を検討し、「家持歌の題詞・左注の『独』は、孤独感の訴えという内面心情的な意味を含んだもの」であるとし、「自覚的な『独』の主題化が行われていると見ることができる[29]」と述べており「歌表現を規制しているものとして読者に対して訴えたもの」であるという。このように「独」の語からは家持の孤愁のテーマ化という側面からも指摘されている。

ここでは歌内部の景物表現と独りで詠むということの関わりについて検討し、「独」と記される歌において景物がどのように表現されているのかという点について考えてみたい。

家持作品において「独」と記される歌は以下の通りである。また後に独詠の「述懐」についても検討を加えるため、ここでは「独詠述懐」の歌は除く。

(ア) 十六年の四月五日に、独り平城の旧き宅に居りて作れる歌六首

橘のにほへる香かもほととぎす鳴く夜の雨に移ろひぬらむ　(巻十七・三九一六)

ほととぎす夜声なつかし網ささば花は過ぐとも離れずか鳴かむ　(同・三九一七)

橘のにほへる園にほととぎす鳴くと人告ぐ網ささましを　(同・三九一八)

青丹よし奈良の都は古りぬれど本ほととぎす鳴かずあらなくに　(同・三九一九)

鶉鳴き古しと人は思へれど花橘のにほふこの屋戸　(同・三九二〇)

杜若衣に摺りつけ大夫の着襲ひ狩する月は来にけり　(同・三九二一)

右は、大伴宿禰家持の作

(イ) 掾大伴宿禰池主に贈れる悲しびの歌二首

忽ちに枉疾に沈み、旬を累ねて痛み苦しむ。百神を禱み恃みて、且消損を得たり。しかも由身体疼み羸れ、筋力怯軟にして、いまだ展謝に堪へず。係恋弥深し。方今、春朝には春花、馥を春苑に流へ、春暮には春鶯、声を春林に囀る。この節候に対ひて琴罇翫ぶべし。興に乗る感あれども、杖を策く労に耐へず。独り帷幄の裏に臥して、聊かに寸分の歌を作り、軽しく机下に奉り、玉頤を解かむことを犯す。その詞に曰はく、

春の花今は盛りににほふらむ折りて插頭さむ手力もがも　(巻十七・三九六五)

鶯の鳴き散らすらむ春の花いつしか君と手折り插頭さむ　(同・三九六五)

二月二十九日、大伴宿禰家持

(ウ)　独り幄の裏に居て、遙かに霍公鳥の鳴くを聞きて作れる歌一首并せて短歌

高御座　天の日嗣と　天皇の　神の命の　聞し食す　国のまほらに　山をしも　さはに多みと　百鳥の　来居て鳴く声　春されば　聞きの愛しも　いづれをか　別きてしのはむ　卯の花の　咲く月立てば　めづらしく　鳴くほととぎす　菖蒲草　珠貫くまでに　昼暮らし　夜渡し聞けど　聞くごとに　心つごきて　うち嘆き　あはれの鳥と　言はぬ時なし　(巻十八・四〇八九)

行方なくあり渡るともほととぎす鳴きし渡らばかくやしのはむ　(同・四〇九〇)

卯の花のともにし鳴けばほととぎすいやめづらしも名告り鳴くなへ　(同・四〇九一)

ほととぎすいとねたけくは橘の花散る時に来鳴き響むる　(同・四〇九二)

右の四首は、十日に大伴宿禰家持作れり。

(エ)　独り龍田山の桜花を惜しめる歌一首

龍田山見つつ越え来し桜花散りか過ぎなむわが帰るとに　(巻二十・四三九五)

(オ)　独り江の水に浮かび漂へる糞を見て、貝玉の依らざるを怨恨みて作れる歌一首

堀江より朝潮満ちに寄る木糞貝にありせば裏にせましを

（巻二十・四三九六）

(ア)は題詞に「独り平城の旧き宅に居りて作れる歌」とある。歌は三首目に「橘のにほへる園」とあり、五首目に「花橘のにほふこの屋戸」とあるように、平城の家の庭の橘や霍公鳥を詠んだ歌である。一首目には「橘のにほへる香かも」と橘が香ることを詠み、二首目では「ほととぎす夜声なつかし」というように、霍公鳥の声に心が惹かれるという。三首目には橘が香る庭には霍公鳥が鳴くというのだから、網を張っておいたらよかったと霍公鳥の訪れを待ち、四首目は「本ほととぎす鳴かずあらなくに」と、霍公鳥がきっと鳴くだろうことを、五首目は庭に橘が香ることを詠み、徹底して橘と共にこの庭で鳴くべき霍公鳥を詠む。六首目は橘が香り霍公鳥が鳴く季節を詠むことで、「大夫の着襲ひ狩する月は来にけり」と、狩りをする季節の訪れに対する気づきを詠む。(イ)は「独り帷幄の裏に臥して」とあり、病のために宴に参加できないことが記されている。この歌では、「春の花今は盛りににほふらむ」「鶯の鳴き散らすらむ」というように、「らむ」と現在推量を用いて、今まさに春の花が咲いて、鶯が鳴く風景を思い描いている。これは序の「この節候に対ひて琴罇翫ぶべし」に対応していると考えられ、この時に賞でるべき風景を詠む。(ウ)は題詞に「独り幄の裏に居て、遙に霍公鳥の鳴くを聞きて」と記されている。歌では、「昼暮らし　夜渡し聞けど　聞くごとに　心つごきて　うち嘆き　あはれの鳥と　言はぬ時なし」というように、一日中霍公鳥の声を聞き続けていることがうたわれている。(エ)は題詞に「独り龍田山の桜花を惜しめる歌」とある。ここでは「龍田山見つつ越え来し」と、龍田山の桜を見ながら越えてきたことが詠まれる。(オ)は「独り江の水に浮かび漂へり糞を見て」と、糞を見て作ったことが記され、歌においても「朝潮満ちに

寄る木糞」が貝であったら土産に出来るのにとうたわれている。

　これら家持の「独」と記される歌から見えることは、その時に賞でるべき季節の景物やその季節にあるべき景物と向き合うことによって、歌を詠んでゆくことにあり、こうした独りの枠組みの中に当該歌群もあると考えられる。一方で家持歌の中で独りの状況で創作した七夕歌が他にもう一首ある。

(カ)　十年の七月七日の夜に、独り天漢を仰ぎて聊かに懐を述べたる一首
　織女し船乗りすらし真澄鏡清き月夜に雲立ち渡る　（巻十七・三九〇〇）
　　右の一首は、大伴宿禰家持の作

(カ)は当該歌群と同様に「独」と記されており類似の状況が見てとれる。ただし(カ)には「述懐」とも記されており、このように記されるのは巻十七以降の家持と家持関係者のみに使用されていることから、この語の持つ意味は重要である。そこで当該歌群と(カ)との歌の差異を検討するにあたって、独りの状況で詠まれた「述懐」歌について見てゆきたい。「述懐」および「拙懐」の歌は①の他に十歌群に見られる。この中で独りで詠んだ「述懐」の歌について見てゆく。

(キ)　四月十六日に、夜の裏に、遙かに霍公鳥の喧くを聞きて、懐を述べたる歌一首
　ぬばたまの月に向ひてほととぎす鳴く音遙けし里遠みかも　（同・三九八八）
　　右の一首は、大伴宿禰家持作れり。

(ク)　京に入らむこと漸く近づき、悲情撥ひ難く、懐を述べたる一首并せて一絶

かき数ふ　二上山に　神さびて　立てる栂の木　本も枝も　同じ常磐に　愛しきよし　わが背の君を　朝去らず　逢ひて言問ひ　夕されば　手携はりて　射水川　清き河内に　出で立ちて　わが立ち見れば　東の風いたくし吹けば　水門には　白波高み　妻呼ぶと　洲鳥は騒く　葦刈ると　海人の小舟は　入江漕ぐ　梶の音高し　そこをしも　あやにともしみ　思ひつつ　遊ぶ盛りを　天皇の　食す国なれば　命持ち　立ち別れなば　後れたる　君はあれども　玉桙の　道行くわれは　白雲の　たなびく山を　磐根踏み　越え隔りなば恋しけく　日の長けむそ　そこ思へば　心し痛し　ほととぎす　声にあへ貫く　玉にもが　手に纏き持ちて朝夕に　見つつ行かむを　置きて行かば惜し　（同・四〇〇六）

わが背子は玉にもがもなほととぎす声にあへ貫き手に纏きて行かむ　（同・四〇〇七）

右は、大伴宿禰家持、掾大伴宿禰池主に贈れり。（四月三十日）

(ケ)　京に向かはむ時に、貴人を見、及美人に相ひて、飲宴せむ日の為に、懐を述べて、儲けて作れる歌二首

見まく欲り思ひしなへに蘰懸けかぐはし君を相見つるかも　（巻十八・四一二〇）

朝参の君が姿を見ず久に鄙にし住めば吾恋ひにけり（一は云はく、はしきよし妹が姿を）　（同・四一二一）

同じ閏五月二十八日に、大伴宿禰家持作れり。

(コ)　四月三日に、越前判官大伴宿禰池主に贈れる霍公鳥の歌、旧きを感づる意に勝へずして懐を述べたる一首并せて短歌

わが背子と　手携はりて　明け来れば　出で立ち向ひ　夕されば　ふり放け見つつ　思ひ暢べ　見和ぎし山に　八峰には　霞たなびき　谿辺には　椿花咲き　うら悲し　春し過ぐれば　霍公鳥　いや重き鳴きぬ　独

りのみ　聞けばさぶしも　君と吾　隔りて恋ふる　礪波山　飛び越え行きて　明け立たば　松のさ枝に　夕さらば　月に向ひて　菖蒲　玉貫くまでに　鳴き響め　安眠寝しめず　君を悩ませ　（巻十九・四一七七）

われのみし聞けばさぶしも霍公鳥丹生の山辺にい行き鳴かにも　（同・四一七八）

霍公鳥夜鳴をしつつわが背子を安眠な寝しめゆめ情あれ　（同・四一七九）

(サ)　霍公鳥を感づる情に飽かずして、懐を述べて作れる歌一首并せて短歌

春過ぎて　夏来向へば　あしひきの　山呼び響め　さ夜中に　鳴く霍公鳥　初声を　聞けばなつかし　菖蒲　花橘を　貫き交へ　蘰くまでに　里響め　鳴き渡れども　猶ししのはゆ　（同・四一八〇）

反歌三首

さ夜更けて暁月に影見えて鳴く霍公鳥聞けばなつかし　（同・四一八一）

霍公鳥聞けども飽かず網取りに獲りて懐けな離れず鳴くがね　（同・四一八二）

霍公鳥飼ひ通せらば今年経て来向ふ夏はまづ鳴きなむを　（同・四一八三）

(シ)宮人の袖付衣秋萩ににほひよろしき高円の宮　（巻二十・四三一五）

高円の宮の裾廻の野づかさに今咲けるらむ女郎花はも　（同・四三一六）

秋野には今こそ行かめもののふの男女の花にほひ見に　（同・四三一七）

秋の野に露負へる萩を手折らずてあたら盛りを過ぐしてむとか　（同・四三一八）

高円の秋野のうへの朝霧に妻呼ぶ雄鹿出で立つらむか　（同・四三一九）

大夫の呼び立てしかばさを鹿の胸分け行かむ秋野萩原　（同・四三二〇）

右の歌六首は、兵部少輔大伴宿禰家持の、独り秋の野を憶ひて、聊かに拙き懐を述べて作れり。

(ス)　私に拙き懐を陳べたる一首并せて短歌

天皇の　遠き御代にも　押し照る　難波の国に　天の下　知らしめしきと　今の緒に　絶えず言ひつつ　懸けまくも　あやに畏し　神ながら　わご大王の　うちなびく　春の初は　八千種に　花咲きにほひ　山見れば　見のともしく　川見れば　見の清けく　物ごとに　栄ゆる時と　見し給ひ　明らめ給ひ　敷きませる　難波の宮は　聞し食す　四方の国より　奉る　貢の船は　堀江より　水脈引きしつつ　朝凪に　楫引き泝り　夕潮に　棹さし下り　あぢ群の　騒き競ひて　浜に出でて　海原見れば　白波の　八重折るが上に　海人小舟　はららに浮きて　大御食に　仕へ奉ると　遠近に　漁り釣りけり　そきだくも　おぎろなきかも　こきばくも　ゆたけきかも　ここ見れば　うべし神代ゆ　始めけらしも　（同・四三六〇）

桜花今盛りなり難波の海押し照る宮に聞しめすなへ　（同・四三六一）

海原のゆたけき見つつ蘆が散る難波に年は経ぬべく思ほゆ　（同・四三六二）

右は、二月十三日、兵部少輔大伴宿禰家持

(キ)は題詞に「遙かに霍公鳥の喧くを聞きて」とあり、「里遠みかも」というように、里から遠く見えない霍公鳥が「ぬばたまの　月に向ひて」鳴いている姿を想像した景を詠む。(ク)は都へ向かう日が近づいた時の歌であり、「恋しけく　日の長けむぞ　そこ思へば　心し痛し」と、旅先の行く末を想像し、また「わが背子は玉にもがもな」というように「わが背子」が玉であったら手に巻き持ってゆけるのに、と旅立ちを前にして、都へ向かったときのことを思い描いている。(ケ)は題詞に「京に向かはむ時に、貴人を見、及美人に相ひて、飲宴せむ日の為」とあるように、都で飲宴をしたときを想定した歌であり、「儲けて作れる」とあるように、あらかじめ作った歌である。(コ)は越前にいる池主に贈った霍公鳥の歌で「旧きを感づる意に勝へずして懐を述べた」ことが記されている。「礪波山」を越えて、池主がいる越前において霍公鳥が鳴くことを願って詠まれる。それは「丹生の山辺にい行き鳴かにも」と、越前の国府の近くの山である「丹生山」で霍公鳥が鳴いて欲しいというのであり、霍公鳥の声によって池主を安眠させるなというように、ここで詠まれる霍公鳥の声は家持の家の霍公鳥ではなく、池主の所で鳴く霍公鳥を詠んでゆくのである。(サ)は「春過ぎて　夏来向へば」というように、夏がやって来たことを想定して、その時に鳴く霍公鳥の声を詠んでいる。(シ)では、「独り秋の野を憶ひて、聊かに拙き懐を述べて作れり」とあり、その秋の野の風景とは、一首目では「今咲けるらむ」というように、女郎花が咲いていることを想像し、四首目に「妻呼ぶ雄鹿出で立つらむか」と、さ雄鹿が出で立つことを思い描く。この時の家持は難波に赴任しており、かつての聖武天皇の高円の野を回想して詠んだ歌と考えられる。(ス)については、(シ)と同様に難波に赴任していた時に難波の地を詠んだ歌である。この歌は、基本的に宮廷歌人たちの行幸讃歌を踏まえた歌であると解されており、「ここ見れば　うべし神代ゆ　始めけらしも」というように、神代の昔からの難波の繁栄に思いを馳せて詠む。家持の作歌当時には難波行幸は行われておらず、遠い昔から繁栄していた難波の地を想定して詠んだものと思われる。

　独りで詠んだ「述懐」の歌を見てみると、「述懐」および「拙懐」と記される歌は、遙かに遠いものや、懐古、またはまだ存在しない景に対してあるべき景を思い描いて詠むことを特徴としており、その思い描いた景を述べることが独りにおける「述懐」の方法であったのだと考えられる。それに対して先に検討した(ア)〜(オ)の「独」と記される歌は、その時賞でるべき景物や、まさにその季節の風物に向き合って作歌されたものであった。その差異は「述懐」歌が不可視なものに思いを馳せてることによってうたわれた歌であるのに対して、「独」と記される歌は、可視的なものを詠むところにあると考えられる。

改めて(カ)として挙げた「独詠述懐」の七夕歌と、「独詠」の当該歌群を比較してみると、(カ)は、天上界の織女という想像上の人物を描き、さらに「織女し舟乗りすらし」というように、推定「らし」を用いて「雲が立ち渡る」ことによって見ることができない天上の織女の様子を想像し、思い描いて詠んだ歌であると考えられる。それに対して当該歌群の独詠性は、二星の逢瀬へ至る経過に沿って牽牛、織女それぞれの相手への恋心や逢えないことへの嘆きを描きながらも、そこに初秋のあるべき景物である初秋風、初尾花、秋風、霧、秋草、白露などの秋の景物と向き合ってこれらの景物を詠んでゆくことにある。その結果として七夕前から渡河、逢瀬、別離という七夕の物語に重きを置かない歌群が完成したと考えられるのである。しかも、七夕と直結しない季節の景物を描き出すが故に、あたかも地上における人間の男女の恋歌であるかのような歌群ができあがってゆくのである。このように「独り天漢を仰ぎて」というように、「述懐」がない当該の七夕歌八首は、まさに七夕の季節という初秋のあるべき風景を描くことに主眼があり、当該歌群における家持の関心が初秋の季節を描くことにあったことから、七夕の物語性は希薄になり、秋の景物を介した恋歌的歌群が展開したと考えられるのである。

第五節　おわりに

以上、家持の七夕歌八首を見てきたが、この歌群が七夕当日の逢瀬前から、逢瀬直前までを時系列的に描くものの、二星の離別が描かれないのは、七夕を主眼とする意識がないためであると思われる。巻十の人麻呂歌集歌や作者未詳の七夕歌との比較から、家持歌には巻八や巻十の季節歌の素材となった秋の景物を積極的に詠み込んであり、こうした秋の景物を描くことが家持の七夕歌の主眼であったのである。

家持の題詞や左注に「独」と記される歌は、集団や相手から離れる状況を示しながら、独りになることによって、関心の方向が、まさにその時に賞でるべき季節の景物や風景に向けられてゆく。そのような眼前にあるべき風景に向き合って、その景物を描くことが「独」と記される家持歌の特徴である。一方では「述懐」「拙懐」と記される歌があり、「独」と同時に用いられる場合が多いが、「述懐」「拙懐」の歌がはるか遠いもの、懐古やまだ時には至らない季節の風景を思い描くことに特徴がある。「独」とありながらも「述懐」がない当該歌群は、まさにその時のあるべき秋の風景を描くことに関心があったと考えるべきであろう。

家持が「独り天漢を仰ぎて」思い描いた七夕への関心は、七夕の物語に沿いながらも、七夕を秋の季節の始まりと位置づけて、その時期の眼前にあるべき風景を描くことにあり、そのような秋の景物を描くことで、七夕歌を秋の季節歌として表現したと考えられる。当該歌群は七夕伝説という中国的な素材を取り入れた作品でありながら、「独詠」という家持の文芸意識によって七夕伝説を離れて新たに捉え直された作品といえるのである。

【注】

1 「青波」については、憶良の七夕歌に、「牽牛は　織女と　天地の　別れし時ゆ　いなうしろ　川に向き立ち　思ふそら　安からなくに　嘆くそら　安からなくに　青波に　望みは絶えぬ……」（巻八・一五二〇）の表現が見える。
2 高橋六二「家持の七夕歌」『セミナー万葉の歌人と作品　第九巻　大伴家持（二）』（和泉書院、二〇〇三年）。
3 大浦誠士「七夕歌意識の変遷と七夕歌の定着」（『中京大学上代文学論究』十一号、二〇〇三年三月）。
4 窪田空穂『万葉集評釈』（『窪田空穂全集』角川書店）。
5 青木生子他『万葉集』（新潮日本古典文学集成、新潮社）。

6 伊藤博『万葉集釈注』（集英社）。
7 武田祐吉『万葉集全註釈』（角川書店）。
8 （注4）に同じ。
9 佐佐木信綱『評釈万葉集』（六興出版社）。
10 （注5）に同じ。
11 多田一臣『万葉集全解』（筑摩書房）。
12 鴻巣盛広『万葉集全釈』（広文堂書店）。
13 澤瀉久孝『万葉集注釈』（中央公論社）。
14 鹿持雅澄『万葉集古義』（名著刊行会）。
15 （注5）に同じ。
16 （注4）に同じ。
17 （注12）に同じ。
18 （注6）に同じ。
19 佐竹昭広他『万葉集』（新日本古典文学大系、岩波文庫）。
20 契沖『万葉代匠記』（『契沖全集』岩波書店）。
21 井上通泰『万葉集新考』（歌文珍書保存会）。
22 （注5）に同じ。
23 中西進『大伴家持　第六巻　もののふ残照』（角川書店、一九九五年）。
24 （注14）に同じ。
25 ここでの人麻呂歌集は巻十・一九九六～二〇三三、作者未詳歌は巻十・二〇三四～二〇九三を対象とした。
26 （注6）に同じ。
27 この点については、知古嶋笑嘉氏が節目の公宴と私宴を分析し天平勝宝六年の七夕には、公宴、私宴とも行われなかったことを指摘している。（「大伴家持七夕歌試論―巻二十『七夕の歌八首』独詠に関して―」『国文目白』三十六号、一九九七年）。

28　木下正俊『万葉集全注』（有斐閣）。

29　吉村誠「大伴家持の題詞・左注表記『独』の特徴」『大伴家持と奈良朝和歌』（おうふう、二〇〇一年）。

第三部

家持の君臣像——詩学から政治へ——

第一章　侍宴応詔歌における天皇像

第一節　はじめに

『万葉集』巻十九・四二五四〜四二五五番歌に「向京路上依興預作侍宴應詔歌一首并短歌」と題された歌が載る。この歌より前の四二四八番歌の題詞に、「以七月十七日、遷任少納言」とあることから、天平勝宝三（七五一）年七月十七日に越中赴任の任期を終え、都に上るときに作歌された状況が知られる。題詞には「依興」「預作」「応詔」などとあり、当該作品の詠まれた事情らしきことが記されている。作品は次のように詠まれている。

京に向かふ路の上にして、興に依りてかねて作れる侍宴応詔の歌一首并せて短歌

秋津島　大和の国を　天雲に　磐船浮かべ　艫に舳に　真櫂繁貫き　い漕ぎつつ　国見し為して　天降り坐し　掃ひ言向け　千代累ね　いや嗣継に　知らしける　天の日嗣と　神ながら　わご大君の　天の下　治め賜へば　物部の　八十伴の緒を　撫で賜ひ　斉へ賜ひ　食国の　四方の人をも　遺さはず　恵み賜へば　古

昔ゆ　無かりし瑞　度まねく　申し給ひぬ　手拱きて　事無き御代と　天地　日月と共に　万世に　記し続がむそ　やすみしし　わご大君　秋の花　しが色々に　見し賜ひ　明め賜ひ　酒宴　栄ゆる今日の　あやに貴さ　（巻十九・四二五四）

反歌一首

秋の花種々にありと色毎に見し明らむる今日の貴さ　（同・四二五五）

家持のこの「侍宴応詔歌」は、従来から「向京路上」という作歌状況と、「依興」「預作」という「見立ての作」という面から、例えば『万葉集私注』が、「家持の作歌態度の一つではあらうが、彼の歌人としての位置を高くするよりは低くする方が多いだらう。美辭を列ねて居る割に感動の乘つて來ないのも致方ない」(1)という見解を示すように、評価は概ね低いものであった。近年その評価は見直されてきており、大濱眞幸氏が当該歌の語句を分析した上で、国見歌・土地ぼめ歌・行幸従駕歌・応詔歌・公的挽歌・遣内外使関係歌・皇族に関わる伝説歌等々に類する語の集積であるとして、「伝統的な公的讃歌の枠組みの中に位置する歌」(2)であるとし、「歴代宮廷歌人達の宮廷讃美意識」（同上）により作歌されたことを述べている。しかし、この作品には「撫で賜ひ　斉へ賜ひ」「遣さはず　恵み賜へば」「古昔ゆ　無かりし瑞」「手拱きて　事無き御代と」など、『万葉集』の応詔歌においては、あまり見られない語彙が用いられており、これらの語彙については『尚書』の言葉であることが指摘されている。(3)また、「万代に　記し続がむそ」「見し賜ひ　明め賜ひ」「酒宴」が巻十七以降の家持もしくはその周辺で使用されていたことを見ると、伝統的な宮廷讃歌の枠組みの中のみでは考えることはできない。むしろ、漢籍や古代日本の漢詩集である『懐風藻』なども視野に入れた、応詔詩の理解が必要とされよう。また「酒宴」における天皇の姿は、「秋の花」を眺めることにより神々しい姿へと写しとられる。それは、長歌の冒頭に描かれた、降臨しながら国見をする祖先の天皇の姿と対応をなすものであると考えられ、古と今の天皇像を浮き彫りにしている。長歌の末尾に酒宴の貴いことが詠み込まれ、さらに反歌においても重複する形で宴の貴いことが繰り返されていることは、この貴い宴の様子が家持にとり重要な意味を持つものであったと考えられ、「応詔歌」の歌の場がどのように想定されていたのかが問題となるであろう。さらに、長反歌に繰り返される「秋の花」は、この歌の最も重要な意味を持つものであると思われる。そこでここでは、家持の応詔歌の場の位置づけと、その応詔歌に表現される「秋の花」を眺める天皇を描くことで、家持はいかなる天皇像を表現し得たのかということについて考えてみたい。

第二節　応詔歌の歌の場

長歌では、「秋津島」から「治め賜へば」まで、祖先の天皇の降臨から描き始め、代を重ねて現在の天皇までが、連綿と国を統治していることを述べる。そして「物部の　八十伴の緒」から「万代に　記し続がむそ」までは、臣下や民に徳を与える天皇の様を描き、瑞祥までもが現れたことを詠む。更に「やすみしし　わご大君」以下では、天皇が「秋の花」を見ることをもって酒宴の貴い様子を詠む。反歌では、さらに酒宴の貴いことを繰り返し詠む。

当該歌は、「天の日嗣」として現在の天皇である「大君」の姿を捉えているが、祖先の天皇を天から降臨する姿として位置づける。祖先の天皇は、「磐船」に乗って「国見」をする姿として描かれる。「磐船」については、尾崎暢殃氏が神話・伝説における船の機能について述べられ、それは「現実世界と他界との間を通交する用具」[4]であるとする。『日本書紀』神武即位前紀、三十一年の記述から契沖の『万葉代匠記』以来、「天降」ったのは饒速日命であるとされてきた。一方『万葉集古義』は「此は、日子番能邇邇藝命の降臨の御事をいへり」[5]とし、邇邇藝命の降臨記述に磐船はないものの、「一の古伝説」により詠まれたという立場を取る。また「磐船」の語は、『万葉集』において当該歌以外に一例見られ、それは次のように詠まれる。

ひさかたの天の探女の石船の泊てし高津は浅せにけるかも　（巻三・二九二、角磨）

これは『摂津国風土記』逸文に「難波高津は、天稚彦天下りし時、天稚彦に屬て下れる神、天の探女、磐舟に乗て、爰に至る。天磐船の泊る故を以て、高津と號すと云々」[6]とあり、同じ伝説によるものと考えられている。また、『日本書紀』に「天磐櫲樟船」（神代上第五段正文）や「鳥磐櫲樟船」（神代上第五段一書第二）などもみえ、これは伊奘諾、伊奘冉が生んだ蛭児を流すための船である。もちろん記紀の天孫降臨記事と当該歌の差異は認められるところであり、ここには家持独自の神話観念が存在すると思われる。しかし、いずれにしても「磐船」は神代に関わる船として広く用いられることから、特定の神が乗った船と関わらせるべきではなく、むしろ「大君」を「天つ日嗣」として保証する船であることに重点を置くべきであろうと考える。

また「国見」については、『古事記』『日本書紀』『風土記』などに国見の語、またはそれに類する行為の記述が多く見られ、『万葉集』にも舒明天皇の御製歌として「望国歌」が載る。「国見」については、中西進氏が「岱宗祭天の礼と類似の、天皇望国の行事に属する古代伝誦」[7]として「国見歌」を捉える見解を示すように、古代的

な国を統治する姿として国見儀礼が存在したと考えられるのである。それは『古事記』に見える、

押し照るや　難波の崎よ　出で立ちて　我が国見れば　淡島　淤能碁呂島　檳榔の　島も見ゆ　離つ島見ゆ

（下巻、仁徳天皇、五三番歌謡）

の歌謡に象徴されるように、国見の際に見る対象としての「淡島」や「淤能碁呂島」などが神代の創世に関わる島であり、「檳榔の島」の「檳榔」が南方の国の植物とすれば、不可視な南国の島によって表現されるものである。このことは、見る対象を実際の景物ではなく、時代さえも超えて広範囲に広がる地に設定することで天皇の権力を示すのである。さらに人麻呂の「吉野行幸歌」における天皇の国見については、

やすみしし　わご大君　神ながら　神さびせすと　吉野川　激つ河内に　高殿を　高知りまして　登り立ち　国見をせせば　畳はる　青垣山　山神の　奉る御調と　春べは　花かざし持ち　秋立てば　黄葉かざせり〔一は云はく、黄葉かざし〕逝き副ふ　川の神も　大御食に　仕へ奉ると　上つ瀬に　鵜川を立ち　下つ瀬に　小網さし渡す　山川も　依りて仕ふる　神の御代かも

（巻一・三八）

に見えるように、「国見」により山川の神もが天皇に奉仕するという、国を統治する絶大な権力を得た天皇の姿を讃美する表現として捉えられている。当該歌においては、磐船に乗って国見をする祖先の天皇が表現される。ただ、降臨しながら天皇が国見をする記述は他には見られず、両語の結合は「大君」が「天の日嗣」の保証を得

ることに関わるものであると思われる。国見はすでに古に属する儀礼であり、あえて両者を結合することにより、「天の日嗣」を受けた正統な天皇の貴さを述べているものといえる。

このように家持が描いた天から降臨する皇祖神は「磐船」に乗って、国見をするという古の儀礼によって国を統治する天皇像として描かれているのである。

それに対して現在の天皇は、「酒宴」において「秋の花」を眺め賞美する姿として描かれ、家持は臣下の立場から「酒宴」を「あやに貴さ」「今日の貴さ」というように、貴いものとして讃美するのである。この讃美表現のあり方は、例えば『懐風藻』の序に、

既にして以為ほしけらく、風を調へ俗を化むることは、文より尚きことは莫く、徳を潤らし身を光らすことは、敦か學より先ならむと。爰に則ち庠序を建て、茂才を徵し、五禮を定め、百度を興したまふ。憲章法則、規模弘遠、夐古より以來、未だ有らず。是に三階平煥、四海殷昌、旒纊無爲、巖廊暇多し。施文學の士を招き、時に置醴の遊を開きたまふ。此の際に當りて、宸翰文を垂らし、賢臣頌を獻る。

と見える、「置醴之遊」における「賢臣奉頌」ということと重なるように思われる。近江朝の時代は、「文」と「学」とを尊重することにより風俗を整え、民を教化し、国は繁栄し治まったという。そこで「置醴之遊」において天子自らが文を垂れ、「賢臣」たちが讃美の詩を奉るというのであり、この詩宴の状況は「詔に応える」という応詔詩の成立を示し、『懐風藻』の詩はそうした君臣の和楽を通して、応詔詩が形成したということを物語っている。『懐風藻』には応詔詩として例えば次のような詩がある。

五言。三月三日、應詔。一首。正五位下大学頭調忌寸老人（詩番二八）

玄覽春節に動き、宸駕離宮に出づ。
勝境既に寂絶にして、雅趣も亦無窮にあり。
花を折る梅苑の側、醴を酌む碧瀾の中。
神仙意に存くるに非ず、廣濟是れ同じくする攸ぞ。
腹を鼓つ太平の日、共に詠ふ太平の風。(8)

この詩によると、天子は春の日に離宮にむかって出発したといい、その遊覧の景は静寂で高雅な趣きに満ちているという。離宮で梅を賞美し、盃を酌み交わすといい、仙人になろうとは思わないが、君臣が共に広く天下の万民を救うことを望むのであり、このような日に共に太平の様をうたい上げるという。『懐風藻』の詩が、序に見える「宸翰垂文、賢臣奉頌」という君臣和楽の理念のもと採録された詩であり、「応詔詩」の意義は、まさに「賢臣」が頌を奉るというところにあるといえよう。この君臣和楽の宴の理念について、辰巳正明氏は『文選』にみえる謝霊運の、「建安末、余時在鄴宮。朝遊夕讌、究歡愉之極。天下良辰・美景・賞心・楽事、四者難并。今、昆弟友朋、二三諸彦、共盡之矣。」（「擬魏太子鄴中集詩八首并序」）を指摘し、良辰、美景・賞心・楽事の四つが揃うことによって理念としての理想的な君臣和楽の宴が実現するという。(9)「鄴中集」は、魏太子（曹丕）が鄴の都において建安の七子を招いて開いた公讌の詩を集めたものであり、これらが散逸したことから謝霊運がこれらの詩人の詩に擬えて八首載せたものである。先の引用はその序にあたる。

ここには君臣和楽の理想的な宴が開かれ、その理想的な姿が最も良い季節の、最も美しい風景を、共に賞でて、詩を詠むことにあり、応詔詩とはこのような君臣の和楽による理想的な宴の中に詠まれるものであるする（辰巳氏前掲書）。『懐風藻』の序や『文選』の「擬魏太子鄴中集詩」序のように、古の時代に「文」によって理想的な君臣のあり方を示すことは、『古今和歌集』の仮名序、真名序へと引き継がれる文学の根本原理の問題でもある。仮名序では、「古の世々の帝、春の花の朝、秋の月の夜ごとに、さぶらふ人々を召して、事に付けつつ、歌を奉らしめ給ふ。あるは、花をそふとて、たよりなき所にまどひ、あるは、月を思ふとてしるべなき闇にたどれる心々を見たまひて、賢し愚かなりとしろしめしけむ」といい、真名序では、「古天子。毎良辰美景。詔侍臣。預宴筵者献和歌。君臣之情。由斯可見。賢愚之性。於是相分。所以随民之欲。択士之才也。」という。仮名序では、古の帝が春の花が咲く朝、秋の月が明るい夜ごとに、侍臣を召して歌を奉らせたといい、これらの風物を詠む心を帝はご覧になって、臣下の賢愚を判断したというのである。また、真名序では「良辰美景」の時々に侍臣に詔して和歌を奉らせ、臣下の賢愚の性情も歌によって判別したという。こうした平安朝の文学理論の展開について辰巳氏は、「賢臣・愚臣の選定が聖帝の行う政道の根幹であり、賢臣を得れば彼らは勝れた詩文を聖帝に献上することにより、君臣和楽の理念的な関係と天下太平の世を作ることが出来るのである。その時の賢臣たちの詩文がすぐれた政道へと向かうものであったのである。詩人・文人というのは、まさにそうした文徳を世界に示す者たちであった[10]」と指摘し、歌の「政道」への接近は詩学の問題であるという。このような「政道」と「文学」という問題は六朝詩学において体系づけられている。『文心雕龍』「徴聖第二」には、

夫れ作る者を聖と曰ひ、述ぶる者を明と曰ふ。性情を陶鑄する、功は上哲に在り。夫子の文章は、得て聞く

可し。則ち聖人の情は、辭に見る。先王の聲教は、布いて方冊に在り。夫子の風采は、格言に溢る。是を以て、遠く唐の世を稱むれば、則ち煥乎盛んなりとし、近く周の代を褒むれば、則ち郁哉從ふ可しとす。此れ政化に文を貴ぶの徴なり。

とあり、文章の規範を周王と孔子において、政治強化の面から「文」の重要性を説く。また「程器第四十九」には、反対に文人の国家的責任を論じている。

是を以て君子は器を藏し、時を待つて動き、事業に發揮す。固より宜しく素を蓄へて以て中を弸たし、釆を散じて以て外を彪り、其の質を楩枏にし、其の幹を豫章にすべし。文を摛くは必ず軍國を緯するに在り、重きを負ふは必ず棟梁に任ずるに在り。窮すれば則ち獨り善くして以て文を垂れ、達すれば則ち時を奉じて以て績を騁す。此くの若き文人は、應に梓材の士なるべし。

ここでは、文学に従事するのは、国家統治に参加するためであり、必ず国家の中枢を担う必要があるという。このように劉勰は、古の聖人をもって儒教的論理から「文」による政治教化を説き、六朝に生きる文人たちもまた「文」によって政治を担うことを論じるのである。そしてそのような文人こそ「梓材の士」、つまり重要な人材であるという。

このように「文」による国家秩序の形成は中国詩学が根底にあり、六朝期に至って体系化されたといえよう。このことから考えるならば、「応詔」の場の詩歌は、まさに君子を中心とする国家秩序において、その君臣の関係を表し、君子の徳を讃美することが要請されたと考えられるのである。

この理念は、中国詩の世界だけにとどまらず、『万葉集』の「応詔歌」にも、その理念は及んでいると考えられる。天平期に入ると宮中の宴の場において、詔に応えるという状況が確認される。

十八年の正月に、白雪多に降りて、地に積むこと数寸なりき。時に、左大臣橘卿、大納言藤原豊成朝臣と諸王臣等とを率て、太上天皇の御在所〔中宮の西院〕に参入りて、掃雪に供へ奉りき。ここに詔を降して、大臣参議と諸王とは、大殿の上に侍はしめ、諸卿大夫は南の細殿に侍はしめたまひて、すなはち酒を賜ひて肆宴したまふ。勅して曰はく「汝諸王卿等、聊かにこの雪を賦して各〻その歌を奏せ」とのりたまふ。

左大臣橘宿禰の、詔に応へたる歌一首

(1)降る雪の白髪までに大君に仕へまつれば貴くもあるか　（巻十七・三九二二）

紀朝臣清人の、詔に応へたる歌一首

(2)天の下すでに覆ひて降る雪の光を見れば貴くもあるか　（同・三九二三）

紀朝臣男梶の、詔に応へたる歌一首

(3)山の峡其処とも見えず一昨日も昨日も今日も雪の降れれば　（同・三九二四）

葛井連諸会の、詔に応へたる歌一首

(4)新しき年のはじめに豊の年しるすとならし雪の降れるは　（同・三九二五）

大伴宿禰家持の、詔に応へたる歌一首

(5)大宮の内にも外にも光るまで降れる白雪見れど飽かぬかも　（同・三九二六）

藤原豊成朝臣、巨勢奈弖麿朝臣、大伴牛養宿禰、藤原仲麿朝臣、三原王、智奴王、船王、邑知王、小田王、林王、穂積朝臣老、小治田朝臣諸人、小野朝臣綱手、高橋朝臣国足、太朝臣徳太理、高丘連河内、秦忌寸朝元、楢原造東人。

右の件の王卿等、詔に応へて歌を作り、次によりて奏しき。登時その歌を記さずして漏失せり。ただ秦忌寸朝元は、左大臣橘卿謔れて云はく「歌を賦するに堪へずは麝を以ちて贖へ」といへり。此に因りて黙已をりき。

(1)から(5)の一連の作品では、正月の大雪の日に雪掃きが行われ、その肆宴の際に雪を題にして歌を詠むことが詔されている。その詔に対して、(1)は雪のように白髪になるまで大君に仕えることが貴いといい、(2)は天の下を覆っている雪の光が貴いという。天皇の徳が雪の光に譬えられているのである。続いて(3)で山の峡が見えないほどにずっと雪が降り続いていると、天皇の徳を雪に喩えて広大な天皇の徳を歌うのである。(4)は、雪が降るのは豊の年の瑞であるという。そして(5)では、大宮の内外に白雪が光り輝いて降ることを歌い、天皇の徳を讃美するのである。太上天皇の御在所（中宮西院）に臣下が集まり、雪かきに奉仕し、その上で正月の肆宴における「雪」を共有し、雪を賞でて歌を作ることにより、「賢臣奉頌」の宴を作り出してゆくのであり、これらの歌は帝徳の高さ故に、雪が瑞祥として降ったということを示している。このような応詔歌のあり方は、先に述べた政治教化という中国文学理論の枠組みにおいて表れたといえよう。

このように瑞祥として表れた景を賞でることにより、天皇の治世が貴いと詠むことが、「応詔歌」の意義であることが認められるのである。当該歌が「秋の花　しが色々に」「秋の花　種々にあり」と描く、秋の花への強い関心は、こうした宴において実現された理想的な景としての「秋の花」であったことが考えられる。もちろんこれらの花は、現実に咲いているであろう禁苑の花であるということも考えられるが、むしろ家持により歌い起こされた「応詔歌」として詠まれるに相応しい花と捉えることができよう。

第三節　「秋の花」と理想の御代

当該歌は「応詔歌」を意図し、かつ意識した作品であり、そこには理想的な君臣和楽の宴を想定し、それを詠むことに主眼があるのだと考えられる。こうした応詔歌の枠組みから考えるならば、「秋の花」は「侍宴」の場に咲いている「美景」としての「花」を描いているとも考えられるのであるが、しかしなぜ「秋の花」を選択したのかということを検討する必要があろう。

「わご大君」が治める御代とは、家持の応詔歌によると、「物部の　八十伴の緒を　撫で賜ひ　斉へ賜ひ」「食国の　四方の人をも　遺さはず　恵み賜」うことであると詠まれる。前掲した辰巳氏の論によると、これらの撫民、斉民、遺民の思想は、『尚書』『史記』『荘子』などにあり、「理世撫民」の思想に繋がるものであるという(11)。辰巳氏の論を踏まえて日本の文献を見ると、『続日本紀』には、

此の食国天下を撫で賜ひ慈しび賜はくは時々状々に従ひて、治め賜ひ慈しび賜ひ来る業と、神ながら念し行す。是を以て先づ天下を、慈しび賜ひ治め賜はく、天下に大赦す。（巻第九、聖武天皇、神亀元年二月）

退きてははは《ママ》大御祖の御名を蒙りてし食国天下をば撫で賜ひ恵び賜ふとなも神ながらも念し坐す。

（巻第十七、聖武天皇、天平勝宝元年四月）(12)

などにも見え、奈良朝の基本的な政治理念であるといえよう。こうしたすぐれた天皇の行いは、例えば「黄帝脩徳撫民」や「以徳撫民」のように天子の徳によって成されるものであり、『続日本紀』には、

朕、寡徳を以て万姓に望み馭す。自ら治むる機に暗くして寧く済ふこと剋はず。迺者、災異頻に興りて咎徴仍見る。

（巻第十二、聖武天皇、天平七年五月）

朕、不徳を以て実に茲の災を致せり。寛仁を布して民の患を救はむと思ふ。

（巻第十二、聖武天皇、天平九年五月）

朕、薄徳を以て忝くも重き任を承けたまはる。政化弘まらず、寤寐に多く慚づ。

（巻第十四、聖武天皇、天平十三年三月）

と見える。天平七年の記事は「災異」が起こり「咎徴」が現れるといい、万民を「済」うことができないのは「寡徳」によるものだという。天平九年には病や日照りによって民が苦しむのを救えないのは「不徳」によるものだという。天平十三年には、政化が弘まらないのは「薄徳」のためであり、これによって国分寺を建立することを詔するという。天皇は自らの不徳が原因で、災害や病災が起こり、政治が治まらないのだというのであり、そこには「徳」によって万民を救い、国を治める徳治のあり方が見える。当該歌において天皇が、徳によって国

を治める貴い治世こそが、「手拱きて　事無き御代」であったということである。「手拱きて」については、契沖が「垂拱而天下治」を挙げ、辰巳氏が「聖君によって示される天下太平を喜ぶ理念的な言葉」（前掲論文）と指摘するように、何もしなくても国が治まることをいい、それは天皇の徳によるものであるということが確かめられよう。

家持が捉える「応詔」歌としてふさわしい天皇への寿ぎとは、こうした天皇の徳により世の中が太平に治まるということにあることが知られるのであるが、長歌の末九句と反歌においては、「酒宴」が栄えることが詠まれるように、宴へと視点が移る。長歌では天皇が「秋の花」を「見し賜ひ　明め賜」うことによって、酒宴が栄えることが貴いといい、反歌においてもほぼ同様の内容が繰り返されるのであり、家持の応詔歌の主眼はここにあると思われる。例えば『懐風藻』には次のような詩がある。

五言。侍宴。應詔。一首。従四位下播磨守大石王（詩番三七）

淑氣高閣に浮かび、梅花景春に灼く。
叡睠金堤に留め、神澤群臣に施したまふ。
琴瑟仙籞に設け、文酒水濱に啓く。
叨りて奉る無限の壽、倶に頌む皇恩の均しきことを。

この詩では、淑気が高閣に漂い、梅花が輝くといい、天子は御苑の堤に立って、群臣に神沢（天子の恵み）を施す。そのような場所で文酒の宴を開き、群臣は「無限の寿を奉り」、天子の恩情の広いことを頌し奉るという。

「叡睠」ついて、「睠」は「眷」であり、『尚書』(大禹謨)に「皇天眷命[13]」とあり「見る」ことである。「金堤」を見ることによって、「神澤」が「群臣」に施されるというのである。ここでは「叡睠」によって、恩沢が「群臣」たちに行き渡るのである。また『万葉集』の応詔歌には次の歌が載る。

袖垂れていざわが苑に鶯の木伝ひ散らす梅の花見に

(巻十九・四二七七、藤原永手「廿五日、新嘗會肆宴、應詔歌六首」)

この歌は題詞に「新嘗会の肆宴」とあり、その際に詔に応えた六首の内の一首であることが知られる。この歌群は新嘗会の肆宴の場を詠んだ歌であり、五首目に配されるこの歌は、肆宴において永手が私邸に招待した歌であるというのが概ねの見解である。「袖垂れて」というのは、例えば『万葉集古義』が「無事安らかに、樂しみ遊ぶさま[14]」と指摘するが、『万葉集全註釈』が「漢文の垂衣を譯したものであろう[15]」と指摘するように、当該歌と同様「垂拱而天下治」の考え方が根底にあるといえよう。

このように『懐風藻』の大石王や『万葉集』の藤原永手の詩歌から考えると、応詔の場の詩歌において、天皇が庭園の風物を「見る」という行為は、そこに侍る群臣をも含めた万民を治めることができる有徳の天皇の姿であり、そこに表れる美しい風景とは太平の世の象徴であるといえよう。

そこで問題となるのが「明らむ」の語が意味するところであろう。『万葉代匠記』は花を寓意とし「臣下ノ才徳忠功ヲホト〳〵ニツケテ見ソナハシワクル[16]」といい、これを「明察」の意とする。また『万葉集古義』が『古今和歌集』仮名序を引用して、契沖の言を一案としながらも、「おもしろみ御覧じ弄給ふ」意とする[17]。また『万葉集新考』は「御心ヲハラシ給ヒなり」[18]としており、以降の注釈書は概ねこの説に従っている。しかしこの解釈の揺れは「明らむ」の語が家持と池主の作品にしか見られないため、その用例の少なさによるものだと指摘されている。この点について、菊池威雄氏は次のように述べている。

「明らむ」の基本的な意味が、明らかにする・明確にすることであろうことはほぼ間違いのないことであろう。問題はその対象がどこに向かうのかということである。本来は行為の主体から外に向かう表現だったのではないだろうか。対象は天皇に見られることによって、その姿が明らかにされるのではないか。[19]

菊池氏は「明らむ」について、神に見られるという神聖によって、対象が「明ら」かにされる意とし、それが天平という太平の世に移行された時、「自然を耽美の対象とする時代の感性に埋没」して、天皇も臣たちと共に自然を賞美する鑑賞者として「祭祀王から律令天子へという天皇像」へと捉え直されたことを論じ、「明らむ」を賞美する意として捉えている。たしかに「明らむ」の原義が対象を「明らかにする」ということにあり、天皇に見出されることによって、自然は美しい風物として存在することになろう。ただし当該歌においては「見し賜ひ　明らめ賜ひ」というように、すでに「見る」という行為が詠まれていることに留意すべきではないだろうか。菊池氏は同論にて「明」について主体と対象が照らすものと照らされるものとの関係であることを述べているが、むしろ「明」が照らすという意であることを重視すべきであると考える。例えば『懐風藻』には次の詩がある。

五言。侍宴。一絶。　淡海朝大友皇子（詩番一）

皇明日月と光らひ、帝徳天地と載せたまふ。
三才並泰昌、萬國臣義を表はす。

五言。春日、應詔。一首。　　正三位大納言紀朝臣麻呂（詩番一四）

惠氣四望に浮かび、重光一園に春さぶ。
式宴仁智に依り、優遊詩人を催す。
崑山珠玉盛え、瑤水花藻陳く。
階梅素蝶に闘ひ、塘柳芳塵を掃ふ。
天德堯舜を十にし、皇恩萬民を霑らす。

大友皇子の詩において「皇明」は「日月」のように照り、「帝徳」は「天地」を「載」すと詠まれる。「載」は『詩経』（大雅、生民）に「厥聲載路」[20]とあり、『詩経集傳』に「載、満也」[21]とあることから、一、二句では、天地は万物を覆い載せる如く、天皇の徳が日月のように万物を照らし、万物を覆うことをいう。三、四句において、それによって四方の国々が臣下として礼をつくすというのである。また紀麻呂の詩では、「恵氣」が四方の眺望の中に浮かび、「重光」が春の苑に満ちていると詠まれる。「重光」は『尚書』（顧命）に、「昔君文王・武王、宣重光」とあり、「日月の光の如き徳」の意である。このような「恵気」や「重光」が庭園いっぱいに満ちている中で、「式宴」が開かれたというのであり、天皇の徳は堯舜の十倍もあり、「皇恩」は万民を斉しくうるおすというのである。これらの詩から「侍宴」や「応詔」の場における光とは天皇の徳であり、その光に照らされるものすべてが天皇の徳を浴すこととなる。こうした「応詔詩」のあり方からすれば、家持の「明らむ」の語も、天皇が自身の徳によって「秋の花」を「照らす」意として捉えられよう。このことはまた、「物部の　八十伴の緒を撫で賜ひ　斉へ賜ひ　食国の　四方の人をも　遺さはず　恵み賜へば　古昔ゆ　無かりし瑞度まねく　申し給ひぬ　手拱きて　事無き御代と　天地　日月と共に　万代に　記し続がむぞ」と記される「徳治」の天皇像とも重なってこよう。「垂拱」する天皇は、自ら徳という光によって万物を照らすことにより、何もしなくても太平の世を実現することができる、有徳の大君として描かれたと考えられるのである。

このように考えると家持が選択した「秋の花」は、もちろん七月に帰京したことに鑑みるならば秋の肆宴にて披露することを前提に、秋の庭園の様を詠み込んだ可能性はあるだろう。しかし家持が「侍宴応詔歌」において、「秋の花」を詠む意義について、君臣の関係において天皇の恩徳の輝きによって、臣下（民）が潤されるという関係を見るならば、皇徳に照らされることにより見出された「秋の花」は、臣下たちの姿そのものであり、契沖が述べるように、天皇により見いだされた賢臣の姿であったと思われる。そこには家持が徳を万物に恵むという有徳の天皇像と、それを享受し、奉仕する臣下を描くことを意図したと考えられるのである。家持はこのような形で、偉大な天皇を寿ぐことこそが「侍宴応詔」の歌として相応しいと考えたのであろう。

第四節　おわりに

家持は懐かしい都への帰京にあたり、その路上で「興」により「預」め「応詔歌」を作った理由は、家持が求めたあるべき公宴の場を想定したからに違いない。そのあるべき公宴というのは、すぐれた天子のもとで太平の世がもたらされ、君臣が一体となって和楽し、「宸翰垂文、賢臣奉頌」という、『懐風藻』の序に描かれた近江朝のことであったといえる。その時代の大友皇子は公宴において、天皇の徳が日月の光のように万物を照らし、それによってすべての国は臣下としての義を表すと詠む。それは古のすぐれた君臣和楽の理想とすべき宴であった。家持はそうした理想の公宴を想定し、そこで詠むために準備をしたのは、皇祖からの「天の日嗣」を受けたすぐれた帝徳の御代への太平への喜びであり、そうした古への懐古の中に、偉大な天皇の姿が存在したのであった。この酒宴に天皇が「秋の花」に比喩された臣下の姿を「見る」という行為は、皇祖の行った国見という「見る」ことによって国を統治した古の天皇の偉業を再現することにあったのである。さらに、「秋の花」を「明め賜」うことにより酒宴が貴いというのは、賢臣を見出して、徳を施すというすぐれた有徳の天皇の姿への讃美であったということに他ならないであろう。

こうした君臣の秩序を明確にする政治教化としての応詔歌のあり方は、中国詩学を基盤とするものであり、日本文献においては『懐風藻』がその受け皿となったのである。家持は、こうした応詔の詩学を日本の「倭詩」である応詔歌として捉え直したのであり、ここに家持の〈歌学〉が見えてくるのではないだろうか。

【注】

1　土屋文明『万葉集私注』(筑摩書房)。

2　大濱眞幸「大伴家持作『依興預作侍宴応詔歌』のこころとことば」(『古代の歌と説話』研究叢書96、和泉書院、一九九〇年)。

3　辰巳正明「真の男らしさとは—民と天皇」『詩霊論』(笠間書院、二〇〇四年)。

4 尾崎暢殃「磐船」『大伴家持論攷』（笠間書院、一九七五年）。
5 鹿持雅澄『万葉集古義』（国書刊行会）。
6 書き下し文は日本古典文学大系『風土記』によった。
7 中西進「伝誦の作歌たち」『中西進万葉論集　第一巻　万葉集の比較文学的研究（上）』（講談社、一九九五年）。
8 『懐風藻　文華秀麗集　本朝文粋』（日本古典文学大系、岩波書店）による。以下同じ。
9 辰巳正明「近江朝文学史の課題」『万葉集と中国文学　第二』（笠間書院、一九九三年）。
10 辰巳正明「勅撰―政道と歌道について」『万葉集と比較詩学』（おうふう、一九九七年）。
11 辰巳正明「応詔」『万葉集と比較詩学』（おうふう、一九九七年）。
12 『続日本紀』（新日本古典文学大系、岩波書店）。書き下し文はこれによる、以下同じ。
13 加藤常賢『書経』（新釈漢文大系、明治書院）。
14 （注5）に同じ。
15 武田祐吉『万葉集全註釈』（角川書店）。
16 契沖『万葉代匠記』（『契沖全集』岩波書店）。
17 （注5）に同じ。
18 井上通泰『万葉集新考』（歌文珍書保存会）。
19 菊池威雄「天平の寿歌『預作侍宴応詔歌』」『天平の歌人　大伴家持』（新典社、二〇〇五年）。
20 石川忠久『詩経　上』（新釈漢文大系、明治書院）。
21 朱熹注『詩経集傳』（『四書五経』宋元人注、中国書店、一九八四年）。

第二章　応詔儲作歌における君臣像の特色とその意義

第一節　はじめに

大伴家持の歌に「詔に応へむが為に、儲けて作れる歌一首并せて短歌」(巻十九・四二六六〜四二六七)という作品がある。長反歌で構成されるこの歌には日付が付されていないが、前後の歌から天平勝宝四(七四二)年の三月から十一月の間の作であり、題詞には天皇の詔に応じることを想定して作歌したという事情が記されている。また家持が越中から帰京後まもなくの歌であり、帰京の帰路において「京に向かふ路の上にして、興に依りてかねて作れる侍宴応詔の歌」(巻十九・四二五四〜四二五五)という「応詔歌」があることから、当該歌と類似の目的を持って作歌したことが知られ、帰京後に宮中の宴に参列することを想定した気持ちの高揚が作歌契機になったと考えられる。[1]しかし家持独自の「儲作」と記された題詞は、感興を催して作歌に到ったというような偶然によるものではなく、行幸、肆宴、応詔など公的な場に限定されていることから、宮中における晴れの場を想定し、それに相応しい作品を目指していたものと思われる。

従来当該歌は、人麻呂以来の伝統的な天皇讃歌の枠組みの中で捉える傾向にあるが、ここでの「豊の宴」の様子は、天皇に対する臣下の奉仕が中心に描かれ、宴の主催者である天皇に関しては、豊の宴の様子をご覧になるという表現にとどまるところに特徴がある。天皇の偉業を語る讃歌が多い中で、当該歌の特異性がここにあると思われる。本章では、「豊の宴」における「応詔歌」の意義を明らかにし、当該歌において臣下が奉仕する姿に着目することによって、当該歌の君臣像の特徴を明らかにしてゆきたい。

第二節　当該歌の方法と位置付け

家持の応詔儲作歌は、次のように詠まれている。

詔に応へむが為に、儲けて作れる歌一首并せて短歌

あしひきの　八峰の上の　樛の木の　いや継々に　松が根の　絶ゆること無く　あをによし　奈良の都に
万代に　国知らさむと　やすみしし　わご大君の　神ながら　思ほしめして　豊の宴　見す今日の日は　物
部の　八十伴の緒の　島山に　明かる橘　髻華に刺し　紐解き放けて　千年寿き　寿きとよもし　ゑらゑら
に　仕へ奉るを　見るが貴さ　（巻十九・四二六六）

反歌一首

天皇の御代万代にかくしこそ見し明めめ立つ毎年に　（同・四二六七）

右の二首は、大伴宿禰家持作れり。

冒頭の「あしひきの」から「思ほしめして」までで、天皇が奈良の都で絶えることなく国を治めようと思ったことを述べている。さらに「万代に国知らさむと」というように、天皇は万代までも国を治めることのために豊の宴をご覧になると詠む。当該歌の表記にある「豊宴」の語は『万葉集』において他に見られないが、『日本書紀』に「豊明」の表記が二例、『続日本紀』に「豊明（豊能明）」が二例(2)、「豊楽」が二例見られ、いずれも大嘗会、新嘗会の宴席を指す。また天皇臨席の宴については、一般に「肆宴」という表記があり、「豊の宴」と同様に「トヨノアカリ」と訓まれている(3)。「豊の宴（豊明・豊楽）」と「肆宴」との関係について梶川信行氏は、「豊の宴」が肆宴の中の一つで、新嘗会に限定した宴であると述べる(4)。そこでまず、大嘗会、新嘗会を含む、天皇臨席の場に着目して肆宴の歌の特徴について概観しておきたい。

『万葉集』には十四例の肆宴の記事があり(5)、その初出は、斉明期の額田王の作（巻一・七）である。左注に、紀曰として、天皇が吉野に行幸した際に肆宴が行われたことが記されているが、歌の場との関係は不明である。これを除く十三例の題詞及び左注の中で、肆宴の歌が成立する状況を窺い知る記事が見られる。

水鳥の鴨羽の色の青馬を今日見る人は限無しといふ　（巻二十・四四九四）

右の一首は、七日の侍宴の為に、右中弁大伴宿禰家持、かねてこの歌を作れり。ただ仁王会の事に依り、却りて六日を以ちて、内裏に諸王卿等を召して酒を賜ひ肆宴し、禄を給ひき。これに因りて奏さざりき。

六日に、内の庭に仮に樹木を植ゑ、以ちて林帷と作して肆宴せる歌一首

うちなびく春ともしるくうぐひすは植木の木間を鳴き渡らなむ　（巻二十・四四九五）

右の一首は、右中弁大伴宿禰家持　奏さず

四四九四番歌は、家持が七日の青馬節会の侍宴のためにあらかじめ歌を作っていたが、その日は仁王会であったので六日に肆宴だけが行われ、その為に奏上しなかったとあり、四四九五番歌は四四九四番歌に関わり、六日のために作歌したが奏上しなかったことが記されている。四四九四番歌では、水鳥の鴨の羽色のような青馬を今日見る人は無限の寿を得る、という節会を言寿ぐ内容である。そして四四九五番歌では、題詞に「内の庭に仮に樹木を植ゑ、以ちて林帷と作」すという庭のしつらえが示されているように、歌の内容はその風景に沿って、植木の小間を鳴き渡る鶯が詠まれている。左注の「不奏」については、伊藤博氏が「あらかじめ歌を用意したのだが、参加できず発表の機会がなかったことを意味する」(6)と指摘するように、肆宴の場で奏上する歌をその都度あらかじめ準備していたことが認められ、肆宴には、その場に相応しい歌が求められていたと考えられる。また、当該歌と同様に肆宴と応詔とが一体となった例として、

十八年の正月に、白雪多に降りて、地に積むこと数寸なりき。時に、左大臣橘卿、大納言藤原豊成朝臣と諸王臣等とを率て、太上天皇の御在所（中宮の西院）に参入りて、掃雪に供へ奉りき。ここに詔を降して、大臣参議と諸王とは、大殿の上に侍はしめ、諸卿大夫は南の細殿に侍はしめたまひて、すなはち酒を賜ひて肆宴したまふ。勅して曰はく「汝諸王卿等、聊かにこの雪を賦して各〻その歌を奏せ」とのりたまふ。

（巻十七・三九二二〜二六）

二十五日に、新嘗会の肆宴に、詔に応へたる歌六首

（巻十九・四二七三〜七八）

二年の春正月三日に、侍従・竪子・王臣等を召して、内裏の東の屋の垣下に侍はしめ、即ち玉箒を賜ひて肆宴しき。時に内相藤原朝臣勅を奉りて、宣はく「諸王卿等、堪ふるまにま、意に任せて、歌を作り并せて詩を賦め」とのりたまへり。仍りて詔旨に応へ、各〻心緒を陳べて歌を作り詩を賦めり。〔いまだ諸人の賦める詩と作れる歌とを得ず〕

（巻二十・四四九三）

の三例がある。三九二二〜三九二六番歌は正月の雪掃きの奉仕にあたり、橘卿が多くの王や廷臣を伴い元正太上天皇の御殿に参上し酒宴を賜った時に、天皇が「この雪を題として各自白雪の歌を申せ」と詔したことが記されている。四二七三〜四二七八番歌は新嘗会の時の肆宴の際の応詔歌であり、四四九三番歌は正月三日に侍従・竪子・王臣等を内裏の東の対屋の「垣下」に侍らせて玉箒を下賜し、肆宴が開かれたときに、仲麻呂が天皇の詔を賜って「歌を作り詩を賦せ」と臣下に伝え、各自が詔に応えた事情が記されている。雪掃の際の肆宴と玉箒下賜の際の肆宴とではその詔の内容が示されており、天皇の詔に応える応詔の歌が必要とされたことが窺える。

そこで具体的にはどのような歌が奏上されたかについて、事情が詳細に記されている二群を取り上げて見ておきたい。

左大臣橘宿禰の、詔に応へたる歌一首

(ア)降る雪の白髪までに大君に仕へまつれば貴くもあるか　（巻十七・三九二二）

紀朝臣清人の、詔に応へたる歌一首

(イ)天の下すでに覆ひて降る雪の光を見れば貴くもあるか　（同・三九二三）

紀朝臣男梶の、詔に応へたる歌一首

(ウ)山の峡其処とも見えず一昨日も昨日も今日も雪の降れれば　(同・三九二四)

葛井連諸会の、詔に応へたる歌一首

(エ)新しき年のはじめに豊の年しるすとならし雪の降れるは　(同・三九二五)

大伴宿禰家持の、詔に応へたる歌一首

(オ)大宮の内にも外にも光るまで降れる白雪見れど飽かぬかも　(同・三九二六)

(ア)は、雪のように白髪になるまで、末永く大君に仕えることが貴いという。(イ)は、(ア)の「貴くもあるか」を受けて、天の下を覆っている雪の光が貴いといい、天下を覆う雪の光に天皇の徳が広大であることを重ねているのである。(ウ)では、山の峡が見えないほどにずっと雪が降り続いているといい、この降り続く雪に、天皇の大いなる徳を託している。(エ)は、雪が降るのは豊年の瑞祥であるといい、そして(オ)では、大宮の内外にも光り輝くように降った雪は見飽きることがないという。雪は特別な瑞祥という考えのもとに、それを天皇の皇徳と一体化させて讃美するのであり、その天皇の深い徳により臣下たちは奉仕することを誓うのである。また玉箒の際の歌は、次のように詠まれている。

初春の初子の今日の玉箒手に執るからにゆらく玉の緒　(巻二十・四四九三)

正月初めの子の日の今日、賜った玉箒を手に取ると、玉がゆれて音を立てるというように、玉箒の下賜に沿った内容が詠まれる。玉箒は后妃親蚕を象ったもので、延命長寿を意味するが、早くに契沖が「箒は塵をきよむるものなれは、忠貞をもて心をきよむへきことを表して賜へるか」(7)というように、「ゆらく玉の緒」には、魂振りという生命活性の意味の他に、天皇に奉仕する臣下の姿が寓喩されていたと考えることが可能であろう。

このように肆宴における応詔の場には、その場に相応しい素材をもって、天皇を言寿ぎ、臣下の奉仕を詠むことを、要請されていたことが窺えるのである。しかし当該歌における八十伴の緒たちは、「寿きとよもし」「仕へ奉る」と言寿ぎ、奉仕の辞が述べられているものの、その様子は「紐解き放けて」「ゑらゑらに」に表されるように、酒宴に興じている姿が詠まれるのであり、他の肆宴の歌のあり方とは、違いがあるように見える。

ここで『万葉集』から離れ、目を転じて見ると、『古事記』の次の歌謡が参考となるだろう。

百石城の　大宮人は　鶉鳥　領巾取り懸けて　鶺鴒　尾行き合へ　庭雀　群集り居て　今日もかも　酒水漬くらし　高光る　日の宮人　事の　語り言も　是をば(8)
(記一〇一番歌謡)

この歌謡は、雄略天皇が泊瀬の百枝槻の下で「豊楽」をしたときの歌三首の中の一首であり、雄略天皇自身が歌ったとされる。この歌謡は、大宮人たちが「酒漬く」様子を詠んだもので、鶉鳥は領巾をかける女性に、鶺鴒は裾を引いて歩く官人に、庭雀の群れは宴席に多くの大宮人たちが集まる様子に喩えられたもので、このような多くの大宮人たちを、「高光る　日の宮人」ということで、大勢の人々が賑わう様子を讃美の対象としている。このような大宮人たちの歓楽の様子を讃美する形式について、森朝男氏が「聖空間の外側から称え言寿ぐことを通して、実はその聖空間を言寿ぐ」(9)ことを指摘し、周縁部である可視的な大宮人を通して、内部の天皇を言寿ぐという構造を示し、不特定多数の奉仕集団を第三者的に叙述することが天皇祝賀につながる（同上）と指摘したことは重要である。

当該歌において、国を統治するために「八十伴の緒」たちが楽しむ「豊の宴」をご覧になるという天皇の第三者的視点による作歌方法は、このような天皇寿歌の詠法の枠組みにおいて理解されるべきであろう。まさしくこうした盛大な酒宴を開催するところに、天皇の豊かな徳が示されるという家持の理解があったと考えられるのである。

第三節　豊の宴と臣下像

天皇の催す宴に献呈された詩歌には、天皇の徳があまねく行き渡り、臣下たちはその徳に浴することで君臣の和楽が実現された喜びを詠むところに本旨がある。従って家持の応詔歌においても、皇徳を享受する臣下の姿が表れていると見て良いであろう。

家持は「豊の宴」に侍る「八十伴の緒」の姿として「島山に明る橘」をうずとして挿し、「紐解き放けて」「ゑらゑらに仕へ奉る」と詠む。これらの表現は従来の応詔歌としては異質な要素であり、そこには家持が理想とする独自の君臣像が表現されていると思われる。

まず「紐を解く」という表現は『万葉集』においては歌語化され、七夕歌をも含めた恋歌において、男女が逢瀬を約束するという習俗のもとに詠まれる。一方で、万葉後期には男同士の贈答にも用いられており、いずれも家持が関わっている。

(カ)天離る鄙に月経ぬしかれども結ひてし紐を解きも開けなくに　(巻十七・三九四八)
右の二首は、守大伴宿禰家持の作
(キ)天離る鄙にあるわれをうたがたも紐解き放けて思ほすらめや　(同・三九四九)
右の一首は、掾大伴宿禰池主
(ク)家にして結ひてし紐を解き放けず思ふ心を誰か知らむも　(同・三九五〇)
右の一首は、守大伴宿禰家持
(ケ)高円の尾花吹き越す秋風に紐解き開けな直ならずとも　(巻二十・四二九五)
右の一首は、左京少進大伴宿禰池主
(コ)ほととぎすかけつつ君が松蔭に紐解き放くる月近づきぬ　(同・四四六四)
右の五首は、二十日に、大伴宿禰家持、興に依りて作れり。

(カ)(キ)(ク)は八月七日の夜に越中の家持宅において詠まれた宴席歌であり、都に残してきた恋しい妻が結んでくれた紐をめぐり、宴に集う者たち同士が紐を解いて友情を交わすことが詠まれる。(ケ)は天平勝宝五年の八月十二日に、二、三の大夫等が、各々壺酒を提げて高円の野に登り、所心を述べた三首の中の一首で、高円の尾花を吹き過ぎる風によって、妻の手でなくとも紐を解こうと詠まれ、雁の音や秋萩、おみなへし、鹿という秋の風物を賞でる宴が開かれている。また(コ)は天平勝宝八歳の太上天皇たちの難波行幸の折の歌で、霍公鳥の鳴く月が近づいたので「松蔭」によって紐を解くといい、これも前歌群と同様に季節の風物を賞でるために集った人々の宴であり、その友人関係の中で、「紐を解く」というのである。(カ)(キ)(ク)の歌群に見える「紐解く」について、辰巳正明氏は、

『初学記』「交友」の《解帯》を暗示するものであり、妻の結んだ紐を解き放ち、同心の男同士が身分差を離れて対等にくつろぐことを意図したものである。それは《開襟》と等しく交友の方法であったからである。(10)

という。男女関係における「紐解く」の解釈から離れ、男同士の「紐解く」を中国文人たちの「解帯」「開襟」と同レベルの表現として理解し、寛ぎ遊ぶ交友の表現と位置づけたことは注目される。君臣関係における「紐解く」の表現は、当該歌以外にみることはできないのだが、しかし心を同じくした者同士が身分差を越えて寛ぎ遊ぶという「交友」の関係は、皇徳により実現した太平の世の、天皇と臣下との関係として敷衍されたのである。

その寛ぎ遊ぶ様子の具体的表現が、「ゐらゐらに」という奉仕の姿であろう。「ゐらゐらに」の語は孤例であり、上代文献においても完全に一致する語を見いだすことはできないことから、家持の創造した畳語表現の可能性が考えられる。蜂矢真郷氏は上代の畳語表現について、「形状言（形容詞）」には、一つは形容詞語幹を重複した「たかたかに」「あらたあらたに」「なほなほに」など、二つは副詞の「つばら（か）に」「ゆくら（か）に」「うららかに」「はろかに」などの語幹を重複した「つばらつばらに」「ゆくらゆくらに」「うらうらに」「はろはろに」など、三つに「動詞」＋「や」を重複した「くるやくるやに」など、四つに「名詞」＋「ら」を重複した「うつ

「らうつら」など、五つに擬声語を重複した「かくがく」「ここ」「とどと」「ひひ」「びしびしに」「さゐさゐ」「さゑさゑ」「さやさや」「さわさわに」など、六つに擬態語を重複した「すくすくと」「たしだしに」「こをろこをろに」「とをとをに」「ほどろほどろに」などがあるとする。(11) 蜂矢氏は「ゑらゑらに」について言及していないが、「形状言」の語構成から考えると、「ゑら」という擬音ないし擬態語を語根とし形成された語であることが推測される。そのような「ゑら」が根となる語に「ゑら＋く」の語を見いだすことができ、この「ゑらく」が『続日本紀』に見える大嘗祭及び新嘗祭の宣命に表われていることに注目される。

A今勅りたまはく、今日は大新嘗のなほらひの豊明聞し行す日に在り。然るに此の遍の常より別に在る故は、朕は仏の御弟子として菩薩の戒を受け賜はりて在り。此に依りて上つ方は三宝に供奉り、次には天社・国社の神等をもゐやびまつり、次には供奉る親王たち臣たち百官の人等、天下の人民諸を慈み賜ひ慈び賜はむと念ひてなも還りて復天下を治め賜ふ。故、汝等も安らけくおだひに侍りて、由紀・須伎二国の献れる黒紀・白紀の御酒を赤丹のほにたまへゑらき『恵良伎』常も賜ふ酒幣の物を賜はり以て退れとしてなも御物賜はくと宣りたまふ。

（称徳天皇、天平神護元年十一月、宣命第三十八詔）

B今勅りたまはく、今日は新嘗のなほらひの豊の明聞こしめす日に在り。然るに昨日の冬至の日に、天雨りて地も潤ひ、万物も萌みもえ始めて、好かるらむと念ふに、伊与国より白き祥の鹿を献奉りて在れば、うれしよろこぼしとなも見る。復三つの善事の同じ時に集りて在ること、甚希有しと念ひ畏まり尊み、諸臣等と共に異に奇しく麗しく白き形をなも見喜ぶる。故、是を以て、黒記白記の御酒たまへゑらき『恵良伎』、常も賜ふ酒幣の物賜はれとして御物給はくと宣る。

（称徳天皇、神護景雲三年十一月、宣命第四十六詔）(12)

A、B共に「恵良伎」と表記して、「ゑらき」と訓み、「ゑらく」の連用形であると考えられる。Aは、称徳天皇が出家したことにより、仏に仕える身でありながら復位に至ったことを述べる内容であり、通常の大嘗祭と異なることにより詔が下された例である。この「赤丹のほにたまへゑらき」については「顔色が赤くなるまでに酒を飲んで楽しむ。タマへは飲食物を頂く意味の動詞。ヱラキは笑い楽しむこと」(13)とされている。Bは今日の豊の宴と、昨日雨が降って地が潤ったことと、伊予の国から白鹿が献上されたことの三つの喜びを諸臣達と共に祝うという内容の詔であり、通例の豊の宴よりさらに盛大に行うべきことが宣命として述べられるのである。またA、Bでは新嘗における豊の宴の次第について、神に捧げた黒酒・白酒をいただいて、「ゑらく」こと、酒幣の物を賜ることなど、ある程度の共通点が認められ、後世の『貞観儀式』や『日本三代実録』の大嘗・新嘗祭儀の宣命にも次のように見られる。

今日波大嘗乃直会乃豊楽聞食日尓在。故是以黒岐白岐御酒、赤丹乃穂尓食恵良岐罷止為氏奈毛常毛賜御物賜久止宣。

(『貞観儀式』践祚大嘗祭儀下、儀式四)(14)


今日波新嘗乃直相乃豊楽聞食日尓在。故是以豊黒岐白伎乃御酒赤丹乃穂食恵良伎退止為天奈毛常毛賜御物賜波久止宣。

(『貞観儀式』新嘗祭儀、儀式五)


天皇我大命良万止大命乎諸衆聞食止宣。今日波大嘗會乃直相乃豊樂畢日仁在。是以黒支白支乃御酒。赤丹穂尓食恵良支罷止爲天奈毛。常毛賜酒乃幣乃御物賜久止宣。

(『日本三代実録』光孝天皇、元慶八年十一廿五日条)(15)

ここで重要なことは、「赤丹乃穂尓食恵良岐」「赤丹乃穂食恵良伎」「赤丹穂尓食恵良支」などのように、黒酒、白酒を以って酒に酔い楽しむことがことさら明記されることである。これは「豊の宴」における「ゑらく」の重要性を物語るものであろう。A、Bの内容から、酒を飲んで楽しむ様子を「ゑらく」といったと思われ、そうした和語が存在したものと推測できる。

さらに「ゑらく」の意味を示唆するものに、『日本書紀』に次のような例が見られる。

(C)又猨女君が遠祖天鈿女命、則ち手に茅纏の矟を持ち、天石窟戸の前に立ち、巧に俳優を作す。亦天香山の真坂樹を以ちて鬘とし、蘿を以ちて蘿、此には比舸礙と云ふ。手繦として、手繦、此には多須枳と云ふ。火処焼き、覆槽置せ、覆槽、此には于該と云ふ。顕神明之憑談す。顕神明之憑談、此には歌牟鵝可梨と云ふ。是の時に天照大神聞しめして曰はく、「吾、比石窟に閉居り、豊葦原中国は必ず長夜為くらむと謂へるを、云何ぞ天鈿女命は如此嘘楽《えら》くや」とのたまひ、乃ち御手を以ちて細めに磐戸を開けて窺ひたまふ。時に手力雄神、則ち天照大神の手を承け奉り、引きて出し奉る。

（巻第一、神代上第七段正文）

(D)天皇、跪礼ひて受けたまひて曰はく、「善きかも、鄙人の所云『心を相知るを貴ぶ』といふは、此の謂か」[16]とのたまふ。皇太后、天皇の悦びたまふを視して、觀喜き懐に盈ちます。

（巻第十四、雄略天皇二年十月条）

(C)は天照大神が天石窟戸に隠った時、天鈿女命が真坂樹を鬘にし、蘿を襷にして火処を焼き桶の底を叩いて神懸りする様子であり、天照大神が天鈿女命に対してどうしてこのように「嘘樂」のかと言う発話文の中に表れている。「嘘樂」を「ヱラ」と訓むことは、早くは兼右本で確認され[17]、「嘘」の語について中国古字典の『玉篇』には「噱」と同じとし、「噱、嗢噱也」とある。[18] また『説文解字』には「噱、大笑也」とあり、[19] さらに『広韻』には「嗢噱、笑不止」とある。[20] つまり「嘘楽」と表記する「ゑらく」とは、楽しみ笑い続ける様子を指す語であるといえる。一方地の文において、天鈿女命の様子は「顯神明之憑談」と記されており、明神の真意を知り、憑依して、言葉を口走る様子、つまり「カムガカリ」することが、天照大神の目には「嘘楽」く状態に見えたということである。次に(D)の雄略天皇条の記事は、天皇が宍人部を設ける話を臣下達にするが、臣下達はその真情を理解することができなかったため天皇が怒った時、皇太后は天皇の真意をくみ取ることができ、天皇も皇太后も喜んだという場面を「觀喜盈懷」と表すように、喜びを見てそれが心に満ちることを指し、これを兼右本では「ゑらぎます」と訓んでいる。[21]

このように、「ゑらく」によって表される笑いとは、(C)では、明神と天鈿女命との関係において神と巫女が一体となり、共鳴した状態が「ゑらく」ように見えたのであり、(D)では、天皇と皇太后との関係において、真意が通じることにより生じた笑いであると理解されよう。つまり「ゑらく」とは、相手の意志を共有することに起因した笑いの行為として読み取るべきであろう。したがって新嘗会の豊の宴においてことさら「ゑらく」こと、つまり酒に酔い楽しむことが明記される理由としては、新嘗会において神と天皇が食した酒を君臣に分かち合うことによって、神と天皇とがその年に収穫された新穀や新酒をもって共に饗宴し祝う姿を、天皇と臣下との和楽した関係に敷衍したものだといえる。

このようなことから、「ゑらゑらに仕へ奉る」の表現は、天皇と一体になって神の酒を笑い楽しむという、新嘗会における「豊の宴」の理念の中に、君臣の心が一体となる像を求めたのであり、そのような臣下の心をもって天皇に奉仕する姿を描いたといえよう。換言すれば、宴を外から見ている筈の天皇の存在をも、宴において形成される共同体の世界に取りこんだのである。その上で天皇が施す徳を享受することによって、臣下たちが喜び楽しむ姿こそが「紐解き放け」「ゑらゑらに仕へ奉る」という表現になったのである。これこそが君臣が一体となったことの具象的表現であるといえよう。

第四節　「島山に明かる橘」と新嘗会

続いて、もう一つの臣下の姿として「島山に明かる橘をうずに挿」した出で立ちが詠まれる。この語は、「二十五日に、新嘗会の肆宴に、詔に応へたる歌」（巻十九・四二七三～四二七八）の歌群の中の、藤原八束の歌にほぼ同句が用いられている。この点はすでに指摘されているが、家持歌が新嘗会の豊の宴を想定していたと考えるならば当然であろう。ここでは、新嘗会の応詔の場における、島山の橘をうずに刺すことと天皇に奉仕する臣下の姿とは、どのような関係を持つのかについて考えてみたい。応詔歌は次のように詠まれる。

二十五日に、新嘗会の肆宴に、詔に応へたる歌六首

(サ)天地とあひ栄えむと大宮を仕へまつれば貴く嬉しき　（巻十九・四二七三）

右の一首は、大納言巨勢朝臣

(シ)天にはも五百つ綱延ふ万代に国知らさむと五百つ綱延ふ〔古歌に似ていまだ詳らかならず〕　（同・四二七四）

右の一首は、式部卿石川年足朝臣

(ス)天地と久しきまでに万代に仕へまつらむ黒酒白酒を　（同・四二七五）

右の一首は、従三位文室智努真人

(セ)島山に照れる橘髻華に插し仕へまつるは卿大夫たち　　（同・四二七六）

右の一首は、右大弁藤原八束朝臣

(ソ)袖垂れていざわが苑に鶯の木伝ひ散らす梅の花見に　　（同・四二七七）

右の一首は、大和国の守藤原永手朝臣

(タ)あしひきの山下日蔭蘰ける上にやさらに梅をしのはむ　　（同・四二七八）

右の一首は、少納言大伴宿禰家持

橘については『続日本紀』や『万葉集』に橘氏賜姓の際の肆宴において、それが永遠に枯れることがない木であるという理由から橘姓を下賜したという記述が載る。また記紀には「登岐士玖能迦玖能木實（非時香菓）」といわれ、田道間守が常世の国へ取りに行く伝承を載せている。近藤信義氏はこのような伝承を持つ「橘」が新嘗会に見られることの意義について、「田道間守の如き忠誠を表わすところの臣下のシンボル(22)」と指摘している。またこのような橘を「うずに挿す」行為については、平舘英子氏に詳細な論がある。氏によると、「うず」が「髻華」や「鈿」などの装飾的な儀礼性の面を強めたことに着目して、(23)「『うずにさす』が神（天皇）に奉仕する卿達の描写である(24)」と指摘したことは示唆に富む見解である。当該歌が、豊の宴という直会の場であることからしてみれば、橘をうずに挿すという装いは、実に相応しいものであったのではないだろうか。

ところで、新嘗会の肆宴において、このような橘をうずに挿す装いを詠むことの意味はいかなるものだろうか。廣岡義隆氏は、歌群の構成に関する(5)の意義について、この歌の世界はもう新嘗の祭事には直接関はらない宴そのものの姿の様である。やはり儀礼宴席歌ではあるが、新嘗の場を晴といふなら、この歌の世界は褻に近い。褻とは云つても貴族官人のそれで、当時の雅意識の色濃い花鳥歌の世界である。この花鳥歌の世界を導いたのは④『筆者注㋝』歌の「嶋山」の語であらう。④『同上㋝』歌の「嶋山」が契機となつて、⑤『同上㋞』歌の「褻」「鶯」「木傳ひ」が導かれ又「梅」が展開されたと見てよい。(25)

のように論じ、㋝の「島山」の語を庭園の風景として位置づけ、この歌を契機として天皇を言寿ぐ内容が儀礼の場から宴の場へ展開した（同上）というのであり、重要な指摘であると思われる。

『万葉集』における「島山」の語は、当該の家持歌と右の八束の歌以外すべてが、実景もしくは特定の地を指すことから、肆宴における「島山」とはそのような風景を写し取り造形された庭園と言ってよいだろう。また橘をうずに挿すことについては、新嘗会の装束に日陰かづらが見えることから、(26)儀式の場から離れた宴席の場を想定しているといってよい。そこで㋚〜㋟の応詔歌から八束の歌は次のように考えられる。㋚は、天皇が天地と共に栄えることを願って大宮にお仕えすることは貴くうれしいことだといい、㋛は、㋚の「天地と相栄えむ」という永遠の繁栄を願い、万代に渡って国を治めるために綱を張るという。㋜は、㋚㋛の内容を受けて万代にわたり黒酒白酒を捧げて、お仕えしようと詠う。㋚〜㋜にそれぞれ「大宮」「五百つ綱」「黒酒白酒」などのように新嘗の儀礼に即した内容を詠み込むのは、新嘗会が万代にも続くことで、天皇の徳を享受した臣下が、永遠に仕えるという理想の関係が実現されるからに違いない。続く㋝の「仕えまつる」は、㋜の語句を引き継いだ形を取っているが、(サ)(ス)の「仕えまつる」が新嘗祭の神事に仕える意味に対して、(セ)は豊の宴であることを考えると、この「仕へ奉る」は直接天皇に対してであろう。「橘をうずに刺」すことが永遠の奉仕を象徴することによって、(サ)～(ス)における万代にわたる神事への奉仕が詠まれ、それはまた豊の宴の場へと転化されるのだといえる。次の(ソ)の「袖垂れて」は「垂衣拱手」を和語に捉え直した表現であり[27]、無為の天皇の御代を讃め、それゆえに梅を見に来てくださいと、共に宴を楽しむ君臣の和楽した姿を詠んでいるのである。さらに(タ)は、山下日陰を髪に飾った上でさらに梅を愛でようというのは、儀礼の場に加えて宴席においても天皇の徳を言寿ぐ、(サ)～(ソ)をまとめ上げた歌であると理解される。こうしたことから(セ)の八束の歌は、島山に明る橘をうずとする臣下の姿を描くことで、天皇への永遠なる奉仕を誓うのであり、ここでも君臣の理念を表現しているのだと考えられる。

このことから家持の応詔歌に立ち戻ってみると、国を統治しようという天皇の願いに対して、臣下が島山に明る橘をうずとして挿すのは、橘の永遠性、すなわち天皇の永遠性と一体化された、臣下による永遠の奉仕を象徴する表現なのである。従って反歌において、天皇の御代万代までも宴を催し、天皇はお心を晴らされるだろうと詠うのも、「豊の宴」こそが、あるべき君臣の和楽の姿だということに思いを致したからに違いない。

第五節　おわりに

この作品の題詞には「詔に応へむが為に、儲けて作れる歌」とあり、「あらかじめ作る」という方法によって詠まれた応詔歌である。有徳の天皇の登場は、君臣の和楽を可能とすること、それを応詔の歌を以て詠むことが歌人としての務めであると考えたのが儲作歌の成立した理由である。その表現方法の特徴とは、豊の宴を周縁から見つめる第三者的な天皇寿歌の手法を用いて、神と天皇との饗宴の本義を、君臣の「豊の宴」へと重ね、宴においてて酔い楽しむ太平の世の臣下の姿として捉え直したことにある。その上で臣下が天皇に奉仕する様子を「紐を解き放け」「ゑらゑらに仕へ奉る」という表現によって、皇徳によって実現された太平の世を喜び楽しむ姿を描き、このような臣下の様子を理想の姿としたのである。さらに万代にわたり「豊の宴」が催され、永遠に奉仕する臣下たちの姿が象徴化されたのが、「島山に明る橘をうずに挿」した姿であったということである。「応詔」の場における詩歌は、詩歌を以て天皇を言寿ぐことにあるが、その方法として臣下側から君臣の秩序を明確にし、天皇の徳の表出と、それを享受する臣下という構造を宴の場に現出することにある。

家持はこの理解の上で君臣が一体となり、天皇が皇徳を万民に潤し、臣下が太平の世を喜んで、永遠に奉仕し続けるという理想的な君臣一体の像を歌人の立場で歌うところに、家持の応詔歌の理解があったのだと考える。

【注】

1 本書第三部第一章で、応詔歌の文学理念について、詩歌による国家秩序の形成という六朝詩学が根底にあることを論じた。

2 二例の他に、「輕嶋豊明宮馭宇天皇御世」、「輕嶋豊明朝御宇應神天皇」の天皇名の表記がある。

3 「肆宴」の語は兼右本以下の諸本にて、「トヨノアカリ」「トヨノアカリキコシメス」と訓まれている。

4 梶川信行「新嘗会肆宴歌群とその周辺―作歌環境としての平城宮」『万葉人の表現とその環境』（日本大学文理学部叢書、二〇〇一年）。

5 『万葉集』における「肆宴」の語は、巻一・七左注、巻六・一〇〇九～一〇一〇左注、巻八・一六三八左注、巻八・一六五〇題詞、巻十七・三九二二～二六題詞、巻十八・四〇五八～四〇六〇左注、巻十九・四二六九～七二題詞、巻十九・四二七三〜七八題詞、巻二十・四三〇一題詞、巻二十・四四五二〜四四五三題詞、巻二十・四四八六〜八七題詞、巻二十・四四九三題詞、巻二十・四四九四左注、巻二十・四四九五題詞に見られる。
6 伊藤博『万葉集釈注』（集英社）。
7 契沖『万葉代匠記』（初稿本）（『契沖全集』岩波書店）。
8 山口佳紀・神野志隆光『古事記』（新編日本古典文学全集、小学館）による。以下同じ。
9 森朝男「景としての大宮人」（『古代和歌の成立』（勉誠社、一九九三年）。
10 辰巳正明「交友論(3)—家持と池主の贈答歌（続）」『万葉集と比較詩学』（おうふう、一九九七年）。
11 蜂矢真郷「形状言の重複」「重複情態副詞と重複形容動詞」『国語重複語の語構成論的研究』（塙書房、一九九八年）。
12 『続日本紀』（新日本古典文学大系、岩波書店）による。
13 （注12）の補注による。
14 「貞観儀式」（践祚大嘗祭儀下、新嘗祭儀）伴信友本（藤井貞文作製、一九七六年）。
15 「日本三代実録」（『新訂増補普及版　国史大系』吉川弘文館、一九七八年）。
16 『日本書紀』（日本古典文学大系、岩波書店）による。以下同じ。
17 「日本書紀」兼右本（天理図書館善本叢書和書之部、天理図書館善本叢書和書之部編集委員会編、一九八三年）。
18 日本古典文学大系『日本書紀』は中国古字典類を指摘する。『大廣益會玉篇』（中華書局）による。
19 『説文解字附検字』（中華書局）による。
20 『校正底本廣韻』（芸文印書館）による。
21 （注17）に同じ。
22 近藤信義「〈宴〉の主題と歌」『万葉遊宴』（若草書房、二〇〇三年）。
23 「日本書紀」の記事に、「唯元日着髻花」（「推古紀」冠位十二階制定）、「悉以金髻花着頭」（「推古紀」唐客入京時の装束）、「各着髻花」（「推古紀」薬猟の装束）、「其冠之背、張漆羅、以縁与鈿」（「孝徳紀」冠位十三階の制定）など儀礼の際の装束に用いられる。

24　平舘英子「触れられる自然」『萬葉集の主題と意匠』（塙書房、一九九八年）。
25　廣岡義隆「万葉・新嘗会群考」『松田好夫先生追悼論文集　万葉学論攷』美夫君志会（続群書類従完成会、一九九〇年）所収。
26　『大嘗会図式』に日陰かづらが儀式の礼装として記されていることを、廣岡氏（注25）が指摘する。
27　契沖『代匠記』が『尚書』（武成）に「垂拱而天下治」を指摘する。また『懐風藻』にも「垂拱端坐惜歳暮」（詩番二十二）とある。家持の「侍宴応詔歌」（十九・四二五四）の「手拱きて」について、辰巳正明氏は「垂拱というのは手を拱いて何もしないことを指し、何もしなくても天下がよく治まること」と述べる（「民と天皇」『詩霊論』笠間書院、二〇〇四年）。

第三章　家持歌における「皇神祖」の御代

――「青き蓋」をめぐって――

第一節　はじめに

『万葉集』の巻十九には、僧恵行と家持との次のような贈答歌がある。

攀ぢ折れる保宝葉を見たる歌二首

講師僧恵行

わが背子が捧げて持てるほほがしはあたかも似るか青き蓋　（巻十九・四二〇四）

守大伴宿禰家持

皇神祖の遠御代御代はい布き折り酒飲みきといふそこのほほがしは　（同・四二〇五）

この歌は四一九九番歌から続く天平勝宝三（七五〇）年四月十二日の布勢の遊覧の際の宴席歌と、布勢から国庁への帰路の際の四二〇六番歌との間に位置していることから、布勢の遊覧の際の宴席の場で詠まれたものと思われる。しかし多くの注釈書は、この贈答歌に関して単独で解釈する傾向にある。歌は家持が攀じ折った保宝葉を捧げ持った姿を見て、貴人が青い衣笠を差しているようだと、家持の気品溢れる姿を恵行が讃美する内容に対して、この保宝葉は皇祖神（当該歌の表記は「皇神祖」であるが、本章ではより一般的な表記として「皇祖神」を用いる）が折りたたんで酒を飲んだ葉であると家持が返していることから、贈答歌としてはその対応関係が不明瞭であり、贈答歌としての関連性が希薄であるように見える。この点に関して恵行の歌に対する家持の歌の意義については、伊藤博氏の「ほおがしわは遠く古き御代御代に御酒の具とされたもの、そんな貴く聖なる物に譬えられてはと、恵行の歌の意を軽く逸して詠み返した」[1]という言に代表されるように、恵行の称賛の辞を逸らした歌であるという見解が一般的である。一方では、皇祖神を詠んだ点に関して窪田空穂は、「復古精神」によるものと指摘している[2]。たしかに家持には古の天皇を指す皇祖神を詠む歌が多く見られ、皇祖神を通して、現天皇を称賛する姿勢が見て取れる。この点から、当該の皇祖神にも現天皇を意識していることが考えられる。

しかし、現天皇への讃美の歌と捉えることが可能だとしても、依然として恵行の「保宝葉」を通した家持への讃美の歌に対して、なぜ皇祖神をうたったのかという点については問題が残っているように思われる。当該の贈答における歌のテーマは「保宝葉」にあるが、恵行の歌に対して、家持が皇祖神の御代における酒宴を詠んだ意味について、布勢の水海の遊覧歌群との関係から位置付けてみたい。

第二節　「青き蓋」と天皇統治

まず恵行の歌では、わが背子が捧げ持っている保宝葉は、まるで「青き蓋」のようであると詠んでいる。「青き蓋」というのは、『万葉代匠記』が令第六儀制令に「凡蓋一位深緑、三位以上紺、四位縹」とあるのを指摘しているように、恵行が保宝葉を捧げ持つ家持の姿を見て、一位の貴人に見立てた表現と見られ、遊覧の主人である家持を讃えた辞であるといって良い。それに対して家持は、この保宝葉は皇祖神の遠い御代から酒を飲んだ葉であると応えるのであり、保宝葉が皇祖神の酒宴と結びついていることに注目される。そこには恵行が「青き蓋」と詠んだことによって、家持の想起した事柄が「皇祖神の　遠御代御代」であったということである。そこで『万葉集』における「蓋」について見てみると、次の二つの場面に見える。

(1)ひさかたの天ゆく月を網に刺しわご大王は蓋にせり　（巻三・二四〇、柿本人麻呂）

(2)梅花の歌三十二首并せて序

天平二年正月十三日に、帥の老の宅に萃まりて、宴会を申く。時に、初春の令月にして、気淑く風和ぎ、梅は鏡前の粉を披き、蘭は珮後の香を薫す。加之、曙の嶺に雲移り、松は羅を掛けて蓋を傾け、夕の岫に霧結び、鳥は縠に封めらえて林に迷ふ。庭には新蝶舞ひ、空には故雁帰る。ここに天を蓋とし、地を座とし、膝を促け觴を飛ばす。言を一室の裏に忘れ、衿を煙霞の外に開く。淡然と自ら放にし、快然と自ら足る。若し翰苑にあらずは、何を以ちてか情を攄べむ。詩に落梅の篇を紀す。古と今とそれ何そ異ならむ。宜しく園の梅を賦して聊かに短詠を成すべし。　（巻五・八一五～八四六、序）

「蓋」は現在「キヌガサ」と訓まれて当該歌と同様であるが、類聚名義抄および、古葉略類聚抄、神田本、細井本は「カサ」と訓み、仙覚が古点の「カサ」の訓みを、「キヌカサ」と改訓する。だが、その明確な根拠はない。『周礼』に「王下則以蓋従」[4]とあり、『周礼注疏』に「蓋、有二種、一者禦雨、二者表尊、此則表尊之蓋也」[5]とあるように、「蓋」は貴人が差す笠をさすものであることが知られ、「キヌガサ」と訓んだのは、素材が絹であったからだと思われる。(1)は、長皇子が遊猟したときに、柿本人麻呂が詠んだ長歌の反歌であり、「遙かな天空を渡る月の網にとらえ、おりこめて、わが大君は天を蓋にしているよ」[6]と詠まれている。辰巳正明氏は大空を行く月を網にとって蓋とする表現について、「王権をシンボルとする大陸的な儀礼の習慣の登場」[7]としており、立派な蓋を掲げることは、王たる権力の象徴であったに違いない。(2)は「梅花の歌三十二首」の序文において、二箇所に見える。一つは、「松は羅を掛けて蓋を傾け」といい、松の木は羅（絹織物のような薄い苔）を掛けて蓋を傾けたようであるという。もう一つは、「ここに天を蓋とし、地を座とし、膝を促け觴を飛ばす」という。「天蓋地座」は、天を巨大な蓋と捉える中国の天体観によるものである。『淮南子』には「以天爲蓋、以地爲輿」[8]のように、天を車蓋とし、地を車とする例があり、身を天地の間に置くことで、天地万物（造化）と一体になることが述べられている。梅花の宴では天を蓋とし、地を敷物とすることで旅人宅の宴席の場を全宇宙とするのである。宴に参加する人々が一体となる天地万物とは、序において和風、梅花、蘭、松、霧、鳥、新蝶、雁などの春の風物の具体的自然描写によって表現されていて、これらの風景はまた、『懐風藻』の詩人たちが好んで描いた自然描写と近似する。

五言。春日侍宴。應詔。一首。　藤原史（詩番三〇）

(A)淑氣天下に光らひ、薫風海濱に扇る。
春日春を歡ぶる鳥、蘭生蘭を折る人。
鹽梅の道尚し故り、文酒の事猶し新し。
隱逸幽藪を去り、沒賢紫宸に陪る。

五言。侍宴。一首。　藤原房前（詩番八七）

(B)聖教千禩を越え、英聲九垠に滿つ。
無爲にして自らに無事、垂拱して勞塵勿し。
斜暉蘭を照らして麗しく、和風物を扇ぎて新し。
花樹一嶺に開き、絲柳三春に飄る。
錯繆殷湯の網、繽紛周池の蘋。
柑を鼓ちて南浦に遊び、筵を肆べて東濱に樂しぶ。(9)

(A)は春の和やかな気が天下に満ち照り、春の温和な風が海浜に吹きあおっていることを述べ、このようなめでたい春の日には、春を喜ぶ鳥が鳴き、蘭を手折る臣下たちが侍るのだと詠む。「塩梅」は『尚書』に「若作和羹、爾惟塩梅」(10)とあるように、塩と梅とを適当に加減して味をほどよく加減すること、転じて臣下が君主を助けて適切な良い政治が行われることであり(11)、このようなことは昔からあるが、詩宴によって君主を助けることは新しいという。このように春日の風景の中で詩宴を行うことは、天皇の政治が正しく行われ、臣下たちが天皇に奉仕するという、君臣のあるべき姿が実現された宴なのである。(12) (B)は夕日の光は蘭を照らして麗しく、やわらかな春風はものを吹きあおって新しく感じ、花は開き、柳は風に翻るという。このような風景は、天子が、袖を垂れて無為にして天下が太平であるがゆえに実現された春景であり、天子の仁徳は殷の湯王以上であると詠まれ、臣下たちは、天皇の恩徳を享受することによって、楽しく遊ぶことができるというのである。

このように春日の風景として描かれる、淑気、薫風、歓鳥、蘭、和風、花樹、絲柳などの春の景物は、天皇によって政治が正しく行われ、さらに天皇の仁徳があまねく享受されることにより実現された太平の世の風景として描かれることは、第三部第一章で述べた通りである。これらの『懐風藻』の詩は、いずれも宮廷における侍宴という公的な場の天皇讃美の詩であるが、梅花の歌の序がこのような侍宴詩と同質の表現を持つことに目を向けると、旅人が大宰府で「やすみししわご大君の食国は倭も此処も同じとそ思ふ」(巻六・九五六)と詠んだように、都と鄙の同質化が図られることにより、天皇の仁徳が筑紫にも及んでいることを喜んでいる姿と重なる。梅花の宴の序において「ここに天を蓋とし、地を座とし、膝を促け觴を飛ばす」と述べるのは、『懐風藻』に見えるような、天皇の仁徳により表れる自然と同質の春景を述べることにより、梅花の宴を宮廷の詩宴につながるものとする意図があったと思われるのである。

そこで改めて当該における「蓋」の語の意味に立ち戻ってみると、恵行は家持が捧げ持った保宝葉を見て「蓋」をもった貴人のようである、と家持に対する称賛の意を詠んだのに対し、家持はこれを受けて、この「蓋」を「天蓋」という語に置き換えたことが考えられる。家持歌には「蓋」もしくは「天蓋」の語は用いられていないが、恵行歌を通して、保宝葉を天皇の権威の象徴として、また国を統治する王への讃美の表現として捉え直したのであり、ここに家持の答歌の意義が理解されるのである。つまり当該の贈答歌は、題詞に示されているとおり、保宝葉を仲立ちとして恵行から家持の歌へと詠み継がれているのである。その背景としては、布勢遊覧という場と布勢の美しい風景を背景に、鄙であるこの地も天皇が統治する国中であることを詠むことにより、天皇讃美の歌へと向かったと考えられるのではないか。それは、都と越中とを同質化するという方法によるものであったといえるのである。

第三節　皇祖神と保宝葉

「蓋」が天皇の統治と深く結びついていることは先に見た通りであるが、しかしなぜ天皇への讃美が皇祖神に遡るのかという問題については解決していない。そこで、まず家持における皇祖神の観念とはどのようなものかについて考えたい。「皇神祖」の語は、『万葉集』中、他に「皇神祖之　神乃御言乃」（巻三・三二二）、「皇神祖乃可見能大御世尓」（巻十八・四一一一）などに見られる。また「皇神祖」の訓みは、家持の作品に「須賣呂伎能神」の一字一音表記が見られることから、これを「スメロキ」と訓むことが知られ[13]、これによって「天皇」「皇祖」「皇祖神」「皇御祖」および一字一音表記を加えると、家持の作品に多く見られる歌語である。また従来、家持の皇祖神に関する理解は、家持独自の語である「天の日嗣」の語との関係から説かれている。「天の日嗣」は記紀、祝詞、宣命などに広く用いられており、一般的には神聖なる皇位の継承者の意味を持つ。このような語を家持が取り立てて用いた意味について、小野寛氏は「天皇こそは高天原より天降りました天つ神の御子のまごうことなき継承者であるということに対する感動[14]」を述べるためであると指摘している。さらに辰巳正明氏は皇祖神が民を慈しみ育てるという大命を、歴代の天皇が継承してきたのであり、こうした業を継承することが意識されていたと指摘する。[15] いわば「天の日嗣」は、皇祖への歴史認識とその伝統という理解があり、そのことによって選択された語であることが窺える。当該の家持歌は、こうした皇祖観の枠組みの中で描かれていると考えられる。さらに家持歌のもう一つの特徴としては、当該歌を含めて「皇祖神の御代」を詠むことにあると思われる。そこで「皇祖神」と「御代」とが結びついている歌を次に検討してみたい。

(3)葦原の　瑞穂の国を　天降り　領らしめしける　皇御祖『須賣呂伎』の　神の命の　御代重ね　天の日嗣と　領らし来る　君の御代御代　敷きませる　四方の国には　山川を　広み厚みと　奉る　御調宝は　数へ得ず　尽しもかねつ…（中略）…御心を　明らめ給ひ　天地の　神相珍なひ　皇御祖『皇御祖』の　御霊助けて　遠き代に　かかりし事を　朕が御代に　顕はしてあれば　食国は　栄えむものと　神ながら　思ほしめして　物部の　八十伴の緒を　服従の　向けのまにまに　老人も　女童児も　其が願ふ　心足ひに　撫で給ひ　治め給へば　此をしも　あやに貴み　嬉しけく　いよよ思ひて……（巻十八・四〇九四）

(4)天皇『須賣呂伎』の御代栄えむと東なる陸奥山に黄金花咲く（巻十八・四〇九七）

(5)かけまくも　あやに恐し　皇神祖『皇神祖』神の大御代に　田道間守　常世に渡り　八矛持ち　参出来し時　時じくの　香の木の実を　恐くも　遺したまへれ…（中略）…常磐なす　いや栄映えに　然れこそ　神の御代より　宜しなへ　この橘を　時じくの　香の木の実と　名付けけらしも（巻十八・四一一一）

(6)天皇『須賣呂伎』の御代万代にかくしこそ見し明めめ立つ毎年に（巻十九・四二六七）

(7)天皇『天皇』の　遠き御代にも　押し照る　難波の国に　天の下　知らしめしきと　今の緒に　絶えず言ひ

つつ　懸けまくも　あやに畏し…（中略）…そきだくも　おぎろなきかも　こきばくも　ゆたけきかも　こ見れば　うべし神代ゆ　始めけらしも（巻二十・四三六〇）

(8)ひさかたの　天の戸開き　高千穂の　岳に天降りし　皇祖『須賣呂伎』の　神の御代より…（中略）…秋津島　大和の国の　橿原の　畝傍の宮に　宮柱　太知り立てて　天の下　知らしめしける　皇祖『須賣呂伎』の　天の日嗣と　継ぎて来る　君の御代御代　隠さはぬ　赤き心を　皇辺に　極め尽して　仕へ来る　祖の官と　言立てて　授け給へる　子孫の　いや継ぎ継ぎに……（巻二十・四四六五）

(3)(4)は、陸奥の国から金が産出した折の天皇の詔を知り、家持が臣下の立場から詠んだ「出金詔書歌」の長反歌である。長歌において皇祖神と御代との結びつきが二箇所に見える。一つ目は、葦原の瑞穂の国において、天から降ってきた皇祖の神の御代を重ねて、皇位を継承するものとして国土を支配する天皇の御代に、黄金が出たことに対する喜びをうたう。そして二つ目に「このように黄金が出たのは、皇神祖の御魂が助けてくれたため、こうした吉事を、わが御代にも見せてくださったに違いない」と天皇が思ったことをいう。このように黄金が出た理由とは、天皇が皇祖神の行いを継承して、多くの廷臣たちを従え、老人も、女も子どももその願いが満足するように安らかに統治したからこそ、実現したことであるという。また反歌の「須賣呂伎」は、現天皇を指すものであるが、陸奥の山に黄金の花が咲いたのは、皇祖神の神の歴史を継承したからこそであるという思いがあったからであろう。(5)は、橘への讃歌であり、橘諸兄と重ねられていることは、従来の指摘の通りである。ここの皇祖神とは、記紀の記述によると垂仁天皇のことであり、田道間守が常世の国より時じくの香の木の実を持ち帰ったために、今は国中で繁茂しているという。これが諸兄の寓喩であるとすれば、諸兄の力が繁栄しているのは、神の大御代に理由があるということである。(6)は、「詔に応へむが為に、儲けて作れる歌一首」と題され、天皇の詔に応じることを想定して作歌したという事情が記されている。対となる長歌では、樛の木や松の根のように万代に渡って国を治めようと天皇が思ったことを述べ、その実現の場を豊の宴に求めているのである。(16) ここでの「須賣呂伎」は宴を開催している現天皇を指し、このような宴が毎年開催されるだろうことを言寿ぐのであり、また宴が将来に渡って継承されることを願うのである。(7)は、題詞に「私に拙き懐を陳べたる一首」とあり、内容は難波宮の讃歌である。遠い天皇の御代にも難波の国において天下をお治めになった、といい、その遠い天皇の偉業が現在の天皇へ継承されているという。ここでの「天皇《すめろき》」は難波宮を開いた仁徳天皇を指し、結句において「うべし神代ゆ　始めけらしも」というように、仁徳天皇は難波宮の創始者として語られている。素晴らしい難波宮において古の皇祖神が国を支配したのに対して、現在の新しい天皇が継承していることに対する讃美の歌であると考えられる。(8)は、「族を諭す歌一首」と題され、高千穂の嶺に天降った天皇の皇祖神の昔から奉仕し、秋津島の大和の国の橿原の畝傍の宮を築いて天下を支配者した皇祖の、その皇位を継承してきた天皇に奉仕してきた、わが大夫の伴であるからこそ、祖の名を絶やしてはいけないと、一族に教諭するのである。ここに述べられる皇祖神は、神話の世において高天の原から降臨し、宮を創始した天皇たちを指し、これらの天皇たちに奉仕してきた功績を述べるのである。

家持における皇祖神の御代とは、神話からの歴史を語る神の御代であり、現在の天皇は祖先の天皇の偉業を継承することによって、すぐれた天皇であることが保証されているとするのである。こうした家持の皇祖神への認識からすると、当該歌において現在の天皇は現れていないものの、そこには皇祖神の御代より継承される、現在の天皇をも含み持つものと考えるのが自然であろう。辰巳氏は、家持の「スメロキ」が皇祖および過去・現在・

未来の天皇をも指すものであり、それは皇祖神を天皇霊として把握されていた結果であると指摘しているのは参考となろう。(17)

このように家持が捉える天皇像とは、皇祖神を継承することによって保証されるのであるが、皇統の連続性を念頭に置いたとしても、皇祖神が保宝葉を杯にして酒を飲むことの必然性とは何か、従来説明し得ていない。

保宝葉は、新撰字鏡に、「厚朴、保保加志波」、倭名類聚抄「厚朴」に、「本草云、厚朴、一名厚皮、〈漢語抄云、厚木、保保加之波乃木〉」とあり、長楕円形の大きな葉を持つ、柏の一種である。保宝葉が酒を入れる器として用いられる例は、『万葉集』において孤例であるが、『古事記』では、「柏」や「御綱柏」という名称で記されている。

賜へる状は、天皇、豊明を聞し看す日に、髪長比売に大御酒の柏を握らしめ、其の太子に賜ひき。

（中巻、応神天皇「髪長比売」）

此れより後時に、大后、豊楽せむと為て、御綱柏を採りに、木国に幸行しし間に、天皇、八田若郎女に婚ひき。

（下巻、仁徳天皇「八田若郎女と皇后の嫉妬」）

此の時の後に、将に豊楽を為むとする時に、氏々の女等、皆朝参しき。爾くして、大楯連が妻、其の王の玉鉏を以て、己が手に纏きて、参ゐ赴きき。是に、大后石之日売命、自ら大御酒の柏を取りて、諸の氏々の女等に賜ひき。(18)

（下巻、仁徳天皇「速総別王と女鳥王」）

応神記と仁徳記では天皇が主催する豊の宴の際に用いられたことが記され、ここには「大御酒の柏」と記されているように、天皇が飲む杯として用いられていたと考えられる。さらに『延喜式』には幣として、盃に用いられる柏の記述が多く見られる。(19) また儀式の中でも使用された例があり、次のような記述が見られる。

(A)……先ず神宮司、次に禰宜、次に大内人、次に幣帛使、次に斎宮の主神、次に寮の允以上一人〔酒立女一人柏を持ち、一人酒を持ち、儛了れる人毎に柏酒を飲ましめよ。ただし、件の酒立女は、斎王祭に参る日には、釆女供奉し、或いは女孺を用いよ。参らざるの時には禰宜・内人らの妻子を用いよ〕……

(巻四、伊勢大神宮、六月月次祭)

(B)次に神服の男七十二人、分れて左右にあり〔青揩の衣、日蔭鬘。男・女各酒柏を執り、弓弦葉を以て白竿に挟むこと四重、重別に四枚〕。

(巻七、践祚大嘗祭)

(C)神祇官一人、神服の男女らを引きて、大嘗宮の膳殿に到り、酒柏を置きて出でよ。

(巻七、践祚大嘗祭)(20)

(A)の伊勢大神宮六月月次祭の儀式の次第においては、祝詞を述べ、拝礼をして、その後飲食とともに歌舞がおこなわれ、その際に「酒立女一人柏を持ち、一人酒を持ち、儛了れる人毎に柏酒を飲ましめよ」というように、柏に盛った酒が振る舞われる。また践祚大嘗祭の(B)において、その前日に神饌行列が行われ、酒柏を持った男女がその行列に加わることが記され、(C)においてその大嘗宮の膳殿に酒柏を置くことが記されている。大嘗祭は、天皇がその年の新穀を諸神に供え、天皇もそれを神と共に食す儀であり、このための神饌の一つとして酒柏を捧げるのである。ここに見る祭祀の主旨は、神に幣帛を奉り、それによって天皇の御代の繁栄を願うもので、具体的には「祝詞」に次のように見られる。

(D)「天皇が御命に坐せ、御壽を手長の御壽と、ゆつ磐むらの如く常磐に堅磐に、茂し御世に幸はへたまひ、生れます皇子等をも惠みたまひ、百の官人等、天の下四方の國の百姓に至るまで、長く平らけく作り食ぶる五の穀をも、ゆたかに榮えしめたまひ、護り惠まひ幸はへたまへと、三つの郡・國國處處に寄せまつれる神戸の人等の、常も進る御調の絲、ゆきの御酒・御贄を、海山の如く置き足はして、大中臣、太玉串に隱り侍りて、今年六月の十七日の朝日の豐榮登りに、稱へ申す事を、神主部・物忌等、諸聞しめせ」と宣る。〔神主部、共に唯と稱す。〕（伊勢大神宮、六月月次祭）

(E)「高天の原に神留ります、皇睦神ろき・神ろみの命もちて、天つ社・國つ社と敷きませる、皇神等の前に白さく、今年十一月の中の卯の日に、天つ御食の長御食の遠御食と、皇御孫の命の大嘗聞しめさむための故に、皇神等あひうづのひまつりて、堅磐に常磐に齋ひまつり、茂し御世に幸はへまつらむによりてし、千秋の五百秋に平らけく安らけく聞しめして、豐の明りに明りまさむ皇御孫の命のうづの幣帛を、明るたへ・照るたへ・和たへ・荒たへに備へまつりて、朝日の豐榮登りに稱辭竟へまつらくを、諸聞しめせ」と宣る。（大嘗祭）

(D)の伊勢大神宮六月月次の祝詞の主旨は、天皇の御代が長く続き、栄えることであり、さらに皇子たちに恵みを与え、臣下や民に到るまで長く平安に穀物が実ることを祈願し、その為に幣帛を奉るということにある。また、(E)の大嘗祭の祝詞においても、天皇の御代が長く続き、栄えることを祈願して豊の宴を執り行うというのである。このように天皇は祭祀を行い、豊の宴を開催することをもって国を治めようとしたのである。当該の家持歌が保宝葉を盃として酒を飲む皇祖神の姿を描いた意味は、宮廷の祭祀儀式の中に表れるように、天皇の御代が永遠であることを皇神に祈願することにあり、酒宴を行う天皇の姿を古の儀礼と重ねて、「天の日嗣」を受けた正統な天皇の貴さを述べているものといえる。そして家持の皇祖神への把握を考慮するならば、先に述べたように、そこには皇祖神の御代を継承する現在の天皇の姿が反映されていると思われる。

第四節　布勢の遊覧歌群と王権讃美

ところでこの贈答の歌が、布勢の遊覧歌群の後に続くのはどのような意味があるのか。布勢の遊覧歌群の題詞は「十二日遊覧布勢水海、船泊於多祜灣望見藤花、各述懐作歌四首」と記され、藤波をめぐって各自の懐いを述べたものである。

十二日に、布勢の水海に遊覧し、多祜の湾に船泊てして藤の花を望み見、各〻懐を述べて作れる歌四首

(9)藤波の影なす海の底清み沈く石をも珠とそわが見る　（巻十九・四一九九）

守大伴宿禰家持

(10)多祜の浦の底さへにほふ藤波を插頭して行かむ見ぬ人のため　（同・四二〇〇）

次官内蔵忌寸縄麿

(11)いささかに思ひて来しを多祜の浦に咲ける藤見て一夜経ぬべし　（同・四二〇一）

判官久米朝臣広縄

(12)藤波を仮廬に造り浦廻する人とは知らに海人とか見らむ　（同・四二〇二）

久米朝臣継麿

⑼は、藤波を映す海の底が清らかなので、沈んでいる石を珠として見るという。⑽は、⑼の「海の底」を受けて、海の底まで美しく映る藤波を、この風景を見ることのない人のために插頭にして行こうといい、都の人たちへ思いを馳せるのである。⑾は、それほど美しいとは思っていなかったのに、藤を見たことによって一夜を明かしたいという心持ちになったと述べる。そして⑿は、⑾の「一夜経ぬべし」を受けて、藤波を仮のやどりとして浦を廻っているとも人は知らないで、われわれを「海人」と見るでしょうかという。⑼から⑿の歌群は、基本的に「藤波」の美しさを各自が詠んだものであるが、「述懐」の内実はいかなるところにあるだろうか。家持らは布勢の遊覧において藤を題材とした歌を多く詠んでおり、布勢が藤の花の景勝地であったとも考えられるが、例えば藤の花には次のような表現性がある。

藤波の咲く春の野に延ふ葛の下よし恋ひば久しくもあらむ　(巻十・一九〇一)

……藤波の　思ひ纏はり　若草の　思ひつきにし　君が目に　恋ひや明かさむ　長きこの夜を　(巻十三・三二四八)

蔓が延びて絡まりつくところから、対象を思い続ける心情を表現する景物として用いられる。また藤は都の庭に咲く花でもある。

⒀藤波の花は盛りになりにけり平城の京を思ほすや君　（巻三・三三〇、大伴四綱）
⒁恋しけば形見にせむと我が屋戸に植ゑし藤波いま咲きにけり　（巻八・一四七一、山部赤人）
⒂わが屋前の時じき藤のめづらしく今も見てしか妹が咲容を　（巻八・一六二七、家持）
⒃妹が家に伊久里の森の藤の花今来む春も常如此し見む　（巻十七・三九五二、大原高安真人）

⒀は大宰府の大伴四綱の歌で、奈良の都への思いを詠んだ歌々の中の一首であり、藤の花は都を思い出すよすがとなる花である。⒁は山辺赤人の歌で、形見として「我が屋戸」に植えた藤が咲いたという。⒂は家持が坂上大嬢に贈った歌で、私の家の藤の花のようにいつでも見ていたいという。⒃番歌は、越中の家持の館にて僧玄勝が詠んだ古歌であり、「伊久里の森」の所在は不明であるが、「妹が家」により「伊久里」が導かれ、毎春このように藤の花を見ようという。

このように藤の花は都を想起する花であると同時に、その美しさゆえに思慕の対象となるのである。また同時に、その藤の花が「鄙」の越中において咲くという点において、都の景が鄙に写し取られることとなる。このことは大伴四綱の歌に象徴されるであろう。四綱の歌は、「あおによし寧楽の京師は咲く花の薫ふがごとく今盛りなり」（巻三・三二八）、「やすみししわご大君の敷きませる国の中には京師し思ほゆ」（同・三二九）の後に載せられており、都と鄙の同質化という問題がある。呉哲男氏は「やすみししわご大君の食国は倭も此処も同じとそ思ふ」（巻六・九五六）の歌を挙げて、次のように述べている。

大和と此処が同一視されるためには、氏族の独自な空間価値が否定され、ある質的な同一性が前提とされていなければならない。それを可能にしたのは、いうまでもなく「大君の食す国」たる古代国家であるが、具体的には氏族の個別性が解体され王権への系譜的な一元化という形で、あるいは律令官人たちが国家へ自己同一化するという形でそれは実現した。平城京の成立に象徴される古代の中央集権国家が「大君＝都」という中心の「空間」を現出させることによって、他の「空間」を相対化し氏族の質的な差異を打ち砕いていった。ここに地方氏族及び地方の空間が発生する。(21)

都と鄙との同質化の問題は、天皇を中心とした国家の形成において可能となることを説いており、布勢の水海の遊覧歌群において、ことさら藤の花が賞美されるのは、都と越中が均質化された中で、天皇が統治する国の景として捉えられたからであろう。こうした意識における布勢の水海への讃辞は、鄙の景勝地を讃美すると同時に、そうした景を作り出す天皇への讃美へと繋がるのではないだろうか。例えば(9)において、「海の底清み」という表現については、菊池威雄氏が「清し」の語が持つ宮廷讃美表現の特質を見いだし、「皇権によって輝く食す国の景の讃美という理念が流れている」(22)と指摘したことは首肯される。また(12)では、自身を海人の身に貶めることで、反対に都の官人たる自負を詠んだのであろう。つまり題詞に見える「述懐」とは布勢の水海を通した天皇への讃美と天皇へ仕える官人としての自負への思いであり、(23)家持と恵行との贈答歌はこのような天皇を中心とする国家讃美の枠組みの中において位置付けるべきなのではないだろうか。当該歌二首が布勢の遊覧の歌群に位置付けられる時、恵行の歌は家持を天皇の近臣であるべき貴人として称賛したのに対して、家持は保宝葉という布勢の景物を通して、都において国を統治する天皇への讃美を詠んだものと考えられる。

第五節　おわりに

以上、「保宝葉」をテーマとして、恵行が、家持を讃美するのに対して、家持が皇祖神の酒宴を詠んだことの意義と、この贈答歌が布勢の遊覧歌群にいかに位置付けられるかという点を考察してきた。恵行が保宝葉を貴人の「蓋」に見立てたのに対して、家持は「蓋」を「天蓋」と理解して、天皇の統治する国への讃美へと展開させたのである。さらに家持がそのような保宝葉を皇祖神が飲む杯として詠んだことの意味は、皇祖神に祈願することにより天皇の御代の永遠性を実現した古の天皇像を通して、自然を賞美することで太平の世を実現させる現在の天皇像を描いたのだといえる。このような贈答歌が詠まれることになった理由としては、布勢の遊覧歌群において藤波を見て、各々の天皇の讃美と官人としての懐いを述べたところにあったからだと思われる。このような都への思慕から想起された家持の思いは、宮廷の祭祀儀式の中に表れる皇祖への歴史認識と、その伝統への理解を通して、現在の天皇の讃美へと至ったと考えられるのである。

【注】

1　伊藤博『万葉集釈注』（集英社）。
2　窪田空穂『万葉集評釈』（『窪田空穂全集』、角川書店）。
3　契沖『万葉代匠記』（『契沖全集』、岩波書店）。
4　孫詒譲撰『周禮正義』（中華書局、一九八七年）。
5　鄭玄注『周礼注疏』（北京大學出版社、二〇〇〇年）。
6　中西進『万葉集　全訳注原文付』（講談社文庫）の訳注による。

7　辰巳正明「遊猟の讃歌」『万葉集と中国文学』（笠間書院、一九八七年）。
8　楠山春樹『淮南子』（新釈漢文大系、明治書院）。
9　小島憲之『懐風藻　文華秀麗集　本朝文粋』（日本古典文学大系、岩波書店）による。以下同じ。
10　加藤常賢『書経』（新釈漢文大系、明治書院）。
11　（注9）の詩番二「鹽梅」の頭注による。
12　辰巳正明「文酒と酒」『万葉集と中国文学　第二』（笠間書院、一九九三年）。
13　辰巳正明「神に等しい者　スメロキ」『詩霊論　人はなぜ詩に感動するのか』（笠間書院、二〇〇四年）。
14　小野寛「家持の皇統讃美の表現―『あまのひつぎ』―」『大伴家持研究』（笠間書院、一九八〇年）。
15　辰巳正明「天の日嗣と天皇神学」『折口信夫　東アジア文化と日本学の成立』（笠間書院、二〇〇七年）。
16　第三部第二章参照。
17　辰巳正明「天子非即神と反天皇論」『折口信夫　東アジア文化と日本学の成立』（笠間書院、二〇〇七年）。
18　山口佳紀・神野志隆光『古事記』（新編日本古典文学全集、小学館）による。
19　祭の幣として柏が用いられている。『延喜式』の記述はおおよそ幣の用途ごとによって配列されており、「缶各四口。韓竈八具。匏十六柄。食薦廿枚。柏一百六十把。八足案四脚。」（平野祭）、「折櫃三合。匏三柄。席。薦各三枚。食薦四枚。柏六十把。葦籠一腰。」（霹靂祭）のような配列が一般的であることから食器として用いられていたと考えられる。
20　虎尾俊哉編訳注　日本史料『延喜式』（集英社）による。
21　呉哲男「『風景』としての天皇制」（『古代日本文学の制度論的研究―王権・文字・性』（おうふう、二〇〇三年）。
22　菊池威雄「藤波の影―大伴家持の越中秀吟―」『天平の歌人 大伴家持』（新典社、二〇〇五年）。
23　「海人とか見らむ」の歌語は『万葉集』において次のように詠まれる。
荒栲の藤江の浦に鱸釣る白泉郎《あま》とか見らむ旅行くわれを（巻三・二五二、柿本人麻呂。巻十五・三六〇七の「柿本人麻呂の歌に曰く」に重出）
綱引きする海子《あま》とか見らむ飽の浦の清き荒磯を見に来しわれを（巻七・一一八七）

浜清み磯にあが居れば見る者は白水郎《あま》とか見らむ釣もせなくに（巻七・一二〇四）

この表現は「われ」と共に用いられ、他人から見たら自分は海人に見えてしまうだろうという意である。その裏には、海人ではないという官人としての自負が窺え、官人である自身が鄙に身を置くことの違和感（価値の不一致）によって生み出された表現であるといえよう。

第四章　吉野行幸儲作歌における神の命と天皇観

第一節　はじめに

大伴家持に「吉野の離宮に行幸さむ時の為に、儲けて作れる歌一首并せて短歌」（巻十八・四〇九八～四一〇〇）という作品がある。題詞、左注には日付けは付されていないが、当該歌の前に「陸奥国より金を出だせる詔書を賀ける歌一首并せて短歌」（同・四〇九四～四〇九七）の左注に、「天平感宝元年五月十二日に、越中国の守の館にして大伴宿禰家持作れり」とあり、また当該歌の後に「京の家に贈らむが為に、真珠を願せる歌一首并せて短歌」（同・四一〇一～四一〇五）の左注に「右は、五月十四日に、大伴宿禰家持、興に依りて作れり」とあることから、天平感宝元（七四九）年五月十二日から十四日の間の作とみられる。また、題詞に「儲作歌」とあることから、吉野行幸があった場合を想定し、天皇の詔があった際に献上する歌としてあらかじめ用意した歌であることが知られる。吉野行幸歌については、人麻呂以来の流れがあり、その後の宮廷歌人に歌い継がれている。(1) 一方大伴旅人にも吉野行幸歌（巻三・三一五～三一六）があり、題詞に「いまだ奏上を経ざる歌」との注がある。旅人の歌は、家持の当該歌の「儲作歌」と、行幸以前に前もって作るということにおいて共通し、特殊な作歌事情を有するものである。そして、吉野行幸儀礼歌の最後に位置づけられるのが家持の当該歌であり、『万葉集』における吉野行幸歌を位置づける上で重要な意味を持っているものと思われる。

当該歌における研究史は、「儲作歌」の特殊性から論じられることが多く、あらかじめ作る歌の「予作歌」と共に家持独自の題詞として論議されてきた。(2) 例えば、小野寛氏は、当該歌の作歌契機について、「吉野行幸預作讃歌は生まれるべくして生まれたともいえる。それは『陸奥国出金詔書』によって目覚めさせられた皇統讃美意識の落とし子であったのだ(3)」とし、「陸奥国出金詔書」において触発された皇統讃美との関係を述べた。これは、「高御座」「天の日嗣」等が宣命の表現を下敷きにしたものであり、当該の「吉野行幸歌」と作歌時期が近い「独り幄の裏に居て、遙かに霍公鳥の鳴くを聞きて作れる歌」(巻十八・四〇八九〜四〇九二)や「陸奥国より金を出だせる詔書を賀ける歌」(同・四〇九四〜四〇九七)との表現の類似からである。宣命の「出金詔書」の中で、大伴氏の功績が讃えられたことに関連して、神堀忍氏が「家持の胸中にも、当然、壬申の乱を誇りとする火が燃えていたわけで、賀出金詔書歌ともなり当面の儲作歌ともなっていたのであった(4)」とし、「元明朝以来抑圧されがちであった大伴一族の誇りが、此の時、家持によって素直に自然に表現されたとみることこそ肝要である」(同上)として、政治的状況から大伴氏の誇りが作歌に繋がったと説いている。しかしながら、当該歌は天皇に対する家持の態度が重要な意味を持つのであるが、この点について従来あまり論じられてきていないように思われる。その中で、新沢典子氏が宣命との関係を論じながらも、「出金詔書」が直ちに作歌契機と考えることに異議を唱え、「出金詔を機に皇統讃美意識や天皇讃歌制作への意識が高まったのだとすれば、それがなぜ吉野行幸歌というかたちで表されたのか、それこそが問われなければならない(5)」という指摘は、注目すべき問題提起であると考える。

一方、廣川晶輝氏は「当該の家持の作品は、吉野讃歌の系譜に自らの作品を位置づけようとする意識に支えられ、また、伝統と創造とは何かという意識に支えられて、創造が盛り込まれ、新しい吉野讃歌に仕上がっている」(6)と指摘している。たしかに、従来の吉野行幸歌の表現とは、差異があることは知られる所であり、家持の創造部分が多分に現われていると考えられる。むしろ、そうした創造の部分が何に支えられているのかが問題であろう。本稿では、以下の二点から当該歌の形成を考えたい。

(1)人麻呂から出発する吉野行幸歌と比較検討することにより、当該歌における天皇表現のあり方を明らかにする。

(2)当該歌の「皇祖の神の命」と「大君」との関係を明確にし、家持の天皇観を明らかにする。

この二点を中心に、「皇祖の　神の命」の示す内容を明確にし、家持の天皇観がどのように形成されているかを考える。

第二節　人麻呂と家持の天皇観

家持の当該歌は次のように詠まれている。

吉野の離宮に幸行さむ時の為に、儲けて作れる歌一首并せて短歌

高御座　天の日嗣と　天の下　知らしめしける　皇祖の　神の命の　畏くも　始め給ひて　貴くも　定め給へる　み吉野の　この大宮に　あり通ひ　見し給ふらし　物部の　八十伴の緒も　己が負へる　己が名負ふ　大君の　任けの任く任く　この川の　絶ゆることなく　この山の　いやつぎつぎに　かくしこそ　仕へ奉らめ　いや遠永に（巻十八・四〇九八）

古を思ほすらしもわご大君吉野の宮をあり通ひ見す（同・四〇九九）

物部の八十氏人も吉野川絶ゆることなく仕へつつ見む（同・四一〇〇）

この歌は、冒頭に吉野の宮を創始し、定めた天皇を「皇祖の神の命」とし、代々通ってご覧になるということを詠む。そして「物部の　八十伴の緒も」以下で、物部の八十伴の緒らは、己の名を負って、「大君」の任命のままに末長く仕えてゆくことを述べる。また、反歌の一首目は、長歌の前半に対応し、「大君」が吉野の宮に通って古に思いを馳せることをうたい、二首目は、後半部に対応し、「物部の　八十氏人」が、吉野川が絶えないのと同じようにお仕えして見に来るとうたう。この家持の吉野歌に対して『万葉集』の吉野行幸歌の最初の作品である人麻呂の吉野讃歌は次のように詠まれている。

吉野の宮に幸しし時に、柿本朝臣人麿の作れる歌

やすみしし　わご大君の　聞し食す　天の下に　国はしも　多にあれども　山川の　清き河内と　御心を吉野の国の　花散らふ　秋津の野辺に　宮柱　太敷きませば　百磯城の　大宮人は　船並めて　朝川渡り舟競ひ　夕河渡る　この川の　絶ゆることなく　この山の　いや高知らす　水激つ　滝の都は　見れど飽か

ぬかも　（巻一・三六）

反歌

見れど飽かぬ吉野の河の常滑の絶ゆることなくまた還り見む　（同・三七）

やすみしし　わご大君　神ながら　神さびせすと　吉野川　激つ河内に　高殿を　高知りまして　登り立ち　国見をせせば　畳はる　青垣山　山神の　奉る御調と　春べは　花かざし持ち　秋立てば　黄葉かざせり（一は云はく、黄葉かざし）逝き副ふ　川の神も　大御食に　仕へ奉ると　上つ瀬に　鵜川を立ち　下つ瀬に　小網さし渡す　山川も　依りて仕ふる　神の御代かも　（同・三八）

反歌

山川も依りて仕ふる神ながらたぎつ河内に船出せすかも　（同・三九）

人麻呂の「吉野行幸歌」に詠まれる天皇は、いづれも「やすみしし　わご大君」と表現される。「やすみしし」は、「大君」を讃美する定型的表現であり、その語源については未詳であるが、橋本達雄氏は「八隅知之」の用字から、推古朝以降から天武期前後の時期に成句されたことを指摘し、これは道教思想により八方を知らす意であり、それは全世界を覆い統治する意であるとする。(7)更に漢語である「天皇」は「外廷的な場」で用いられ、和語である「やすみしし　わご大君」は「内廷的な儀式・儀礼の場に供される讃歌や挽歌などの和歌に、はじめは天皇に対してだけ用いるものであった」（同上）とする指摘は、「やすみしし　わご大君」の語が天皇を讃美する「歌語」として、成立したことを示すものだといえる。

また「大君」が誰を指すかという点について、『万葉拾穂抄』は、「おほきみは持統を申也」[8]とし、『万葉集全注』も、「ここは、持統天皇を指す」[9]とし、「大君」の示す内容については、大方この解釈である。また、「やすみしし」の語義については、『万葉集古義』が、「八隅知之は、枕詞なり。八隅知之と書るは借り字にて、安み知すてふ義なり」[10]といい、『万葉集釈注』が、「あまねく天下を支配されるわが天皇」（三六）、「安らかに天下を支配される天皇」（三八）、「ここは持統天皇への例」[11]として、三六番歌と三八番歌の用字を尊重することによる解釈となっている。[12]人麻呂の「吉野行幸歌」における「やすみしし　わご大君」が示す天皇は、持統天皇を指すことは確かであり、それは、あまねく天下を支配される天皇であり、安らかに天下を支配される天皇であるという、持統天皇に対する讃美表現であるといえる。その姿は、「神ながら　神さびせす」存在として、即ち神として振る舞われるという神々しい姿として表現され、「百磯城の大宮人」や「山川の神」もが奉仕する偉大な存在として表現されているのである。

人麻呂は他の作品にも、「やすみしし　わご大君」を詠んでおり、それは次のようにみえる。

(ア)やすみしし　わご大君　高照らす　日の御子　神ながら　神さびせすと　太敷かす　京を置きて　隠口の
泊瀬の山は　真木立つ　荒山道を　石が根　禁樹おしなべ　坂鳥の　朝越えまして……

（巻一・四五「軽皇子宿于安騎野時、柿本朝臣人麿作歌」）

(イ)かけまくも　ゆゆしきかも〔一は云はく、ゆゆしけれども〕言はまくも　あやに畏き　明日香の　真神が原に　ひ
さかたの　天つ御門を　かしこくも　定めたまひて　神さぶと　磐隠ります　やすみしし　わご大君の　き
こしめす　背面の国の　真木立つ　不破山越えて　高麗剣　和蹔が原の　行宮に　天降り座して　天の下

治め給ひ〔一は云はく、掃ひ給ひて〕食す国を　定めたまふと…（中略）…渡会の　斎の宮ゆ　神風に　い吹き惑はし　天雲を　日の目も見せず　常闇に　覆ひ給ひて　定めてし　瑞穂の国を　神ながら　太敷きまして　やすみしし　わご大君の　天の下　申し給へば　万代に　然しもあらむと……

（巻二・一九九「高市皇子尊城上殯宮之時、柿本朝臣人麿作歌一首并短歌」）

(ウ)やすみしし　わご大王　高光る　わが日の皇子の　馬並めて　み猟立たせる　弱薦を　猟路の小野に　猪鹿こそば　い匍ひ拝め　鶉こそ　い匍ひ廻ほれ　猪鹿じもの　い匍ひ拝み　鶉なす　い匍ひ廻ほり　恐みと　仕へ奉りて　ひさかたの　天見るごとく　真澄鏡　仰ぎて見れど　春草の　いや愛づらしき　わご大王かも

（巻三・二三九「長皇子遊獦路池之時、柿本朝臣人麿作歌一首并短歌」）

(エ)やすみしし　わご大王　高輝らす　日の皇子　しきいます　大殿のうへに　ひさかたの　天伝ひ来る　白雪じもの　往きかよひつつ　いや常世まで

（同・二六一「柿本朝臣人麿獻新田部皇子歌一首并短歌」）

(ア)は、安騎の野に野営した時の歌であることが題詞から知られ、目の前にいる軽皇子に対して献上した歌である。「やすみしし　わご大君」は「高照らす　日の皇子」、つまり軽皇子と同格であり、皇子は「神ながら　神さびせす」姿であるという。「高照らす　日の皇子」は、天照大御神と直系である日嗣の皇子を示す語と捉えられ、これは、日嗣である軽皇子と「やすみしし　わご大君」が同一人物であるところから、「やすみしし　わご大君」が天皇以外にも使用され、日嗣の資格を持った讃美表現であることが確認できる。また、(イ)にみえる前半の「やすみしし　わご大君」は、神として磐戸にお隠れになった天武天皇を指す。また、歌の後半部の「やすみしし　わご大君」は高市皇子を指し、その「大君」が天の下をお治めになったならば、万代まで栄えるはずなのにといる。(ウ)も(ア)と同様に、「高光る　わが日の皇子」は、長皇子を指し、作歌状況も狩猟の際に献上された歌として類似している。(エ)も「やすみしし　わご大王　高輝らす　日の皇子」と呼びかけ、白雪が降るように通い続けましょう、という「大王」に永遠の奉仕を誓う讃歌である。この歌における「大王」は、題詞に見える新田部皇子であり、これも、「献れる」というところから、雪の降る日に皇子に献上した歌であることが分かる。このようにしてみてくると、人麻呂歌における「やすみしし　わご大君」と詠む(ア)、(イ)、(エ)は、日嗣としての資格を持った「日の皇子」と同格として用いられ、かつ眼前に対象者がいることを前提につくられた讃歌であることがわかる。(ウ)は、殯宮の場における儀礼歌であり、死んだ対象者に呼びかけて詠まれた讃美表現であることが確認できる。

人麻呂の「吉野行幸歌」においても、「やすみしし　わご大君」は、三六番歌では「宮柱　太敷きませば」というように、吉野の宮を作った天皇として、三八番歌では、「登り立ち　国見をせせば」というように、吉野での国見を行なう天皇として歌われ、国を統治する資格を持ち、かつ眼前の持統天皇に向けて詠んでいるのである。

一方、家持の「吉野讃歌」では、吉野の地を始めた天皇は「皇祖の　神の命」と表現される。『万葉集』において「皇祖」は、他に「天皇」「皇祖神」「皇神祖」「皇御祖」「大皇寸」で表わされる。「皇祖」は、「皇祖の神の御代」（巻六・一〇四七、巻二十・四四六五）、「天皇《すめろき》の　神の御子」（巻二・二三〇）、「皇祖の　神の御門」（巻三・四四三、巻十一・二五〇八）など神と結びつくことに特性がみられ、当該歌においても祖先の天皇を「皇祖の　神の命」という表現で用いる。諸注釈書では『万葉集私注』が、「皇祖の神々であるが、吉野離宮を始められた以來の代々の天皇を指して居る[13]」とし、『万葉集注釈』が、「ここは、応神紀に『十九年冬十月戊戌朔、幸吉野宮』とあつて、応神天皇をはじめ、吉野離宮を定めになつた天皇を申す[14]」とする。『万葉集釈注』は、「吉野行幸の記録は応神紀十九年が最初。記紀の雄略の世にも記事がある。それらを背景に据えての表現だが、ここは、天武・持統朝をとくに意識していよう[15]」とする。諸注釈書では、特定の天皇を指すものや、歴代の天皇を指すものなど揺れは見られるものの、祖先の天皇に主眼をおいた語であることが確認できる。そして、「皇祖」は、神の存在として表現されているのである。

また、当該歌は長歌の冒頭に「高御座　天の日嗣」の語が冠せられ、「皇祖の　神の命」にかかるのは注目すべき点である。「高御座」は、『万葉集釈注』では「天皇の地位を象徴する八角造りの御座[16]」のことであり、「天の日嗣」を修飾するという。「天の日嗣」は、小野氏をはじめとして指摘されているごとく、古事記・祝詞・宣命に見られる「天日嗣」を家持独自の表現として歌に詠み込んだもので[17]、『万葉集評釈』では、「天の日を継承する意で、帝位[18]」と解され、『評釈万葉集』では、「日の御子として嗣ぎ給ふ御位[19]」、『万葉集釈注』では、「天つ神としての皇祖の霊を受け継ぐこと。具体的には皇位[20]」と解されているように、天つ神の子孫として、位を継承する者の意であると考えられる。家持の他の作品においても、「皇祖の　神の命」の語が見られ、その用例を追って確認してゆく。

(オ)高御座　天の日嗣と　天皇の　神の命の　聞し食す　国のまほらに　山をしも　さはに多みと　百鳥の　来
居て鳴く声　春されば　聞きの愛しも　いづれをか　別きてしのはむ……

（巻十八・四〇八九「獨居幄裏、遙聞霍公鳥喧作歌一首并短歌」）

(カ)葦原の　瑞穂の国を　天降り　領らしめしける　皇御祖の　神の命の　御代重ね　天の日嗣と　領らし来る
君の御代御代　敷きませる　四方の国には　山川を　広み厚みと　奉る　御調宝は　数へ得ず　尽しもかね

つ……

（同・四〇九四「賀陸奥国出金詔書歌一首并短歌」）

(オ)の「天皇の神の命」は、「高御座」に座す「天の日嗣」と継承された天皇の歴史であり、また現在の天皇も想定される。そうした天皇の歴史を考えつつ独りで幄の裏で詠んだ歌であることが題詞から理解される。この歌は、霍公鳥の鳴き声の素晴らしさに主眼が置かれ、それは国が素晴らしいからだという。(カ)は、葦原の瑞穂の国を天降ってきた「皇祖の神の命」が代を重ねて「天の日嗣として統括している大君の御世」であるという。ここでは、「皇御祖の　神の命」は、葦原の瑞穂の国に天降ってきた祖先の天皇であり、その「皇御祖」が、代を重ねてきた結果として、「君」が今に国を治めているとする。祖先の天皇は、「皇御祖の　神の命」であり、現在の天皇は「君」であると表現しているところが当該歌と類似している。

人麻呂の「吉野行幸歌」と比較すると、人麻呂歌に表現される天皇は、吉野の宮を作り、また絶大な神々しさを持った持統天皇の姿である。それに対し家持は、吉野創始者を、天つ神としての皇位を継承した祖先の天皇であるというのである。そうした祖先の天皇の歴史を継承した現在の天皇は、「大君」という語で表わされる。そこには人麻呂の天皇表現とは大きな隔たりが認められるのである。

第三節　「皇祖の神の命」と「大君」

家持の捉える「皇祖の　神の命」は、「高御座」「天の日嗣」によって、天つ神の日嗣として皇位を継承する神の存在を指すものであった。また、この「皇祖の　神の命」は、吉野の地を「始め給ひて」「定め給へる」「見し給ふ」というように、すべては「皇祖」の創業によるものと位置づける。「皇祖の　神の命」については、家持以前の人麻呂や山部赤人にも使用されていることが確認される。

(キ)……天離る　夷にはあれど　石走る　淡海の国の　楽浪の　大津の宮に　天の下　知らしめしけむ　天皇の神の尊の　大宮は　此処と聞けども　大殿は　此処と言へども……

（巻一・二九「過近江荒都時、柿本朝臣人麿作歌」）

(ク)皇神祖の　神の命の　敷きいます　国のことごと　湯はしも　多にあれども　島山の　宜しき国と　こごしき　伊予の高嶺の　射狭庭の　岡に立たして　うち思ひ　辞思ひせし　み湯の上の　樹群を見れば　臣の木も　生ひ継ぎにけり　鳴く鳥の　声も変らず　遠き代に　神さびゆかむ　行幸処

（巻三・三二二「山部宿祢赤人至伊豫温泉作歌一首并短歌」）

(キ)は、人麻呂の「近江荒都歌」であり、「天皇の　神の尊」の初出である。近江の廃墟を見て、「大津の宮で天下をお治めになった先代の天皇の宮はここと聞くけれど」といい、その「天皇の　神の尊」とは近江大津の宮を始めた、天智天皇である。天智天皇は、既に亡き天皇であり、その天皇に対し「天皇の　神の尊」という。(ク)は、「皇神祖の神の命の治める国ごとに、湯は多くあるけれども」といい、その天皇は現在の天皇を指し、次に続く「こごしかも　伊予の高嶺の　射狭庭の　岡に立たして　うち思ひ　辞思ひせし」という回顧による土地讃めへと主眼が移される。(キ)の人麻呂歌は亡き天智天皇を示し、過去の天皇という意味では、家持の当該歌と共通点はあるが特定の天皇を指す。(ク)の赤人歌の示す「皇神祖の　神の命」は、国を統治する現在の天皇を指しながらも、

「うち歌思ひ」「辞思ひせし」という回顧の念を持って伊予の地を見ると、「臣の木も　生ひ継ぎにけり」「鳴く鳥の　声も変わらず」というように、過去を意識し、祖先から代々受け継がれてきた天皇の姿を見るのである。

前出した家持歌の(オ)は「高御座」「天の日嗣」の語によって天皇の歴史に支えられた現在の天皇を、(カ)は葦原の瑞穂の国に天下った祖先の天皇を指し、「皇祖の神の命」の語が人麻呂と赤人を経て、家持においては現在と過去の天皇を持ちながらも祖先の天皇を意識した存在として捉えられ、当該歌においては、「祖先の天皇」の意に重点が置かれ「大君」と対比されるものとなっていることが知られる。

それでは「皇祖の　神の命」に対し、当該歌における「大君」はどのような位置づけにあるのか。当該の「大君」は、「大君の　任の任く任く」と歌われ「任く任く」は「まにまに」と詠まれることと同様の意味を持つ。「天皇の御任命のままに」の意であり、「大君」は家持が仕える現在の天皇を指すことは明らかである。家持は、他にも「大君」を次のように用いる。

(ケ)天離る　鄙治めにと　大君の　任のまにまに　出でて来し　吾を送ると　青丹よし　奈良山過ぎて　泉川
清き川原に　馬とどめ　別れし時に　真幸くて　吾帰り来む　平けく　斎ひて待てと　語らひて　来し日の
極み……
（巻十七・三九五七「哀傷長逝之弟歌一首并短歌」）

(コ)大君の　任のまにまに　大夫の　心振り起し　あしひきの　山坂越えて　天離る　鄙に下り来　息だにも
いまだ休めず　年月も　いくらもあらぬに　うつせみの　世の人なれば　うち靡き　床に臥伏し　痛けくし
日に異に益る……
（同・三九六二「忽沈枉疾、殆臨泉路。仍作歌詞、以申悲緒一首并短歌」）

(サ)大君の　任のまにまに　級離る　越を治めに　出でて来し　大夫われすら　世間の　常し無ければ　うち靡

き　床に臥伏し　痛けくの　日に異に増せば　悲しけく　此処に思ひ出　いらなけく　其処に思ひ出　嘆く
そら　安けなくに　思ふそら　苦しきものを……

（同・三九六九「更贈歌一首并短歌」）

(シ)大王の　任のまにまに　島守に　わが立ち来れば　ははそ葉の　母の命は　御裳の裾　つみ挙げかき撫で
ちちの実の　父の命は　栲綱の　白鬚の上ゆ　涙垂り　嘆き宣たばく　鹿児じもの　ただ独りして　朝戸出
の　愛しきわが子　あらたまの　年の緒長く　あひ見ずは　恋しくあるべし……

（巻二十・四四〇八「陳防人悲別之情歌一首并短歌」）

(ケ)は、自分を見送ってくれた弟が赴任中に亡くなった折の哀傷の歌で、天皇の任命によって遠い任地に赴いたことをうたう。ここでの「大君」は、律令官人に対して命を下す存在としての姿である。(コ)は、家持自身が大君の任命のままに「ますらを」として鄙に下ってきたことをいう。この「大君の　任のまにまに」も(ケ)と同様、律令官人として命を受け越中へ赴任したことをいい、その任を命じたのが「大君」である。(サ)は、(コ)と一連の贈答であり、自身が天皇の任命により官人として越の国に下ることにある。(シ)は、家持が防人の立場になって歌ったもので、島守に任命したのは「大君」だとする。このようにみると、家持における「大君の任のまにまに」の語は、律令官人として、また防人として任地へ赴くことを指し、それは律令体制の中で職務を任命する存在として「大君」があるということである。四首とも家持の作であることは共通しているが、(ケ)、(コ)、(サ)は越中への赴任の折の歌で、「大夫の心振り起し」「大夫われすら」というように、「大夫」意識によって赴任するのだという。天皇と官人としての家持との関係において、「大君の　任のまにまに」の語は、「大夫」意識に支えられた主従関係と見ることができる。

当該歌に立ち戻ると、「大君の　任のまにまに」の内容は示されていないものの、前述の用例から、律令制度における天皇の任命を受けてのそれであり、官人たちは「己が負へる　己が名負ひて」と表されるように、官人としての誇りをもって任命を受ける「八十伴の緒」の姿として描かれている。人麻呂の吉野歌において駕に従う者を「百磯城の大宮人」と詠み、「百磯城」が多くの石で築いた城の意で、大宮を讃美する表現からできたもので「従駕の王臣」を示す語であり、家持の「八十伴の緒」は、数の多い「八十」であり、「伴の緒」が朝廷に仕える伴の人を示すことから、文武百官の全官人を指すということにおいて人麻呂歌と一線を画すものである。家持歌において「八十伴の緒」は、人麻呂の吉野歌で表現された「百磯城の　大宮人」とは大きく異なる。その示すところは、律令制度機構に組み込まれた天皇と臣下との姿であり、「大君」は律令制度機構の中の任命者として描かれているということであるといえる。

当該歌に表れる「皇祖の　神の命」は、「高御座」「天の日嗣」から天つ神の子孫としての正当な継承者に関わる歴史の上に成り立つものであり、それゆえに、「神」として位置づけられる。一方「大君」は「任のまにまに」の語によって示されるように、律令制度上の任命者としての姿であり、八十伴の緒は「己が負へる己が名負ひて」と表されるように、官人としての誇りによって大君を支える存在として捉えられているのである。吉野の宮の創始者である天皇は皇祖へと遠ざけられ、家持たち律令官人の任命者は「大君」であり、天皇は神なる存在から律令機構上の主宰者へと変質したのである。そこには人麻呂とは大きく異なる天皇観のあることが理解される。

第四節　おわりに

家持の吉野行幸歌は、人麻呂以来の吉野行幸儀礼歌の最後に位置するものとして考察を進めた。人麻呂歌と比較するとその表現には伝統とは異なる姿を確認し、それは行幸歌の主体となる天皇の位置づけの異なりによるものと考える。人麻呂は、「やすみししわご大君」の語によって、国を統治する眼前の天皇、すなわち持統天皇を偉大なる超越した神として讃美する姿勢をとるのであったが、家持は吉野の宮を始めた天皇を、「皇祖の神の命」と表現して、祖先の天皇を神として位置づけた。更に、臣下の存在を人麻呂は、「百磯城の大宮人」といい、家持は行幸に従駕した官人を「物部の八十伴の緒」という。人麻呂は、大宮を讃美する表現から来る「百磯城の大宮人」を用い、更に天皇を山川の神もが奉仕する存在として称賛することで、神を超越した偉大なる天皇像を表現した。対して家持は「八十伴の緒」、すなわち全官人を律令制度の中に位置づけ、現前の天皇は「大君」として、律令機構の任命者として位置づけた。

当該歌が出金詔書を契機として作歌された「賀陸奥国出金詔書」に引き続き作られた作品であり、宣命で大伴氏の功績が称えられたことによる気持ちの高揚が「儲作歌」という形で表われたものと考えられる。大伴氏に対する称賛が家持の氏族意識を高め、天皇と臣下の主従関係において「大君の任の任く任く」と表されるように、「ますらを」意識によって天皇に仕える律令官人としての生き方に向いてゆく。天皇と全官人との関係は律令制度の枠組みの中に位置づけられてゆくのである。

当該歌における家持の天皇観をみると、過去の「天皇」は偉大な神の側に押し上げられ、現実の天皇は律令制度上の偉大な主宰者へと変質することになる。家持自身は律令官人として「己が負へる己が名負ひて」というように、現在の天皇である「大君」と家名を負って主従関係を結ぶこととなる。そこには律令制度の中に、「天皇」が「皇祖の神の命」と「大君」という二重の意味の中に捉えられていることが理解される。「文」による政治教化が文学理念の根幹にあることは、第三部第一章、第二章を通して、述べてきた通りである。これらの論をふまえると、当該歌で描かれる現在の天皇は、律令制度の頂点としての天皇の姿であると考えられる。このことは、奈良朝中期を迎えて、律令制度が定着期を迎えたことと呼応していよう。家持は、律令制度の枠組みにおける君臣像をうたうことによって国家統治の秩序を示したのであり、ここに家持の〈歌学〉の視点がある。

【注】

1 「吉野歌」については、「天皇御製歌」や吉野の地名が含まれているものを合わせると、八十余首をかぞえるが、『万葉集』の宮廷儀礼歌として「行幸従駕」の形を持つものに、次の作品がある。
柿本人麻呂　幸于吉野宮之時、柿本朝臣人麿作歌（巻一・三六〜三九）
笠金村　養老七年癸亥夏五月、幸于芳野離宮時、笠朝臣金村作歌一首并短歌（巻六・九〇七〜九一二）
車持千年　車持朝臣千年作歌一首并短歌（同・九一三〜九一六）
笠金村　神亀二年乙丑夏五月、幸于芳野離宮時、笠朝臣金村作歌（同・九二〇〜九二二）
山部赤人　山部宿祢赤人作歌二首并短歌（同・九二三〜九二七）
山部赤人　八年丙子夏六月、幸于芳野離宮之時、山部宿祢赤人、應詔作歌一首并短歌（同・一〇〇五、一〇〇六）
大伴旅人　暮春之月幸芳野離宮時、中納言大伴卿奉勅作歌一首并短歌、〔未逕奏上歌〕（巻三・三一五、三一六）
大伴家持　為幸行芳野離宮之時、儲作歌一首并短歌（巻十八・四〇九八〜四一〇〇）

2 はやくは、『万葉集古義』に、「『儲作』と云ふこと、集中に往々見えたり、其ノ芸のたしなみあさからざりしこと、思ひやるべし」の指摘がある。また、小野寛「家持予作歌の形成と背景」『万葉集を学ぶ　第八集』（有斐閣、一九七八年）

の論を受けて、廣川晶輝「吉野行幸儲作歌」『万葉歌人　大伴家持作品とその方法』（北海道大学図書刊行会、二〇〇三年がある。

3　小野寛「家持と陸奥国出金詔書」『大伴家持研究』（笠間書院、一九八〇年）。

4　神堀忍「家持作『為幸行芳野離宮之時儲作歌』の背景と意義」（『国文学』一〇六号、一九七五年九月）。

5　新沢典子「大伴家持の吉野讃歌と聖武天皇詔」（『萬葉』一八四号、二〇〇三年七月）。

6　廣川論文（注2）による。

7　橋本達雄「『やすみしし我が大君』考」『記紀万葉論叢吉井巌氏古希記念論文集』（塙書房、一九九二年五月。）

8　北村季吟『万葉集拾穂抄』（新典社）。

9　伊藤博『万葉集全注』（有斐閣）。

10　鹿持雅澄『万葉集古義』（国書刊行会）。

11　伊藤博『万葉集釈注』（集英社）。

12　人麻呂の吉野行幸歌の「やすみしし」についての万葉仮名表記は、「八隅知之」（一・三六）、「安見知之」（同・三八）となっている。

13　土屋文明『万葉集私注』（筑摩書房）。

14　澤瀉久孝『万葉集注釈』（中央公論社）。

15　（注11）に同じ。

16　（注11）に同じ。

17　小野寛「家持の皇統讃美の表現―『あまのひつぎ』―」『大伴家持研究』（笠間書院、一九八〇年）。

18　窪田空穂『万葉集評釈』（角川書店）。

19　佐佐木信綱『評釈万葉集』（六興出版社）。

20　（注11）に同じ。

結論

本書は、『万葉集』巻十七〜二十に載る大伴家持の越中時代と越中以降の作品が中国詩学といかに関わり、「倭詩」として表現したかということを作品の分析を通して明らかにすることを目的とした。特に家持の越中赴任時代における大伴池主との交渉を通して自覚した〈歌学〉という視点から、詩学を受容することでいかなる作品が成立したかという点に注目して考察したものである。各論考の考察と結論は次の通りである。

第一部「家持と池主との交流歌——家持歌学の出発——」では、家持と池主との贈答を中心として、病臥を契機とした贈答の文と詩歌、布勢の水海の遊覧賦、離別の贈答歌について、これらのモチーフが中国詩賦にあり、それらの基盤となる中国詩学の導入と、その理論を用いながらいかに歌として展開したか、その位相について論じた。

第一章「家持と池主の文章論——『山柿の門』と『山柿の歌泉』をめぐって——」は、家持が〈歌学〉を自覚する契機となった池主との贈答において、家持の「山柿の門」と「遊芸の庭」に到らないという謙遜を伴う自己評価の言及に対して、池主が「雕龍筆海」を家持の歌に重ねて評価することとの意義について論じた。池主による家持の作品理解としては、家持を儒教的賢者の資質を持った人物として評価し、潘岳や陸機のごとき才能を持ち、「文」と「理」における文章作成の根本原理を理解し、「七歩詩」になぞらえて即座に歌を作ることができる文才を賞賛するというように、基本的に六朝詩学を根拠として評価する。その上で、家持の文章を「雕龍筆海」と述べた理由としては、「雕龍」の語が六朝詩学における情理に起因する文学理論を指すことから、その理解の上で家持の文学観を評価したということである。そして池主の評価を支えるのは、中国詩の春景が表現する情詩の方法を理解し、歌で表現するという、歌に詩学の方法を取り込もうとする家持の試みへの評価であった。池主は家持の作品の中に詩文と歌とが一対となる姿を見い出し、古来から続いてきた和歌史において、家持が示す文学態度を一つの断層と認め、人麻呂を中心とする伝統的な歌の流れに対して「山柿の歌泉」を蔑きが如しと述べたと考えられるのである。

第二章「家持の遊覧と賦の文学」は、家持の「遊覧の賦」について、「遊覧」と「賦」が中国詩学に基づいた語であるという視点から、これらの詩学をいかに取り込み、歌として展開したかを論じた。まず「賦」と「遊覧」文学における賦を比較検討し、「賦」が詩学書で述べられるように、物事の有様をつぶさに敷き述べる方法により、百科事典的に描くのに対して、「遊覧」文学における賦は、「遊覧」の行程に沿って、絵巻的に過ぎてゆく土地の景物を述べるスクロール方法によることを指摘した。家持の「遊覧の賦」は目的地までの行程とその土地の風景を詠んでゆくのであり、中国文学における「遊覧」文学の「賦」の方法によって作歌されたことが明らかとなった。しかし家持の歌の主旨は「思ふどち」と一緒に風景を賞でることにあり、これは謝霊運の「遊覧詩」を基本とする情の文学を志向している。家持の「遊覧の賦」は、六朝遊覧賦のシステムと六朝遊覧詩の理念という二つの方法を抱え込みながら、それらを合わせ持つ歌として表現したところに家持の〈歌学〉の視点があることを論じた。

第三章「家持と池主の離別歌――交友の歌学をめぐって――」は、越中に赴任する大伴家持が、正税帳使として京に赴く際に交わした、大伴池主との離別の贈答歌（巻十七・四〇〇六〜一〇）について、二人の贈答歌が、中国贈答詩の流れの中に位置づけられることを論じたものである。この歌群は、長歌体で構成され、友との別れを主題とした歌でありながら、あたかも男女の恋歌のように詠まれている点に特徴があり、これは、恋歌の表現をもって、交友の情を尽くす方法によるものである。このことは歌語に限らず作品の構成においても同様である。離別を主題とする中国恋愛詩賦との比較を通して、生別離の悲しみを表現しようとした時、その類型を中国恋愛詩賦に求め、伝統的な離別詩の主題である、遠行する男と待つ女の別れという枠組みに沿うことが明らかとなった。さらにこのような形式を取りながらも、家持と池主との贈答歌の中心は、相手と共に季節の美景を賞でることにあった。交友を基本とする中国贈答詩では、相手の不在の嘆きを景を共に賞でることができないと表現することで友への情を尽くす手法があり、当該の贈答歌群もこのような方法を理解し、成立したものと考えられる。この点において当該歌群は、中国交友詩と同質の日本の交友歌として定位されるのであり、当該歌が中国交友詩の〈詩学〉を取り込んで「倭詩」として捉え直した文芸的作品であると結論づけた。

第二部「家持の花鳥風詠と歌学」では、家持の季節の風物を詠んだ歌に注目し、中国詩学を通して獲得した家持の歌表現について論じたものである。

第一章「『庭中花作歌』における季節の花――なでしこと百合の花をめぐって――」は、「庭中の花に作れる歌一首并せて短歌」(巻十八・四一一三～四一一五)において、家持が「なでしこ」と「さ百合」の花を「物色」の理論を通して、いかに歌として表現したかを論じたものである。従来庭に植えた花を見て作歌したという独詠的な状況から、実際の花を見て、妻の姿を想起したという、事実に即した私的な歌として解釈されてきた。しかし、二つの花の季節のずれを考えるとき、これらの花々は、「み雪降る越」という閉塞された世界における家持の心の中に造形された庭中の花であったことを指摘した。季節のうつろいと心の動きを説く家持の手法は、「物色」の中国詩学によるものであり、その花によって心が慰められると詠むのは、景により情が動くという「物色」による自然把握の方法を家持が理解した上で作歌したからであるといえよう。家持の表現は、「なでしこ」の花を長歌から反歌の流れの中で、花妻から少女へと捉え直してゆく。ここには、季節の風物を女性たちに喩えてゆくという、家持の自然把握の表現方法がみてとれるのであり、これらの表現は、季節の風物に対する愛着の情、つまり賞美の視点によって生み出された景だったのである。ここに歌に〈詩学〉の方法を取り入れ、新たな表現世界を創造してゆく家持の試行が見て取れるのである。

第二章「家持の花鳥歌――霍公鳥と時の花をめぐって――」は、霍公鳥と時の花との組み合わせを詠んだ歌（巻十九・四一六六〜四一六八）について、「時の花」という抽象的な花を選択した意図と、「時の花」と「霍公鳥」を取り合わせることによりいかなる季節歌が成立したかという点を論じたものである。『万葉集』の花鳥歌の発想は中国詩の影響があることが指摘されており、家持歌においても、良い季節の節目に友と琴や酒を携えて賞美するべき風景として霍公鳥が鳴き花が咲く立夏の「時」が設定されていたと考えられるのである。一方で立夏以降に作歌された「霍公鳥と藤の花とを詠める歌一首并せて短歌」がある。「詠―」という同じ構成の題詞を持つ二歌群は、立夏の節目を基点としており、立夏以前では「時鳥《ほととぎす》」と「時花」という、立夏の「時」に揃うべき一番美しい「花鳥」の風景を渇望し、立夏以後では「霍公鳥」と「藤花」が揃い、またうつろいゆく風景を描く。それは風物の訪れが遅い越中の気候において、立夏に実現しないはずの花鳥の風景を「時の花」と「霍公鳥」を詠むことによって、歌の世界により暦に合わせてゆこうとする家持の意識によるものであり、歌の「時」を都の「時」に合わせてゆくという方法に、家持の歌における季節の認識があったと考えられる。花鳥歌という主題自体に、中国詩の影響を見て取れるが、それ以上にその時期に一番美しい風景を賞美することにより人は感動するという『文心雕龍』の「物色」の理論を理解した上で、家持は、季節の節目の美景に合わせて「霍公鳥」と「時の花」という花鳥の風物を描いたのである。

第三章「春苑桃李の花――幻想の中の風景――」は、三月一日から三日の上巳の宴に到るまでの十二首の歌の冒頭にあたる一対の桃李花の歌（巻十九・四一三九〜四一四〇）について、「春苑」の語に着目して、中国文学において典型的な「春苑」に咲く桃李花が、日本古代文学の中でどのような風景として描かれるかという点について論じたものである。題詞の「眺矚」の語は、景と情との関係において季節の美しい風景を選び取るという中国詩学の枠組みで捉えるべき語であり、「眺矚」の対象である「春苑」は中国詩の検討から、「春愁」の情を引き出す春の最も美しい風景として、選択されたのであった。「春苑」に咲く桃李花を歌うことによって上巳の宴を想定しながらも、そこには池主との上巳をめぐる贈答が回顧され、また「梅花の宴」への憧憬が内包されていたのであり、そこに家持の春愁の情が見出されるのである。その上で、「春苑」に並び立つ桃花と李花の二首は、中国詩文を規範として「紅」と「白」との色彩の対比の中に創造した最も美しい春景だったのである。桃李の花自体、日本の古代文献では稀であるが、それらの花々を美的景物と捉えて、歌として描き出すことに家持の〈歌学〉の視点が見て取れるのである。

第四章「家持の七夕歌八首」は、「七夕の歌八首」(巻二十・四三〇六〜四三一三)について、『万葉集』一般の「七夕歌」には異質である季節の風物を詠むことと、左注の独りとの関係について論じたものである。当該歌群の構成は、七夕当日の逢瀬前から、逢瀬直前までを時系列的に描いているが、それが離別に至らないのは、七夕を主眼とする意識がないためであることを考察した。題詞や左注に「独」と記される歌は、集団や相手から離れる状況を示しながら、独りになることによって、関心の方向をまさにその時に賞でるべき季節の景物や風景に向けてゆくのであり、家持が、季節歌において顕著に見られる秋の景物を詠み込む理由はここにある。眼前にあるべき風景に向き合って、その景物を描くことが「独」と記される家持歌の特徴である。「独」の語と「述懐」「拙懐」の語は、同時に用いられる場合が多いが、「述懐」「拙懐」の歌は遙か遠いもの、懐古やまだ至らない季節の風景を思い描くことに特徴がある。独りとありながらも「述懐」がない当該歌群は、七夕の物語に沿いながらも、七夕を秋の季節の始まりと位置づけて、その時期の眼前にあるべき風景を描いたのである。ここに家持は七夕歌を季節の歌として捉えようとする意識のもとに作歌したと結論づけた。

第三部「家持と君臣像——詩学から政治へ——」では、「文」による国家秩序の明示が儒教的な文学理論の根幹であることを理解した上で、律令国家定着期に身を置く家持が、いかに理想的な天皇像を構築し、また臣下としての自身の立場を歌として表したか、という点について論じたものである。ここでは家持の応詔歌の諸相と、僧恵行との贈答歌、吉野行幸儲作歌を取り上げた。

第一章「侍宴応詔歌における天皇像」は、人麻呂以来の宮廷歌人の伝統の流れを汲む、応詔歌の枠組みにおいて、家持が天皇像をいかに位置づけたかについてその内実を論じたものである。家持は応詔歌を二首作成しており、本章は、越中から都への帰路において作歌した一首目（巻十九・四二五四〜四二五五）である。応詔の場における詩歌は、『文選』謝霊運の「擬魏太子鄴中集詩」序や『文心雕龍』「徴聖第二」や「程器第四十九」に見るように、「文」によって政治教化を行い、政治を担う国家的責任を担うことが基盤にある。このことは、日本においては『古今和歌集』序へと引き継がれており、応詔の詩歌を献上することは、「文」により国家秩序の形成を図るという〈詩学〉の問題なのである。当該歌において、長歌の前半は古の皇祖神が天降って国見をすることで国を統治する姿を描き、後半が現在の天皇が「秋の花」を賞でることを詠むのは、「国見」により統治した古の天皇に対して、花を見ることによって国を治める新たな天皇像を示唆するものであった。「秋の花」の選択は、秋の肆宴を想定したものであるが、その花を天皇が「見し賜ひ　明め賜ひ」というのは、「明む」の語の検討から、「ご覧になって、照り輝かしなさる」意であると解釈した。『懐風藻』の侍宴詩や応詔詩の検討から、輝く光は天皇の徳であり、照される対象は、人民・臣下であることから、天皇により見出された「秋の花」とは臣下たちの姿だったのである。つまり家持の「侍宴応詔歌」は、君臣の秩序を表し、帝徳の御代の太平を喜ぶという、応詔詩の〈詩学〉に基づいて作歌したと結論づけた。

第二章「応詔儲作歌における君臣像の特色とその意義」は、応詔歌の二首目（巻十九・四二六六〜四二六七）を取り上げ、家持が天皇に奉仕する臣下の姿を描くことをもって、理想の君臣像とする意義について論じたものである。その中で特に、「紐解き放けて」「ゐらゐらに　仕へ奉る」という応詔歌において異質な表現は、皇徳により実現した太平の世に、天皇と臣下とが喜び楽しむ様子の具体相であり、家持は豊の宴を周縁から見つめる第三者的な天皇寿歌の手法を用いて、理想の君臣像を描いたのである。本来豊の宴を見る存在の天皇をも宴の内部に取り込み、「豊の宴」において天皇が徳を施し、臣下がそれを十分に享受し永遠に奉仕しようとするという理想的な君臣一体の像を歌人の立場で歌うところに、家持の応詔歌の理解があったものと位置づけた。

第三章「家持歌における『皇神祖』の御代――『青き蓋』をめぐって――」は、宴席において保宝葉をめぐって、僧恵行と贈答した歌群（巻十九・四二〇四〜四二〇五）について、恵行が保宝葉を持つ家持の姿を称賛する歌を贈ることに対して、家持が皇祖神が酒を飲む姿を詠んだ意味と布勢の遊覧歌群における当該歌位置づけについて論じたものである。『万葉集』における「蓋」は天皇の権威の象徴として、また古代中国の宇宙観を示す「天円地方」の思想の天を意味する。家持はこうした発想から保宝葉を天皇の権威の象徴として、また国を統治する王への讃美に変換したのであり、ここに家持の答歌の意義が理解される。また布勢の遊覧歌群における藤の花の検討から、藤の花は都を想起する花であり、その都の景が鄙に写し取られるという点において、鄙の土地の讃美は、同時に天皇の統治する国への讃美ともなったのである。布勢の水海の遊覧の題詞に見える「述懐」とは布勢の水海を通した天皇への讃美と天皇へ仕える官人としての自負を示しているのであり、家持と恵行との贈答歌はこのような天皇を中心とする国家讃美の枠組みの中において位置づけるべきであろう。家持と恵行の贈答歌における布勢の水海の遊覧歌群の位置づけは、都への思慕から想起された家持の思いが、宮廷の祭祀儀式の中に表れる皇祖への歴史認識と、その伝統への理解を通して、現在の天皇の讃美へと至ったことによると結論づけた。

第四章「吉野行幸儲作歌における神の命と天皇観」は、「吉野の離宮に行幸さむ時のために儲け作る歌一首并せて短歌」（巻十八・四〇九八～四一〇〇）について、吉野行幸があった場合を想定し、天皇の詔があった際に献上する歌としてあらかじめ用意した歌である家持の吉野行幸歌と、宮廷歌人による行幸歌の代表とされる人麻呂の吉野行幸歌との比較を通して、家持歌の特異性を論じた。人麻呂の「吉野行幸歌」と比較すると、人麻呂歌に表現される天皇は吉野の宮を作った、絶大な神々しさを持った持統天皇の姿であるのに対して、家持は吉野の創始者を、天つ神としての皇位を継承した祖先の天皇であるという。その祖先の天皇に対して、現在の天皇は「大君」という語で表され、そこには、家名を負って主従関係を結ぶ官人家持との結びつきによって捉えられる律令制度の指導者である天皇と、「皇祖の神の命」としての天皇という二重の意味の中に捉えられるのだと位置づけた。

以上が各章の論考である。家持の越中時代から越中以降の〈歌学〉の問題は、第一編第一章で取り上げた、池主との「山柿の門」をめぐる贈答から始まる。この贈答を通して、六朝詩学を基盤とした文学理論のやりとりが行われ、その上で詩学に導かれて、作歌を試みるのである。この詩学の導入により歌を創造する態度は、家持の越中時代とそれ以降の作品に貫かれている。小著では、「交友」「花鳥歌」「君臣観」の三つに絞って考察の対象としたが、取り上げられなかった歌も数多くあり、残された課題は多い。しかし詩学を基盤として歌に展開し、表現したところに家持の〈歌学〉の源流があることは確かであろう。家持の〈歌学〉は断片的なものであるが故に、歌から理論を探る工程が必要となるのであり、体系的に表れるのは、『歌経標式』や『古今和歌集』を待たねばならない。しかしこれらの歌論が中国詩学を取り入れることによって和歌の本質に迫ろうとしたことを勘案すると、家持の時代にすでにその素地があったということの意味は重要であろう。このことは家持における〈歌学〉が、家持個人に帰するものではなく、古代日本の歌が辿る必然性の中にあるということを物語っているのである。

初出論文一覧

※本書に収めるにあたり、既発表論文は大幅に加筆・修正した。

第一部　家持と池主との交流歌──家持歌学の出発──

第一章　家持と池主の文章論──「山柿の門」と「山柿の歌泉」をめぐって──

原題同じ　平成二十年度上代文学会秋季大会口頭発表

第二章　家持の遊覧と賦の文学

原題「万葉集の遊覧と賦」平成二十三年度東アジア比較文化国際会議日本支部大会口頭発表

第三章　家持と池主の離別歌──交友の歌学をめぐって──

原題「家持と池主の離別歌」『國學院大學大学院紀要──文学研究科──』四十三輯　二〇一二年三月十日

第二部　家持の花鳥風詠と歌学

第一章　「庭中花作歌」における季節の花──なでしこと百合の花をめぐって──

原題「大伴家持における『庭中花作歌』の主題──なでしこと百合をめぐって──」『万葉集と東アジア』二号　二〇〇七年三月三十一日

第二章　家持の花鳥歌──霍公鳥と時の花をめぐって──

原題「大伴家持の花鳥歌──霍公鳥と時の花をめぐって──」『万葉集と東アジア』四号　二〇〇九年三月三十一日

第三章　春苑桃李の花──幻想の中の風景──

原題「家持の春苑桃李の歌」『國學院大學大学院紀要——文学研究科——』三十九号　二〇〇八年三月十日

第四章　家持の七夕歌八首

原題「家持の七夕歌八首」平成二十三年度美夫君志一月研究発表会口頭発表

第三部　家持の君臣像——詩学から政治へ——

第一章　侍宴応詔歌における天皇像

原題「大伴家持の侍宴応詔歌」『万葉集と東アジア』一号　二〇〇六年三月三十一日

第二章　応詔儲作歌における君臣像の特色とその意義

原題「大伴家持の応詔儲作歌——君臣像の特色とその意義——」『美夫君志』七十九号　二〇〇九年十二月十日

第三章　家持歌における「皇神祖」の御代——「青き蓋」をめぐって——

原題「家持歌における皇神祖の御代——「青き蓋」をめぐって——」『青木周平先生追悼　古代文芸論叢』二〇〇九年十一月十一日

第四章　吉野行幸儲作歌における神の命と天皇観

原題「大伴家持におけるカミノミコトと天皇観——吉野行幸儲作歌を中心に——」『日本文学論究』第六十五冊　二〇〇六年三月二十日

あとがき

本書は國學院大學大学院に入学してからの研究をまとめたものである。九年間の総まとめとして、本書を刊行することができたことに感慨を覚える一方で、痛いほど自身の未熟さを思い知ったのもまた事実である。ここからまた新たな一歩を踏み出したいと思う。

しかし本書を刊行することができたのは、ひとえに多くの方々のご指導と支えがあったからだ。特に辰巳正明先生には感謝し尽くせない思いである。私が大東文化大学に入学したのは、平成四年のことだった。もともと古典文学に惹かれて文学部を志望したが、具体的にどの道に進むかは決められないでいた。しかし学部一年生の時の辰巳先生のご講義で、『万葉集』と出会うこととなった。その時のご講義の内容は、たしか東歌であった。初めて触れる東歌の世界は難解ながらも、それ以上にその豊かな世界に惹かれ、『万葉集』と向き合うことに決めた。これが私の『万葉集』との出会いであり、辰巳先生との出会いである。三、四年生のゼミでは、東アジアという視点において『万葉集』をいかに研究してゆくかということを学び、このことが本書の基盤となっている。大学生活が終わりに近づき、大学院へ進学するか迷った結果、就職する道を選択した。

卒業してからは仕事に没頭していたが、社会人として七年目を過ぎたとき、ふと立ち寄った新宿の紀伊国屋書店で辰巳先生の『万葉集に会いたい』が平積みされているのが目に入った。すぐさま購入して、近くの喫茶店で読んだのを今でもはっきりと覚えている。一気に読み終え、『万葉集』と出会った時のことを思い出した。三十歳を目の前に控え、人生一度きりなのだからやりたいことをやろうと思い立ち、勤め先を辞して、辰巳先生がいらっしゃる國學院大學の門を叩いたのである。辰巳先生は驚かれただろうが、快く受け入れてくださり、後発ながら三十歳を迎えて、『万葉集』の研究をスタートすることができたのである。

辰巳先生は常々、「一つの語句にこだわりなさい。そこから全体が見えてくる。」とおっしゃったが、本書において、応えることができたかは甚だ心許ない。そのご指導のもとに最初に取り組んだのが、「春苑」という言葉であり、これは「春苑桃李の花」（第二部第三章）として形にすることができた。このテーマを論文化するのに四年も費やしたが、本書に収めることができたことを嬉しく思う。また「吉野行幸儲作歌における神の命と天皇観」は、私が大学院に入って最初に國學院大學國文學會五月例会において学会発表したものであり、この論文に際しては、故青木周平先生を始め、諸先輩方から温かいご指導を賜った。

本書は平成二十四年度國學院大學大学院文学研究科に博士論文として提出した「大伴家持の研究」に加筆、修正を加えたものである。博士論文の提出においては、主査をしてくださった辰巳正明先生、副査をお引き受けいただいた谷口雅博先生、上野誠先生に厚く御礼申し上げる。まだ拙い研究内容であり、多くの課題が残されている。本書で取り上げることができなかった作品も多くあり、また〈歌学〉ということを突き詰めてゆくと、『万葉集』以降の〈歌学〉〈歌論〉や、中国〈詩学〉の問題もある。しかし、辰巳先生を始め、谷口先生、上野先生に審査していただき、またご指導いただけたことに感謝するとともに、これからの研究において、このご恩に報いることができるよう、精一杯取り組んでゆきたい。ここでお名前を挙げた先生方は博士論文主査、副査の先生に限らせていただいた。むろんここまでの間に、多くの先生方からご指導を賜り、お世話になったことは言うまでもない。

本書の刊行に当たり、辰巳先生に勧めていただき平成二十五年度國學院大學大学院課程博士論文刊行助成を頂戴した。國學院大學大学院に感謝申し上げる。また刊行を引き受けたくださった笠間書院の池田つや子社長をはじめ、初めてでわからない事ばかりであった私に、丁寧なアドバイスと様々なことを教えてくださった重光徹氏に厚く謝辞を申し上げる。

また國學院大學兼任講師の加藤千絵美氏、大学院生の大谷歩氏、大塚千紗子氏、神宮咲希氏に校正をお願いした。快く引き受けてくれたことをありがたく思う。

最後に私事であるが、研究の道に進むことを許してくれ、いつも応援してくれた両親にお礼を言いたい。家族の支えがあったからこそ、研究を続けることができた。心配かけ通しであったが、少しでも親孝行になればと思う。

平成二十六年一月

鈴木道代

著者紹介

鈴木　道代（すずき　みちよ）

1973年 9 月　兵庫県西宮市に生まれる。
1996年 3 月　大東文化大学文学部日本文学科卒業
2010年 3 月　國學院大學大学院文学研究科日本文学専攻博士課程後期単位取得満期退学
2011年 4 月　國學院大學文学部兼任講師
現在に至る
2013年 3 月　博士（文学・國學院大學）学位取得

大伴家持と中国文学

2014年（平成26）2 月28日　初版第 1 刷発行

著　者　鈴 木 道 代

装　幀　笠間書院装幀室

発行者　池 田 つ や 子

発行所　有限会社　笠間書院

〒101-0064　東京都千代田区猿楽町2-2-3

☎03-3295-1331　FAX03-3294-0996

振替00110-1-56002

ISBN978-4-305-70723-9　　シナノ印刷

万葉集歌番号索引

●巻十八

●巻十九

●巻二十

事項索引

●さ行

●た行

●な行

●は行

●ま行

●や行

●ら行

●わ行